薬屋のひとりごと
14
illustration しのとうこ
女華《ジョカ》は床に落ちた本を拾った。
ぺらぺらと頁《ページ》をめくる。
JN036721

「遅くなってすみません」
姚《ヤオ》が頭を下げる。
「お嬢さまにいつまでも立っておけと…」
顔を引きつらせるのは燕燕《エンエン》だ。

「猫《マオ》猫《マオ》、きょろきょろするのはみっともないわよ」

羅半兄《ラハンあに》の中で
大きな銅鑼《どら》が何度も
打ち鳴らされている。

妤《ヨ》は倒れた克《コク》用《ヨウ》に
馬乗りになって
ぼこぼこにしている。

「いや、できるかもしれんぞ」
壬氏《ジンシ》は側面をじっと見ていた。

薬屋のひとりごと

INTRODUCTION

TVアニメいよいよ放送開始

二〇二三年一〇月よりTVアニメ放送開始となる「薬屋のひとりごと」。
原作小説最新14巻では、猫猫《マオマオ》たちは新たな局面を迎えます。
皇帝によって一族を表す『名』を与えられた「名持ち」の者たち。
時は流れ、族滅となった一族もあれば、新たに起こる一族もあります。
そして、元上級妃である里樹《リーシュ》の実家、卯《ウ》の一族は衰退しつつありました。
名持ちの会合で猫猫は卯の一族とかつて親交があった辰《シン》の一族と対面します。
辰の一族がかつて皇帝より賜りし家宝を探すために――。
また、花街《はなまち》でも女華《ジョカ》が持つ玉牌《ぎょくはい》が何者かに狙われました。
辰の家宝、翡翠牌《ひすいはい》、華佗《かだ》の書。
皇族の末裔《まつえい》の謎に絡む陰謀！
馬閃《バセン》、そして羅半兄《ラハンあに》の恋の行方は？
時代の移ろいに翻弄される猫猫たち。
錯綜する思惑の中、猫猫は真実を見抜けるのでしょうか。

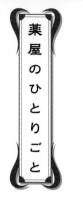

薬屋のひとりごと

14

日向夏

ヒーロー文庫

目次

薬屋のひとりごと

目次

14

illustration : しのとうこ

人物紹介

猫猫《マオマオ》……元は花街《はなまち》の薬師《くすし》。後宮《こうきゅう》や宮廷勤務を経て、現在は医官付きの官女《かんじょ》をやっている。棘《とげ》のある性格だったが、だいぶ丸くなっている。だが毒と薬好きは変わらず、実父の羅《ラ》漢《カン》は嫌い。壬氏《ジンシ》の気持ちに対してかなり素直になってきた。二十一歳。

壬氏《ジンシ》……皇弟《おうてい》。天女のような容姿を持つ青年。見た目の派手さと性格の実直さに落差があり、周りからたびたび誤解される。来世では羅半兄《ラハンあに》のようになりたい。本名、華瑞月《カズイゲツ》。二十二歳。

馬閃《バセン》……壬氏のお付《つき》。高順《ガオシュン》の息子。皇帝の元妃《きさき》である里樹《リーシュ》のことを思っている。人の皮を被《かぶ》った熊。家鴨《あひる》をかわいがっている。二十二歳。

雀《チュエ》……高順の息子である馬良《バリョウ》の嫁。おちゃらけているが、『巳《ミ》の一族』で、諜報《ちょうほう》活動を得意とする。猫猫を助けるために大怪我《おおけが》をして右手が使えなくなり、壬氏の侍女をやめた。

高順《ガオシュン》……壬氏の元お目付け役の武人で、現在は皇帝付き。壬氏の侍女である妻の桃美《タオメイ》には頭が上がらない。

羅半《ラハン》……羅半兄《ラハンあに》の弟。眼鏡の小男だがなぜか女性にもてる。計算が得意で要領がいい。

羅半兄《ラハンあに》……羅半の兄。実際はかなり優秀だが本人にその自覚がないため、損してばかりいる。皆が本名で呼んでくれないのでなかば諦めている。農業の才能がある。

羅漢《ラカン》……娘の猫猫を溺愛している。羅門《ルオメン》の甥《おい》。片眼鏡《モノクル》をかけた変人軍師だが、軍の最高位である太尉《たいい》。甘党で下戸《げこ》。

李白《リハク》……大柄な武官。皆の兄貴分。妓女《ぎじょ》の白鈴《パイリン》を身請けしたいと思っている。

水蓮《スイレン》……壬氏の侍女であり乳母。壬氏に対してかなり甘い。

玉葉后《ギョクヨウきさき》……皇帝の正室。赤毛碧眼《へきがん》の胡姫《こき》。東宮《とうぐう》の母であるが、西都出身のため、正室にふさわしくないと言われることも多い。二十三歳。

姚《ヤオ》……猫猫《マオマオ》の同僚。魯侍郎《ルーじろう》の姪《めい》。世間知らずなお嬢さまだが、彼女なりに努力して一人で生きて行こうと頑張っている。最近、羅半《ラハン》が気になる。十七歳。

燕燕《エンエン》……猫猫の同僚で姚の従者。姚命だが、姚が独り立ちできないのは燕燕に大きな責任がある。羅半のことを見ている姚が気にかかってならない。二十一歳。

天祐《ティンユウ》……新米医官。遺体解剖が好きな危ない人。『華佗《カダ》』の子孫らしい。

麻美《マーメイ》……馬閃《バセン》の姉。母の桃美《タオメイ》が父の高順《ガオシュン》とともに西都に随行したときは、代わりに『馬《マ》の一族』を取り仕切っていた。かなり気が強い。

劉《リュウ》医官……上級医官。羅門《ルオメン》の古い知人。猫猫たちに厳しい指導を行う。

李《リ》医官……中級医官。猫猫たちと共に西都に行っていた。修羅場をいくつも潜《くぐ》り抜けた結果、やたらたくましくなった。

女華《ジョカ》……緑青館《ろくしょうかん》の三姫《さんき》の一人。四書五経《ししょごきょう》を暗記する才女。割れた翡翠《ひすい》の牌《はい》を持っている。

白鈴《パイリン》……緑青館の三姫の一人。舞踏が得意な豊満な美女。

里樹《リーシュ》……皇帝の元上級妃で『卯《ウ》の一族』出身。現在は出家している。

阿多《アードゥオ》……皇帝の幼馴染《おさななじみ》で元上級妃。皇帝との間に男児を一人もうけていた。三十九歳。

克用《コクヨウ》……顔に疱瘡《ほうそう》の痕が残る青年。やたら明るい性格で、医師としては優れている。

イラスト／しのとうこ
装丁・本文デザイン／5GAS DESIGN STUDIO
校正／福島典子（東京出版サービスセンター）
DTP／伊大知桂子（主婦の友社）

この物語は、小説投稿サイト「小説家になろう」で
発表された同名作品に、書籍化にあたって
大幅に加筆修正を加えたフィクションです。
実在の人物・団体等とは関係ありません。

一話　名持ちの会合　前編

　壬氏《ジンシ》の元から帰った翌朝、猫猫《マオマオ》は予期せぬ相手に揺さぶり起こされた。

「猫猫、起きてください！」

「……なんですか？　燕燕《エンエン》？」

　昨晩はいろんなことがあって疲れた猫猫だ。歯を磨くこともできずに寝落ちしていた。さらに、食べかけ飲みかけの食事が放置してある。

「早く着替えて」

「……今日、何か約束してましたっけ？」

　猫猫は、ぼんやり眼《まなこ》でのそのそと服を出す。昨夜、壬氏の元へ行くと決めたので、今日一日は空けておいたはずだ。

「約束はしておりませんが、一大事が発生したので来てもらいたいのです」

　燕燕の目は本気だった。

「私の都合は聞かないんですか？」

「今日の予定は？」

「今日は特に」

何もなくなったというべきだろうか。

「明日は、仕事でしたよね？」

「そうですけど」

「ご安心を、ちゃんと休みにしておきました」

「なんで!?」

猫猫はわけがわからぬまま燕燕にひん剥《む》かれ、さっさと服を着替えさせられる。

「どこへ行くんですか？　というか、姚《ヤオ》さんは？」

「お嬢さまは、外の馬車にいます。詳しいことは馬車の中で説明します」

つまり拒否権はないことを示す。猫猫は案外寛大なほうだ。だが、そこにも限度がある。姚と燕燕については、羅半《ラハン》ではないが少し度が過ぎると考えていた。

「お断りしますと言ったら？」

人間関係において線引きは必要だ。どこまでも相手の言う通りに行動すると思われてはいけない。

「断れない理由を用意しました。猫猫が好きな物です」

「私が物でつられるとでも？」

（あまりに軽く見られすぎてはいないだろうか）

猫猫とて、不機嫌になることもある。昨晩はいろいろあってまだ疲れているのだ。今日は静かに一日休ませてほしい。

「はい」

燕燕は猫猫の前に分厚い本を置いた。皮張りの豪奢《ごうしゃ》な表紙で、異国語の表題と花の絵が描かれている。

猫猫の寝ぼけ眼《まなこ》が、一気に開く。ごくんと唾を飲み込んだ。

「……めくってもいいですか？」

「どうぞ」

「ほほほほほほおおおおお!!」

中身は植物図録だった。印刷されたもののようだが、挿絵が細密に描かれているのには驚いてしまう。猫猫が初めて見る本で、中の植物も見たことがないものが多い。異国語だが翻訳に時間がかかってもおつりがくるほど、猫猫にとって価値が高いものだ。

「はい、試読は終わりです」

「ああっ！」

燕燕は猫猫から図録を取り上げる。猫猫は体を震わせながら燕燕にすがりつく。

「もう少し、もう少しだけ見せてください！」

「貴重な本ですので。交易商が気まぐれに仕入れ、本屋に出したものだそうです。今後、手に入れることは難しいでしょう」

「いくら、いくらですか！　払います、お給金全部払って足りないなら借金してでも払いますから！」

「追い込まれた博徒《ばくと》ですか？」

燕燕は呆れつつ、猫猫に図録を渡す。代わりに猫猫の手首はしっかり掴《つか》まれ、逃げられないようになっている。

「説明しますので、とりあえず馬車に乗ってもらえますか？」

「乗ります！」

猫猫は、図録をしっかり抱えて言った。

宿舎の外の馬車には、よそ行きの服を着た姚が乗っていた。

姚の隣に燕燕が座り、猫猫はその前に座る。猫猫が乗るなり、馬車は動き出した。

「一体、どこに連れていくつもりですか？」

猫猫は図録をぎゅっと抱いたまま姚に質問した。

「猫猫、名持ちの会合って知ってる？」

「名持ちの会合？」

猫猫は首を傾げる。

「呆れた」

「呆れました」

「何ですか、その反応？」

猫猫は、むうっと二人を見る。

「羅半さまから文は来なかった？」

「いい焚《た》き付けになってる」

「……」

羅半からの文は壬氏とはどうなったかとか、面倒くさいものが多いので最近はそのまま塵《ごみ》にしていた。

「知らないわけですね」

「なんですか、名持ちの会合って？　もしかして、今から行くのはそこですか？」

「正解」

燕燕が指で丸を作る。

「名持ち、というとあれですよね。『馬《マ》』の一族とか、『卯《ウ》』の一族とか」

「そう。皇帝に一文字賜《たまわ》った一族同士の会合よ。だけど、うちは名持ちではないわ。私も行きたいんだけど、もちろん資格がない。だから、猫猫の随伴として行きたいのよ」

『随伴』という言葉に、燕燕は不服そうだ。

「なんで行きたいんです？　行ったところでそんなに面白いものとは思いませんけど。何より、私の連れとして向かうとして、普通に追い出されるんじゃないですか？」

猫猫は『羅《ラ》』の一族のつもりはない。どんな会合かも知らないのに、いきなりやってきて参加しますと言って、入れてもらえるとは思えない。

「羅半さまからの条件です。猫猫が来てくれたら連れて行ってあげる、と言われました」

「へえ、あのくそ眼鏡の差し金ですか」

「猫猫」

燕燕が姚の前で汚い言葉を使うな、と睨《にら》んでくる。猫猫はもう睨まれるのには慣れてしまって、どうとも思わないが、一応言葉遣いは気を付ける。

「会合というからには、格式ばったものだと思うんですけど、ほいほい参加者増やしていいもんなんですか？」

「そこまで本格的なものではなく顔合わせだそうです。新しい人脈を作るのに適しているので、紹介したい相手を連れて行くこともあります」

さすが情報通の燕燕だ、よく知っている。

「なぜ姚さんは、名持ちの会合とやらに行きたいのです？　人脈でも作りたいのでしょうか？」

「反対よ、反対」

姚はばさっと文の束をばらまいた。狭い馬車の中にむあんと濃厚な香の匂いが漂う。

「くさっ！　もしかして……、恋文ですか？」

「そうよ！」

恋文にしても趣味が悪い。なんというか香の趣味も、強すぎる匂いも悪い。猫猫は普段、いかに上品な手紙しか受け取ってこなかったのかを痛感させられた。

「中を見ても？」

「どうぞ」

猫猫は文をつまんだ。正直、他人の恋文を見るのは失礼だと思ったが、尋常ではない香の匂いになんだか嫌な予感がした。

「うわあ……」

「うわああ、よ」

姚は呆れた声だ。燕燕も頷《うなず》く。

恋文というのは、普通は相手を称《たた》える文章で彩るものだ。だが、この書き手はいかに自分が有能かどこの家柄かを語っている。自分に自信があるのは悪いことではないが、これは自己愛がすぎる。しかもやたら字だけは上手いので、代筆を頼んでいる可能性が高い。

「猫猫さんが西都に行っている間に、妙な方に見初《みそ》められたのです。これをちょくちょく持ってこられるのはいただけません」

燕燕が心底蔑《さげす》んだ目を恋文に向ける。彼女はよくそんな目つきをしてたなあ、と猫猫は懐かしむ。

「仕事中にやってこられるし、他の医官に追い出されてもめげないのよ。その上、家族にはもう前向きに付き合っていると話す、なんて言い出して――」

猫猫がいない一年間に、姚たちにもいろいろあったみたいだ。

（知らなかったなあ）

先日、人間関係について悩みがあるか、と言っていたのはこのことだろうか。

「へえ、やばいじゃないですか」

「気軽に言わないでください」

燕燕の顔は深刻だ。

「ええ。しかもこの莫迦《ばか》、お母さまに話をつけにいくとか言い出すのよ。まさか叔父さまの不在があだになるなんて思ってもみなかったわ」

姚の父親は他界している。保護者たる叔父は、魯侍郎《ルージろう》だ。猫猫たちは西都から帰って来たが、魯侍郎は西都居残り組である。

「お嬢さまのお母さまは、少し世間に疎《うと》いところがありますので、相手の言葉を鵜呑《うの》みにしてしまうかもしれません。女性はいい家に嫁ぐことが一番の幸せと考えておられるかたです」

姚の母親の話はたまに聞いていたが、姚とは正反対の性格のようだ。

「お母上が相手の口車にのせられたら、両家の合意で結婚させられることになるわけですね」

「これなら叔父さまのほうが、見合いを挟むだけましよ」

少なくとも姚の叔父は、姪《めい》っ子のことを考えて相手を選んでいたようだ。優秀な人のようだし、身内を変な相手に売り渡すような真似はすまい。ただ、結婚するよりも働きたい姚にとっては、叔父がどうしようもない目の上のたん瘤《こぶ》だっただけだ。

「名持ちの会合に出たい理由は、この恋文の相手が名持ちの一族だからです。相手の長《おさ》に、お嬢さまは結婚するつもりは全くないと伝えます。あと、恋文をよこすという迷惑行為をやめろと直談判します」

「えええ……」

（無謀だ、無謀すぎる）

燕燕は普段冷静だが、姚のことになると歯止めが利かなくなる。

確かに恋文の男はどうしようもない。しかし、男子が尊重される茘《リー》では、そのどうしようもない男の行動により姚は無理やり結婚させられる可能性もある。

とはいえ、いきなり名持ちの一族の元に直談判しに行くのはどうだろうか。

猫猫は燕燕の表情を読み取ろうとする。燕燕は莫迦じゃない、いくら姚のせいで正気を失っていても何かしら勝算があるはずだ。

（羅半も羅半だよ）

姚の目的を知っているのに、姚たちを連れていくわけがないのだ。猫猫を連れ出す口実だとしても、損得勘定で動く男である。他家と険悪になるのは避けたいはずだ。

なにより、羅半はなぜ猫猫を名持ちの会合に参加させようとするのか。

「もしかして、会合には変人軍師も来ますか？」

「そうだけど」

「やっぱり帰ります」

猫猫はとうに動きだしている馬車から飛び出さん勢いで立ち上がった。しかし、猫猫の手はしっかり貴重な図録をかかえている。

「猫猫、帰るのならその手に持っている図録は置いていってください」

燕燕がしっかり猫猫の袖を掴《つか》む。

「……」

「置いていってください」

燕燕は猫猫の袖を離さない。

そして、猫猫も図録を離さない。

結果、どうなるか。

猫猫は顔をしかめながら、また馬車の座席に座った。

馬車に揺られること一時《にじかん》。

都からさほど遠くない場所に大きな屋敷があった。

「会合の場所はあそこ。丑《チュウ》の別邸よ」

姚が窓から外を見る。まだ、ぽつんと遠くに家らしきものが見えるだけだ。近くに川と森があり、農村も見える。のどかな地域、悪く言えば田舎だ。

「ふーん」

猫猫は興味なさそうに答えた。朝早く起こされたので正直眠い。

「猫猫のために一応説明しておきます。名持ちの会合の始まりは、その昔、丑の一族の長《おさ》が皆で楽しく茶を飲もうかと言い出したのがきっかけだそうです。というわけで言い出した丑の一族が毎度仕切っているそうです」

（言いだしっぺの法則）

「子孫には迷惑甚《はなは》だしい」

「記録によれば、最初は毎年、次第に一年おき、現在では五年に一度の開催になっているそうです」

「世知辛《せちがら》い」

客人も多いだろうから、毎年の開催は予算的にはきつかろう。

「なお、羅の一族は十五年ぶりの参加だそうです」

変人軍師が当主になってから参加していなかったのだろう。

猫猫も窓から外を見る。前と後ろに馬車があり、それぞれ羅半と変人軍師が乗っているらしい。

（羅半の奴、変人軍師と一緒に乗りたくないからって、馬車余分に手配しやがったな）

馬車一台に、二人くらい余裕で乗れるはずだ。無駄なことは嫌いなように見えてそういうことをする。

とりあえず、馬車から降りたら変人軍師をかわしつつ、羅半に文句を言おうと猫猫は思った。

馬車が屋敷の前で停まる。すでに他の客が大勢来ており、立派な馬車が何台も停めてあった。

（立派な屋敷といえば、立派だけど）

猫猫は上流階級の人間と付き合ううちに、妙に目が肥えてしまった。つい皇族の住まいと比べそうになる。

（嫌な慣れだな）

本来なら、都で有数の豪商しか住めないような立派な屋敷なのに、素直に褒められないのだ。

なので、住まいの評価の焦点はいかに豪華なのかではなく、いかに趣味が良いかに変わってくる。

猫猫たちが門をくぐるとすぐ敷き詰められた石畳があり、左右には庭が広がっていた。

（建物自体は古い。でも丁寧に管理されているので、古くさく見えない）

屋敷自体がとても広いのは会合のために造られたからだろうか。似たような部屋がずらりと並んでおり、それぞれ使用人が客を案内しているのが見える。派手な装飾はないが、柱や壁の細工自体は細かい。開放的で風通しが良さそうに造られている。夏の過ごしやすさを重視しているのだろう。

庭に竹林があり、雅《みやび》な空間を造っている。竹は見た目よりもずっと繁殖力が高く、放置すればいたるところに筍《たけのこ》が生えて、床を突き破ってくるので管理が面倒くさい。堆積《たいせき》した落ち葉もないので、庭師がまめに手入れしていることがわかる。

季節を想定して庭が区画ごとに分けられているようで、梨《なし》の花が見事に咲いていた。雨でも降れば、より美しさが際立つだろう。他に派手な色合いの花などいくらでもあるが、一つ一つよりも全体の調和を考えて植えられているのだとわかる。

「猫猫やー」

馬車から降りた変人軍師が猫猫の元にやってくる。

猫猫は面倒くさそうな顔をしつつ、これ以上近づくなと毛を逆立てる。姚や燕燕の後ろに隠れて無視しようかと思ったが、気になる人物がいた。羅半兄《ラハンあに》だ。

「兄！」

「兄だよ」

素っ気ない言い方で羅半兄が答える。

「羅半兄！」

「誰が羅半兄だよ！」

羅半兄は、『兄』までなら許せるらしい。

「羅半兄、無事に帰って来たんですね」

猫猫は羅半兄が帰って来て以来初めて会い、ほっとした。いろんな不幸が重なったのも原因だが、都へ帰ることを羅半兄に伝えるのを忘れた猫猫にも一因がある。

兄はじっと猫猫を見ると、ぷいっと顔をそむけた。

（怒ってる）

ただ、その仕草が妙に幼女じみていて、まったく怖くないのは指摘すべきだろうか。

「猫猫や。ここの宿はごはんが美味しいらしいよ。いっぱい食べようね」

変人軍師はとてもご機嫌な様子だ。羅半はこのために猫猫を連れて来たのだろう。

「さあさあ、行きましょう。部屋も用意してくれているそうです」

羅半が手を叩《たた》きながら、みんなを誘導する。馬車の御者三人もやってくる。御者は護衛も兼ねており、三人とも体格が良かった。

猫猫は、三番《サンファン》も来ているのだろうかと冷や冷やしたが、さすがに羅半とてこれ以上火種を増やすことはなかった。姚と三番の対立まで考えたくない。何より三番まで留守にすると、都の屋敷を管理する者がいなくなるだろう。

「子どもじゃねえんだから、手拍子で呼ぶんじゃねえ」

羅半兄がぶつくさ言った。だが、精神年齢が子どものような生き物がいるので仕方ないと猫猫は思う。あと羅半兄もまた、幼女のような仕草で石ころを蹴っている。

玄関の前で使用人たちが左右に列を作って頭を下げている。

「ようこそ、いらっしゃった」

中央の恰幅《かっぷく》のよい好々爺《こうこうや》が出迎えてくれる。三十貫《百十キログラム》は優にありそうな立派な体格で、頬はつやつやと輝いていた。

使用人ではなく、家主のようだ。

「いやあ、羅の一族が会合に参加とは。これまた記録によると、なんと十五年ぶりですな。私は、丑喜《チユウキ》と申します。すでに当主の座は息子に任せて隠居の身ですが、こうして皆さんをおもてなしすることはまだ現役なので、よろしくお願いします」

好々爺《こうこうや》こと丑喜は羅漢《ラカン》に手を伸ばす。しかし、羅漢と言えばぼけっと屋敷を眺めつつ耳の穴をほじっていた。

妙な沈黙が流れる。

「お招きいただきありがとうございます。祖父の代は何度か参加していたと聞いております。みなさんと有益なひと時を過ごせれば、幸いです」

羅半が代わりに好々爺の手を握る。

「ははは。羅漢殿は鳥のようなかたですな」

好々爺は特に気にした様子もなく、羅漢を飛ばして羅半兄に握手を求める。丁寧に猫猫たちの前に来て挨拶するが、手を握るまではしなかった。

「若い娘さんがたと握手をしたいのはやまやまだが、いらぬ嫉妬をされるわけにもいきません。泣く泣く断念いたしましょう」

丑の祖先はお調子者だったようだが、子孫もまたその性質を受け継いでいるのか、口が達者だった。

「さあさ、控えの間《ま》を用意しております。今宵《こよい》はごゆるりとお楽しみください」

猫猫たちは使用人に案内されて、玄関から中庭に面した長い廊下へと移動する。すでに先客たちがおり、四阿《あずまや》で茶を楽しんだり、池の鯉《こい》に餌をやったりしていた。

先客の一人が、廊下を渡る猫猫たちに気が付いたのかこちらを向いた。だが、気付いた先客は真っ青な顔をして四阿の柱に隠れてしまう。ひらひら飛ぶ蝶《ちょう》をぼんやりと目で追いかける変人軍師か、それともやたら笑顔をはりつけた羅半か。どちらかが原因だと考えられる。

「姚さん」

猫猫はちらりと姚を見る。

「な、なに？」

「姚さんが不安なのはわかりますが、私の腕をそんなに強く握らないでいただけますか？」

（燕燕が睨《にら》んできて怖いから）

姚はいつの間にか猫猫の手をがっちり掴《つか》んでいた。

「あっ」

姚は慌てて猫猫の腕を放し、きまり悪そうな顔をして歩く。彼女なりに緊張しているらしい。

（少なくとも、この変人軍師が抑止力になるのは確かだなあ）

臭い植物は虫が避ける。同じくこの男は、虫除《むしょ》けにはちょうどいい。ただし、虫除けとして使う側がその臭さを我慢できればの話だ。

使用人はずんずん廊下を進んでいく。同じような戸が並んだ客室らしき部屋を通り過ぎ、猫猫たちは離れへと案内された。

「こちらでございます」

「こちらでございますか」

明らかに他の一族が案内された部屋と違う。特別扱いというより、隔離に近い。臭いものとして蓋をされている。

「離れかあ。これなら義父上《ちちうえ》が歌ったり踊ったりしても迷惑はかからないし、火がついても母屋には移らないね」

羅半の想定はまず物騒だが、ないとは言い切れない。後宮《こうきゅう》を爆破しようとした過去がある男だ。

「お嬢さまはどこの部屋を使えばよろしいでしょうか？」

離れには居間が一つ、個室が三つあった。

「儂《わし》、猫猫と同じ部屋がいいのう」

変人軍師は早速居間の長椅子に寝そべり、自宅のようにくつろいでいた。

「義父上は年長者なので一人部屋です」

きっぱりと言われてしょぼんとするおっさん。

羅半兄は、おのぼりさんのようにきょろきょろと室内を見回している。

「女性陣は一番広い部屋で三人でも問題ないでしょうか？」

「ああ」

「問題ないわ」

「問題ありません」

　護衛三人の部屋はないが、居間が広いので問題なかろう。

　猫猫たちは割り当てられた部屋に移動し、荷物を置く。部屋には寝台が四つあり、敷布《シーツ》も取り換えたばかりのいい匂いがした。

（基本、泊まりなんだろうな）

　夜の宴会が遅くまでかかる想定なのだろう。

「会合と言っても本当にゆるいのね」

「正午に宴会場で食事会がありますので、身支度を整えましょう」

　燕燕は荷物から姚の服を取り出す。化粧品も完備で、じゃらじゃらと重そうな簪《かんざし》が出てくる。

「燕燕、一つ質問が」

　猫猫が挙手する。

「なんでしょう、猫猫？」

「ずいぶん張り切っているようですね」

「名家の方たちに姚さまを披露できるのです。支度に手落ちがあってはいけません」

「もう、どんな服でもいいじゃない？　昨晩から何枚も服を着替えさせられて、確認されたので大変だったのよ」

姚が辟易《へきえき》している。

燕燕は侍女として大変優秀だが、一つ抜け落ちているところがある。

「綺麗《きれい》に着飾ったら、さらに求婚者が増えるのではありませんか？　着飾る意味ありますか？」

「……」

本来の目的は、姚に来た求婚を断るためだったはずだ。着飾って、美しい良家のお嬢さまを強調したら、違う虫が寄ってくるのではないか。

燕燕は姚と服を交互に見て、なにやら悩んでいる。燕燕は優秀だが、姚のことになると多少莫迦《ばか》になる。悩んだ結果、お嬢さまを飾り立てる簪《かんざし》を一本減らした。

「猫猫も多少は着飾りなさいよ」

「これで十分ですけど」

猫猫の普段着は、動きやすくて体温調節もしやすい。周りから見れば、使用人の一人に見えただろう。

（でも）

さっきの好々爺《こうこうや》は、護衛三人には挨拶をしなかったが、猫猫たち三人には挨拶をしてきた。猫猫のことを使用人として見なかった。

あらかじめ、猫猫の素性《すじょう》を調べていたのだろう。

（単なるお調子者でもないのか）

猫猫はふむと顎《あご》を撫《な》でる。

「猫猫の分も服を用意しています。『私はこの通り、ひと前に出られるような格好はしておりません。宴《うたげ》は皆さんで楽しんできてください』とか言って部屋に籠《こ》もる必要はありませんので、ご安心を」

「……」

燕燕の言葉に猫猫は黙る。

「さて、時間になりますので早く準備をしましょうか」

燕燕は猫猫に服を押し付けると、姚の着替えを手伝った。

「めんどくせえ」

猫猫は仕方なく服を着替えることにした。

二話　名持ちの会合　後編

　宴会場の席は風変りな配置になっていた。

「田んぼ一枚分かなあ」

　羅半兄《ラハンあに》の感覚ではそういう広さだ。一つの部屋としてはとても広い。

　中央に大きな丸い舞台があり、その周りを円卓が囲んでいた。

　姚《ヤオ》たちはまだ支度に手間取っており、離れに残っている。変人軍師は長椅子で寝ていたので置いてきた。

　猫猫《マオマオ》は少し不安だが、護衛と変人軍師が残っているので間違って変なのにからまれることはないだろうと考えた。あと、燕燕《エンエン》は変人軍師の扱いが比較的うまい。特に問題ないと信じたい。

　そういうわけで、猫猫は羅半《ラハン》と羅半兄とともに先に会場に来た。

「上座下座を意識させない配置だね」

　羅半が言った。馬子《まご》にも衣裳《いしょう》というべきだろうか、貧相な小男なりにいい服を着ている。一見地味だが、良質の生地を使っているのが羅半らしい。

「偉い人いっぱい来るなら、大変だろうね」

猫猫も同じ考えだ。前に舞台があると、どうしても後ろの席の一族が蔑《ないがし》ろにされているように思える。円形にすることで、どこが前かを曖昧《あいまい》にするのは適切な判断だろう。とはいえ、さすがに二列になっているが、前が干支《えと》の字を持つ家、後ろがその他の字の家とわかりやすい配置なので、誰も文句は言わないはずだ。

「お、俺たちはどこに座ればいいんだ？」

羅半よりも背が高く、顔立ちも悪くない羅半兄だ。見た目はかなり決まっていた。だが、あくまでただ立っていればの話だ。

「うわっ、なんか人多い」

「兄さん、もっと堂々としていなよ」

羅半が呆れている。挙動不審の羅半兄は、どう見てもおのぼりさんの空気が抜けない。

宴会場には、まだ半分も人が来ていない。誰も座っていない円卓も目立つ。『馬《マ》』と『玉《ギョク》』という字が書かれている円卓もあったが、誰も来ていなかった。

卓の数は二十ほど。一卓につき八名が座れるようになっているが、多くの卓は全部埋まることはない。面白いことに、座る組み合わせがどこも似たようなものだった。

（隠居したような老人と若者の組み合わせが多い）

しかも、若者の男女比率は同じくらいだ。

猫猫たちは『羅《ラ》』の字が書かれた席に座った。

「なあ」

猫猫が羅半を小突《こづ》く。

「なんだい？」

「もしかして、ここお見合い会場か？」

猫猫は目を細める。

「そういう側面もある。傍系の優秀な者や器量よしを連れてきて、他家に売り込むことも少なくない。また、血族だけでなく、名家と縁続きになりたい者を連れてくることもある。もちろん、はずれも交じっているけどね。なお、うちの父さんと母さんはこの会合で知り合ったらしいよ」

『父さん』ということは、羅半の実の父親だ。

（普通にやばくないか？）

姚たちを連れてきてまずいと思っているのは、猫猫だけではない。

「本来なら姚さんたちの思惑とは反対の場所なんだよ」

羅半が呆れた声で言った。猫猫が来ることを拒否したら絶対連れてこなかったはずだ。

羅半は姚に対して冷たい。羅半の態度は猫猫にはよくわかる。姚には自覚がないようだが、羅半に対して恋愛とも敬愛ともまだはっきり言い表せない何かが芽生えている。相手に好意を持つことで相手に嫌われるというのは、とても報われない行為だ。

（さっさと諦めればいいのに）

だが、姚はそれがわからない。大人びた容姿であるが、その心はまだ少女のままに近い。どうすればいいのかわからず、すがりつき、傷つく姿はかわいそうだが、大人になるということはそんな経験を繰り返すことだともいえる。

（羅半は妙なところで不器用だな）

思春期の少女を上手く扱えない羅半にも問題があると思っている。奴の行動は、負けず嫌いの姚にとって、火に油を注ぐようなものだ。

さて、羅半は見合い会場であることを否定しなかったが、違う側面はなんだろうか。

「他の面では？」

「次期後継者の顔見せや縁故作り、もしくは商売関連の取引や、政治的干渉なども。うちのお祖父《じい》さまが大好きなことが多くて、前は毎回参加していたらしいね」

羅半はちらっと宴会場の外を見る。客室とはまた別に部屋が配置されている。

「なお休憩室は別に用意されていて、それぞれ音が漏れにくい造りになっている。密談するならどうぞというわけさ」

羅半の本命はそこだろう。いや、嫁探しに関しては、羅半兄が本命かもしれないが、変人軍師を連れてきている時点であきらめた方がいい。

「おまえ、まさか悪どいことに手を出していないよな？　俺に良い人紹介するとか言って」

羅半兄が、弟に詰め寄る。やはり嫁探しで羅半兄を釣って来たらしい。

「兄さん、僕が綺麗《きれい》なものしか見たくないことを知っているだろう？」

「そうだけど。おまえはどこか胡散臭《うさんくさ》いから」

「ああ、胡散臭い」

猫猫が羅半兄に同意する。

「詐欺働いてそう」

「地味顔で安心させて隙につけいる型の結婚詐欺」

猫猫が付け加える。羅半兄は続ける。

「なんてひどい奴だ。投資した船、沈んじまえ沈んじまえ」

「船員がかわいそうですよ」

猫猫は無関係な船員に同情する。羅半兄は言い募る。

「なんなら足の小指、箪笥《たんす》の角にぶつけてしまえぶつけちまえ」

「指先全部さかむけになってしまえ」

猫猫も地味な呪詛《じゅそ》を唱える。

「兄さんと猫猫、なんで兄弟である僕より仲がいいわけ？」

羅半がむっとする。少なくとも猫猫は羅半を兄と思っていない。まだ、羅半兄のほうがより『兄』だ。

「お飲み物はいかがでしょうか？」

卓には、それぞれ専用の使用人がついており、不備がないようにこまめに世話を焼いてくれる。

「僕はお茶で」

「酒はありますか？」

猫猫は目を輝かせた。

「ほどほどにしろよ」

「ほどほどに楽しむ」

羅半には茶を、猫猫と羅半兄には果実酒を用意してくれた。果実酒には消化を助ける香草も漬け込んであり、食前酒の役割もしているのだろう。

「何か点心《おやつ》はないかな。甘い物がいいんだけど。準備したら呼ぶまで下がっていいよ」

変人軍師に食べさせるためもあるだろうが、同時に使用人に席を外させるための言いつけだった。

使用人が消えたところで、羅半は小声で話し始める。

「なんで今日、こんな宴《うたげ》に参加したのかわかるかい？」

「女か？」

猫猫は冷めた目で羅半を見る。

「俺の嫁さん捜しじゃなかったのか？」

羅半兄にはちゃんといい人を紹介してやってほしい。

「僕は、とある御仁《ごじん》と親密になりたいんだ」

「やっぱ女か」

「んなわけないだろ。ほら、右斜め前の卓さ」

猫猫は視線だけ右斜め前を向く。円卓に五人が座っている。かなり高齢の老人とその介護役と見られる中年女性、それから若い男女が三人いた。二人は二十代くらいの男女で、残り一人はまだ十ほどの少年だ。卓には『卯《ウ》』とある。

里樹《リーシュ》元妃の実家だ。出家した里樹はさすがにいない。

「じいさんがいる」

「ご年配と言おうね」

羅半が窘《たしな》めるように言った。

「卯の一族に何か用があるのか？」

卯は今、だいぶ落ち目だと聞いたことがある。里樹の出家や、父親や異母姉のやらかしがあり、羅半にとって旨味があるとは思えない。

「あと左斜め前」

また視線をずらすと、年配の女性がいた。補佐役らしき男性が一人と、若い男女が五人座っている。卓には『辰《シン》』とある。

「ばあさんがいる」

「だからご年配と言おう、言おうね」

羅半が子どもに言い聞かせるように言った。

「卯と辰、ご年配二人がどうしたんだ？」

「二つの家は、四十年ほど前から不仲なんだ。昔は仲が良かったらしいけど、先代当主たちが大喧嘩《おおげんか》をしてから一族ぐるみで不仲になった」

「その先代当主というのがご年配二人？」

「いや、女性は辰の先代当主の妻だね。今は大奥さまと言うべきかな。とはいえ、当時の事情はよく知っているのだろう。あと、卯のほうは先代当主だったんだけど、当主だった婿養子《むこようし》がやらかしたおかげで、隠居の身からまた当主に戻っている」

羅半は円卓の中央に置かれた菓子をつまむ。羅半兄は果実酒をちまちま飲みながら、自分で作れないかどうか思案していた。

「当主同士の喧嘩の原因は？」

「家宝を盗まれた側とその容疑者だそうだ。盗まれた側が辰、容疑者が卯だ」

「わあ、面倒くさそう」

しかも四十年前ときた。今更、家宝が出てくるわけがないだろう。

「別に家同士が不仲でもおまえには関係ないんじゃないのか？　冷たいように思えるだろうけど」

羅半兄も小声で喋《しゃべ》る。

「普段ならそうなんだけどね。今は卯の一族が弱っている。そこにつけこんでくる悪い人たちがたくさんいるんだよ」

羅半は、子どもに教えるように易しい言い方をする。

「子《シ》の一族が滅びて久しくもない。そんな中、また名持ちの家がなくなるのは避けたいだろう？」

「んで、仲が悪い家同士を仲直りさせて、卯の一族の力を回復させようってのか？　そんなにうまくいくとは思えない話だし、何より四十年前の事件を解決できると思っているのか？」

羅半兄の言葉に猫猫も頷《うなず》く。

「普通はそうだね。でもね、辰の一族はまだ、家宝が見つかるのではないかと探している。もし見つけることができたら、どんな恩が売れるだろうかねえ」

羅半が眼鏡の奥の目をいやらしく細める。

「それが本命な」

猫猫は果実酒を飲みながら言った。

「あと気になることがあってね。前に、義父上《ちちうえ》の執務室で首吊《くびつ》り事件があったろ」

「何の関係がある？」

「犯人は三人の官女《かんじょ》だったけど、その実家はどれも辰の一族とつながりがある家だと言ったら？」

「……」

「協力しておくれ、妹よ」

猫猫は黙って酒を飲み干す。

「四十年前の事件を解決するのは難しいけど。猫猫、兄さん、それから義父上。できれば羅門《ルオメン》大叔父さんも連れて来たかったけど、それは無理だった。まあ、三人寄れば文殊《もんじゅ》の知恵ともいうし、なんとかなるんじゃないかな？」

猫猫は卯の一族が今のようになったいきさつを知っている。どうしようもない婿養子《むこようし》たちのせいで卯の本家が弱体化するのは気持ちよいものではない。

そうこう話しているうちに、ようやく姚たちがやってきた。

（必要最低限にしますとか言っていたのに）

姚はかなり着飾っていた。もちろん、燕燕がやっているのでごてごてとした過装飾ではなく、あくまで見る人が見れば、こだわりを感じる服や髪型、装飾品である。

猫猫も燕燕の見立てで服を用意してもらったが、とても品がいい。燕燕は、姚専属でなければ引く手あまたの一流侍女だろう。

（逆に嫁に欲しがられるぞ）

嫁の感覚《センス》の良さは旦那の品性に繋《つな》がる。良い家ほど、趣味が悪い格好をした嫁を貰《もら》おうと思わないのだ。

「もうこれ以上、髪型にこだわらなくていいから」

「ああ、もう少しもう少しだけお待ちください」

燕燕がまだ櫛《くし》と椿油《つばきあぶら》を手に持っている。変人軍師はぼんやりした顔でついてきていた。たまにふらふらとよそへ行こうとすると、護衛の一人が連れ戻す。

（お守り役も大変だなあ）

今日は仕事ではないので、優秀な部下たちの代わりに護衛がお守りをやっている。

「遅くなってすみません。燕燕がしつこくて」

姚が頭を下げる。羅半は笑っているが、笑っているだけで座れともなんとも言わない。

（塩対応は変わらずか）

羅半は女性関係はさっぱりさせておきたい。だから、変にお嬢さまである姚に気に入られると困るのだ。相手に期待させないことも男女間では必要なことだと思うが、正直悪手を取っている。

「お嬢さまにいつまでも立っておけと……」

小声で言って顔を引きつらせるのは燕燕だ。燕燕の反感を買いまくっている。

なお姚は気にした様子もなく笑っていた。誰かから反対されると燃え上がる性格と言っていいだろう。姚の羅半に対する感情は、恋愛感情なのか敬愛なのか、それとも今まで会ったことがない型《タイプ》の男への好奇心なのかは、まだ微妙だ。

「悪いね。こういうときどうすればいいんだかな？」

動き出したのは羅半兄だ。姚と燕燕の座る椅子を引いている。

「ありがとうございます、羅半兄」

姚は羅半兄に促されて、椅子に座る。

「ははははは……」

羅半兄は、苦い笑いを浮かべていた。姚にも『羅半兄』で定着しているらしい。燕燕も丁寧に羅半兄に頭を下げる。

「もうそろそろ時間だね」

すでに他の家は席についており、馬の一族の席も埋まっていた。馬の席には、馬閃《バセン》と麻美《マーメイ》が見えた。

（昨晩、いなかった理由はこれだったわけだな）

こういうお祭りごとなら、雀《チュエ》が率先して出席したがるかと思ったがいなかった。体の不調もあるので、避けているのかもしれない。

「猫猫や」

猫猫の隣に座っていた羅半を押しのけ、変人軍師が隣に座る。猫猫は威嚇《いかく》するように歯をかちかち鳴らした。

「その格好、かわいいねえ。でも、髪型が寂しいから儂《わし》の簪《かんざし》を着けてみてはどうだい？」

変人軍師が猫なで声で、猫猫に簪を差し出してきた。

「うわっ……」

羅半兄が声に出し、羅半が目を背けた。

簪は銀製で剣の形を模しており、龍が巻き付いていた。さらに鎖で紫水晶の髑髏《どくろ》がぶら下がってからんからんと音を立てる。

剣に、龍に、髑髏。元服前の男児が好む要素が盛り込まれている。

「龍としゃれこうべが一緒だと不敬になりませんか？　紫水晶も微妙かと」

姚が至極《しごく》真面目に感想を述べた。猫猫及びその他の者たちは小刻みに首を横に振りつつ、「いや、他にも言いたいことあるけど」という顔をしながらも言及しなかった。

羅半兄が「昔は好きだったけどさー」と漏らしたのは、聞かなかったことにする。

「不敬になるので却下です」

猫猫は着けることをびしっと断る。

「そうなのか」

変人軍師はしょぼんとした顔をする。

「もらうだけはもらいますけど」

猫猫が簪《かんざし》を受け取ると、変人軍師は顔をぱあっと明るくする。

（潰して地金として売ろう）

材料だけはいい物を使っている。これまで変人軍師が持ってきた装飾品はそうやって地金にされている。

「猫猫や。今度はどんな簪が欲しいかい？」

「純金。混ざり物なしで」

「そうか、純金だね」

「妹よ。わが家の借金を増やすようなこと言わないで」

羅半が切実な顔をしていた。今、一体いくら借金があるのだろうか。

そんなこんなで話していると、銅鑼《どら》の音が響いた。開始の時間になり、並べられた円卓の中央の舞台に丑《チュウ》の好々爺《こうこうや》がやってくる。

「皆さま、お集まりいただきありがとうございます」

好々爺はにこやかに挨拶をしながらぐるぐると回る。落ち着きがない滑稽《こっけい》な行動に見えるが、上座も下座も作らない以上、一定方向にだけ挨拶をするわけにはいかないという配慮だった。

「五年ぶりの開催にあたり、前回とはいくつか違うところがございますが」

（子の一族がなくなったことと玉の一族が増えたことかな）

玉の席には、玉葉后《ギョクヨウきさき》や玉袁《ギョクエン》はいなかった。代わりに三十路《みそじ》過ぎくらいの男女が二人だけ座っている。

猫猫は玉袁の子どもたちだろうと推測する。そして他の席はどうかなと周りを見回す。

「猫猫、きょろきょろするのはみっともないわよ」

姚はちょっと緊張しているのか、顔が紅潮していた。

しかし、丑の好々爺の話は長い。客への配慮を心掛けているのなら、話の長さも考えてほしかった。

変人軍師は簪で満足したのか、あらかじめ羅半が頼んでおいた菓子に手をつけている。比較的おとなしいが、後ろで護衛が目を光らせていた。

（話、長ーい）

話は終わらないが、料理がどんどん運ばれてきたのは幸いと言えよう。円卓の中央には家鴨《あひる》の丸焼き。くらげの和え物《もの》や皮蛋《ピータン》、筍《たけのこ》の炒め物などが並ぶ。

（家鴨……）

そっと馬の一族の円卓を見ると、複雑な表情をした馬閃がいた。きっと家にいる愛玩動物《ペット》の家鴨《あひる》を思い出しているに違いない。

「なんかかわいそうだけど仕方ないよな。家畜だし」

羅半兄は、そこらへんは割り切っているのか、使用人が切り分けた家鴨の肉を美味しそうに食べている。

猫猫は卓に置かれた黄酒《ホアンチュウ》の酒瓶を取ろうとした。

「駄目だよ」

羅半が酒瓶を奪う。

「なんでだよ」

猫猫は不満そうに目を細めた。

「猫猫には仕事があるから、酒はほどほどに」

羅半は使用人に命じて酒の類を全部回収させた。かろうじて酒精《アルコール》の少ない果実酒だけ残される。

猫猫は黙って食事をすることにした。

小父《おじ》さんたちの話は長い。丑の好々爺《こうこうや》に続いて、どこぞの一族のご隠居が茘《リー》の歴史について話しだした。

全部終わったのは四半時《三十ぷん》後くらいで、猫猫の腹は料理で満たされていた。

「あとは皆さま、ご自由にご歓談ください」

その言葉をどれだけ待っていただろうか。宴会場の皆が激しい拍手を送る。

中央の舞台からご隠居たちが降りると、華やかな衣装を着た踊り子が現れる。帔帛《ひはく》を巧みに操って舞う姿は見ものだ。どちらかといえば緩めの会合とあって、音楽も若者向けの明るいもので、歓談に花を添える。

若者たちは席を立ち、周りに挨拶をし始めていた。

麗《うるわ》しい女性に声をかける者、他家の長《おさ》に挨拶する者、知り合いに知り合いを紹介する者。

引率の長老たちは座ったままその様子を微笑《ほほえ》ましく眺めるが、中には長老自身が気に入ったのか、逆に長老から挨拶をされる者もいる。

若者同士ですでに派閥ができているのか、早速密談部屋に向かう者たちもいた。

さて、猫猫たちの席といえば――。

「誰も来ねえな」

羅半兄が羹《スープ》を飲みながら言った。

「待っているのに飽きたなら、回ってきていいですよ、兄さん」

羅半はまだゆっくり食事を楽しみたいのか、立ち上がる気配はない。

「いや、そういうわけじゃねえけど」

羅半兄は一般的な感性の持ち主なので、この円卓だけ、はぶられているのが落ち着かないのだろう。

「燕燕、このお料理美味しいわね」

「はい、お嬢さま。今度再現しますね」

姚と燕燕に至っては、誰も来ないことを見越してやってきたので落ち着いたものだ。

猫猫も料理を楽しみつつ、本題を忘れてはいない。

「それで、姚さんに粉をかけてきた不届き者は来ていますか？」

「いないけど、家自体は参加しているわね」

「どこの一族なんですか？」

「辰の一族よ」

(まじかよ)

猫猫は羅半をちらりと見る。羅半の眼鏡の奥の細い目が、めんどくさそうに鋭くなっていた。

「これから話をしに行きたいのだけど」

姚が席を立とうとする。

羅半と猫猫、それから羅半兄は慌てた。さっきの、卯と辰の一族の不仲の話を姚と燕燕は知らない。なお羅半兄は関係ないが、空気を読んで対処している。本当にいい人だ。

「ちょっと待ってください」

猫猫は羅半と目配せをする。

（姚に卯と辰のことを説明したほうがいいのか？）

しかし、燕燕はともかく姚は面倒くさい。首を突っ込ませないほうがいいだろうと判断し、大きく息を吐く。

「辰の一族に伝手《つて》はありますか？」

「……ないわよ」

姚はきまり悪そうに言った。

「はい。ないと思います。なので、いきなり姚さんが一族の重鎮に一言申し上げるというのは、礼を欠く行為ではないかと思います」

「それはわかっているわ」

姚は軽く口を尖《とが》らせる。

（一年見ない間に少しは大人になったかな？）

猫猫は羅半を見る。羅半はすでに姚たちの状況を把握しているのだろう。

「僕は今から辰の一族に商談を持ち掛ける。まず、僕らが先に行って話をつけておきたい。姚さんとしては早く自身がこうむっている迷惑な問題を解決したいのはわかるけど、本来君たちは部外者だ。変に顔を出して、我が家に赤字をもたらすようであれば、即刻家から出て行ってもらうことになるけど」

羅半の言葉は辛辣《しんらつ》だが、真っ当な話だ。姚は唇を噛《か》んでおり、燕燕が鬼の形相《ぎょうそう》になっている。

(むしろ変わっていないのは燕燕のほうか)

燕燕をどうにかしないと姚が成長できないのではと心配になる。燕燕をなんとかなだめてくれる人間はいないだろうか。

「なので、僕らは今から辰の一族と話をしてくる。その間、君たちは残っていてもらいたいんだ。もちろん、僕らの話が終わったら、君たちを紹介するよ」

「質問ですが、私たちだけ残っていたら面倒なことになりませんか?」

燕燕が眦《まなじり》を上げたまま羅半に言った。

「大丈夫だよ。兄さんが代わりにいてくれる」

「はあっ!?」

羅半兄は初耳らしく思わず立ち上がる。

「そ、そんな話聞いてないぞ」

羅半は羅半兄の肩を叩《たた》く。

「兄さん。美しい女性二人を置いていくのは忍びない。申し訳ないが、ここで二人を守ってくれないだろうか?」

羅半兄は姚と燕燕を見る。

羅半はそっと羅半兄に耳打ちする。

「義父上《ちちうえ》は交渉の場には必要不可欠な人だ。男たちが全員いなくなると問題だろう。頼むよ、兄さんにしか頼めないことなんだよ」

こっそり耳打ちしつつも、丸聞こえだ。

「うっ、わかったよ」

羅半兄が折れた。

「助かるよ、兄さん」

猫猫は横で見ながら、こんなふうに西都にも行かされたんだろうなあ、と察した。羅半兄はあまりに人が良すぎる。

三話　辰《シン》の家宝

時刻を知らせる鐘の音が響く。

「さて、そろそろ行きましょうか」

羅半《ラハン》が立ち上がる。猫猫《マオマオ》も仕方なく立ち上がると、変人軍師がぼやっとついて来る。

「じゃあ、兄さん頼んだよ」

「へいへい」

羅半兄《ラハンあに》はなんとも居心地悪そうに返事をした。

護衛は二人残して、一人だけ猫猫たちに同行する。ずっと変人軍師のお守りをしていた護衛だ。

「二番《アーファン》、義父上《ちちうえ》がはぐれないように見ていてくれ」

「かしこまりました」

二番という呼ばれ方からして、変人軍師が引き抜いた人材だろう。わかりやすくていい。

三十代半ばの壮年で、護衛らしい屈強な体つきをしている。腫れぼったい目をした生気のない人物だが、変人軍師のお守りを年中していたら大体の人間がそうなるものだ。

辰《シン》の一族も席を立つ。向こうは大奥さまと補佐役の男、あと一人若い男が宴会場を出る。羅半のことだ、辰の一族とは連絡をとってあらかじめ時間と場所を決めていたのだろう。

予想通り、羅半は辰の一族と同じ密談部屋に入った。他の密談部屋もいくつかは使われているらしく、使用中の札が下がっている。

部屋の中には長卓が一つと、椅子が三つずつ卓の両側に並んでいる。

三対三、それに護衛が一人ずつ。

「いやはや、此度《こたび》は私の申し出を受けていただき、ありがとうございます。辰の大奥さま」

（私とか）

羅半はいつにも増して営業用の顔を全開にしていた。

変人軍師はいつも通りで、二番の手には果実水の瓶と甘い匂いをぷんぷんさせた袋がある。

「ふふふふ。大奥さまとは言ったものね。それにしても、孤高の羅《ラ》の一族からの申し出とは何かしら？」

（孤立無援の間違いでは？）

猫猫はそう思いつつ、黙っている。羅半が喋《しゃべ》っているのは、変人軍師がまともに挨拶ができないからである。本来、目上の人物に対して対等に話すことは良しとされない。

「とりあえず座りましょうか」

大奥さまが言い出したことでようやく座れる。なお、変人軍師は勝手に座ろうとしていたのを二番に止められていた。

猫猫は順番として最後に座る。変人軍師の隣に座るしかなかったので、椅子をずらして微妙に離れた。

(羅半、絶対後で薬草か何かふんだくってやる)

猫猫としてはいろいろ、我慢が多い会合だ。

「それで、私たちに素晴らしい提案をしてくださると聞きましたけど」

大奥さまは、威厳とかつての美しさの片鱗《へんりん》を残す大熟女だった。羅半からしたら得意な相手だろう。

「四十年前、辰の一族が失った家宝を探し出すと言ったらどうでしょう?」

「ふふふふふ」

大奥さまは団扇《うちわ》で口元を隠し、上品な笑いを見せる。隣の補佐役は、呆れた表情を浮かべていた。

「本当にどこから聞いたのですかね? 今更、探し出そうなんて無理に決まっているでしよう？」

「ですが、先代当主であった貴女《あなた》の旦那さまは、亡くなられる寸前まで探していられたと聞きましたけどね。ええ、三年前まで」

羅半の声は挑発的とさえ思える。辰の若者の眉がぴくりと動いたのを猫猫は見逃さなかった。

（あんまり喧嘩《けんか》売るなよー）

「そのとおりです。自分の代で家宝を失ったなんて、どれほど恥かわかりますか？　夫は、それはもう悩んでおりました。何より親友であった卯《ウ》の一族の長《おさ》を盗人《ぬすびと》扱いし、喧嘩別れするほどに」

「有名な話ですね。卯の一族が盗んだと宮中で叫び、抜剣したと」

さらっと言っているが、かなりの大事件だった。下手すればその場で手打ちにされかねない所業《しょぎょう》である。

「お恥ずかしい話です。夫は武勇に優れた人でありましたが、癇癪持《かんしゃくも》ちのところがありましたので。だからこそ、冷静に諌《いさ》めてくれる卯の一族の長がいて助かっていたというのに」

大奥さまは悲しそうにまつ毛を伏せる。真っ白な髪に比べ、まつ毛はまだ黒いものが何本か交ざっていた。

（大奥さまは卯の一族に同情的だな）

しかし、それは辰の一族の総意ではない。横にいた若者が立ち上がる。

「お祖母《ばあ》さま！　卯の一族をなぜ庇《かば》うのですか？　では家宝はどこへ行ったというのですか？」

若者は二十代半ば。辰の一族は馬《マ》の一族と同じく武人の一族だろうか。がっちりした体つきをしている。大奥さまの孫というだけあって綺麗《きれい》な顔立ちをしているが、全体的に男くさい。

「家宝は消えた。お祖父《じい》さまが今際《いまわ》の際《きわ》におっしゃったではないですか？『もう探さなくていい』と」

「ですが！」

「やめなさい」

補佐役が若者を止める。

（もしかして、こいつが恋文を書いた奴じゃないだろうな？）

猫猫は思ったが、姚《ヤオ》がその相手は来ていないと言っていたので違うだろう。

「卯の一族云々《うんぬん》はともかく、皆が皆、家宝を諦めたわけではない様子ですね」

羅半がわざとらしく言った。

「お祖母さま。羅の一族が手を貸してくれるというのです。それでも見つからないのなら仕方ない。でも、あがくだけあがいては駄目でしょうか？」

「諦めが悪い子ですね」

大奥さまは呆れたように息を吐いた。

「義父上《ちちうえ》、どうしましょうか？」

「ん？」

羅半が変人軍師に訊ねる。変人軍師は、二番から貰《もら》った麻花《かりんとう》を齧《かじ》っていた。なくなっても卓の上には水菓子《デザート》が置いてあるので、しばらく持つだろう。

「義父上の時間が無駄になってしまいましたね。特別なお願いだというので、時間を割《さ》いたのに。あえて気を使わせぬため、こちらからの要望という形にしたのに」

羅半は残念そうに首を振る。

「どういうことですか？」

大奥さまは孫を見る。

「だって、こうでもしないと見つかるものも見つからないでしょう！」

「おまえから頼んだのね？」

「ええ。そうですよ」

辰の一族の者たちは、変人軍師を凝視する。本来、触れるべからずの札付きの男だ。変人軍師から声をかけたならともかく、辰の一族から接触したのなら話は違う。

羅半が接触したのはこの孫だろう。辰の一族としては、先代の死とともに家宝の捜索は終わりにしたが、一部の者たちは納得していない。どうにかできないものかというところで、羅半が口八丁《くちはっちょう》で近づいたのだと容易に想像できる。

羅半は困った顔をしていたが、その分厚い面《つら》の皮の下ではほくそ笑んでいるに違いない。

「そうですね。四十年も前の話でしたら、たとえ義父上《ちちうえ》でもわからないことがあるかもしれない。でも、呼び出されて何の話も聞けなかったというのは、さすがに莫迦《ばか》にするにもほどがあります。ということで、お話だけでも聞かせていただけないでしょうか？」

べらべらとよく舌が回ると猫猫は感心する。辰の孫から話を持ちかけられたというが、そのように誘導したのは羅半のほうだろう。

辰の一族は、複雑な表情をしていた。補佐役と孫が大奥さまの顔色を窺《うかが》う。

「わかりました」

大奥さまが折れた。

「たとえ家宝が見つからなくても問題ありません」

「それはありがたいお話です」

「では、夫がいつも説明していた内容に、私の補足を加えてお話しします」

大奥さまは大きく息を吐いた。

○●○

まず我が家の家宝について説明します。

家宝がどんな形状かと言えば、玉《ぎょく》を持った金の龍の置物です。龍という瑞獣《ずいじゅう》を家宝にしているのは、いただいた文字が『辰』であることと、家の起こりが関係しております。

辰の一族は、皇族の傍系として名をいただきました。故に、瑞獣を表す『辰』の字が当てられております。

家宝を賜《たまわ》ったのは、六代前の時代です。辰の一族へ、というより、臣籍降下《しんせきこうか》した息子に、というのが正しいでしょうか。

その代の東宮《とうぐう》は体が弱く、他に兄弟がたくさんおられたそうです。東宮は自分が帝位につくより優秀な弟が帝位についたほうがいいと父君である皇帝陛下に直訴《じきそ》したそうです。ですが、推挙された弟君は優秀であるものの、母君の位が低かったのです。東宮は宮中の内乱を防ぐため、出家を決意されました。ですが、皇帝陛下はそれを良しとしませんでした。

東宮の決意は固く、紆余曲折《うよきょくせつ》の末、最終的に臣籍降下で話が片付きました。

ちょうどその時、直系に男子がいなかった辰の一族に婿《むこ》としてやってこられたのです。

東宮《とうぐう》は体が弱かったものの、聡明なかたで皇帝陛下もたいそう可愛がられていたそうです。たとえ皇族でなくなったとしても、息子であるという証拠に玉《ぎょく》を持った龍の置物を贈られたのです。

ええ、そうですね。皇位継承権はありませんが、我が家の男子は皇族の男系の血を引いております。

前置きはこれくらいにしておきますか。

なぜ家宝を失くしたのかについてですね。

四十年前、我が家の蔵が火事になったのです。大きな火事でした。懸命な消火作業と大雨のおかげで母屋《おもや》に火が移ることはありませんでしたが、蔵の中の物はほとんど焼けてしまいました。

家宝の龍の置物もそこにあったのです。火事で焼けて、溶けてしまえば家宝も何もない、そうでしょう？

ですが、夫が家宝は絶対消失していないと言い出したのです。誰かが盗んだ、持ち出した、それが卯の一族だと名指ししました。

理由は、当時の卯の長《おさ》がちょうど火事の時、我が家を訪問していたのです。

卯の長は、いち早く火事に気付き、大量の水をかけ、近くの小屋を壊し、延焼を防いでくれました。

傍《そば》に建っていた屋敷に燃え移らなかったのは、卯の一族のおかげと言ってもいいのに、夫は恩人の顔に泥《どろ》を塗るような真似をしました。

卯の一族は火事場泥棒をやった、貴き流れを汲《く》む辰の一族を妬《ねた》んで家宝を奪い去った、と言い出したのです。

夫の気持ちもわからないことはありません。夫としては、先に裏切ったのは卯の一族だと言いたかったのでしょう。

その当時、卯の一族は女帝、と言っていいのでしょうか、時の皇太后の派閥に属していました。皇位継承権はなくとも皇族の血を引くという誇りを持った夫は、どこの馬の骨ともわからない女に頭を下げる気はないと豪語しておりました。その物言いは、天子の母君に対して不敬を通り越して謀反《むほん》と疑われてもしかたないほどでした。

今想像しても恐ろしい。あの時代、女帝の逆鱗《げきりん》に触れて本当に辰の一族が族滅させられなかったのが不思議なほどです。

私が、家宝など探す必要はないと言った意味はわかりましたか？

私は、家宝は焼けた蔵と共になくなったと思っています。溶けてなくなった物が今更出てくるわけがありません。

その言葉を信じず家宝を探し続ける夫は、子や孫に家宝はどこかにあると言い続けてきました。その結果が卯の一族との確執に繋《つな》がっているのです。

○●○

大奥さまは話し終えると、茶をゆっくり飲んだ。密談の部屋に丑《チュウ》の使用人はいないので、それぞれの護衛たちが用意してくれた。

（皇位継承権のない元皇族）

猫猫はふむと顎《あご》を撫《な》で、変人軍師を見た。

「なんだい、猫猫？」

変人軍師はすかさず猫猫の視線に気づいた。

「……」

猫猫は一瞬無視したかったが、話が進まないと困るので、我慢した。

「さっきの話に嘘《うそ》はありませんか？」

猫猫は、やりたくない気持ちを抑えつつ変人軍師に耳打ちをする。

「嘘？　うーん」

変人軍師の反応からして嘘はないらしい。あと、妙に嬉《うれ》しそうなのが猫猫は気に食わない。

猫猫はさっと変人軍師から離れた。

どうしてもさっきの話には気になることが多すぎた。

そして、羅半はこういう猫猫の表情を見逃したりしない。

「ちょっといいでしょうか？」

羅半が挙手した。

「なんでしょうか？」

「いえ、私ではなく妹がお話を聞きたいようで」

羅半は猫猫を見ると、器用に片目だけを瞑《つぶ》って見せた。

（この野郎）

猫猫は羅半の爪先を踏みつけてやりたかったが、間に変人軍師が入っているので踏みつけられない。なので代わりに変人軍師の足を踏んだ。

「!?」

変人軍師は叫び出しそうになったが、猫猫が踏んだとわかると、気持ち悪い笑みを浮かべた。

猫猫は無視して大きく息を吐く。

「ではお言葉に甘えまして、いくつか質問させていただきます」

さっきの話で気になった点と言えば――。

「家宝の龍の置物の具体的な形状を教えてください」

「具体的な形状ですか？　大きさは……、描いたほうが早いですね」

補佐役が大奥さまに紙と筆記用具を渡す。大奥さまはすらすらと見事な龍を描いた。

「お上手ですね」

猫猫は素直に感嘆する。

「素人《しろうと》の手慰《てなぐさ》みです」

描かれた龍は、猫猫の想像する一般的な龍だった。大蛇のような長い胴体に、二本の角。かぎ爪がある前脚には玉《ぎょく》を持ち、鬣《たてがみ》がある。原寸で描かれているとして、三寸《九センチ》くらいの台座に龍が鎮座している。

（意外と小さいな）

特におかしな点はないかに見えた、一か所を除き――。

そして、猫猫が気づくなら目ざとい羅半が気づかないわけがない。

「指は四本ですか？」

羅半の言う通り、玉を握る龍の指は四本描いてあるように見える。

「はい、そうです。本来皇族でなければ許されない指の数ですが、当時の帝はそれほどまでに東宮《とうぐう》を愛されていたのです。たとえ、臣下に下ったとしても、息子には違いないという証《あかし》でした。玉も紫水晶を与えられておりました」

紫は黄色に次ぐ高貴な色とされている。

（皇太后が好んで着ていた服は黄色だったけど）

最も高貴な色は黄丹《おうに》と呼ばれる。皇帝以外に使用は許されない、赤みがった黄色だ。

「龍の像の材料は純金でしょうか？」

「いえ、純金ではなく銀を混ぜたものだったかと思います」

純金は柔らかい。加工しやすいが、同時に潰れやすい。銀を混ぜるのは強度を上げるためである。

猫猫は情報を頭でまとめるために目を瞑《つぶ》る。

（異なる金属を混ぜてできた合金は、溶ける温度が低くなることがある。でも、金と銀ではそんなに下がるようには思えない）

大奥さまの言葉に嘘《うそ》がないとすれば、家宝は焼けて全部なくなったと思っている。

「もう一度、具体的に火事の様子を教えていただけないでしょうか？」

しかし、辰の孫が椅子から立ち上がる。

「ああ、もういい！　お祖母《ばあ》さま、説明などせずとも、卯の一族をしめあげてしまえば早いのです。行きましょう！」

お祖母さまの手を引っ張る孫に、補佐役がげんこつを落とす。

「落ち着きなさい」

「うっ」

孫は頭を押さえる。

（わー、なんか見たことがある光景）

体育会系の家柄は皆、肉体言語で語るのだろうか。高順《ガオシュン》と馬閃《バセン》が目の前にいるようだ。

「話を続けても？」

羅半が大奥さまに確認する。

「どうぞ」

「だそうだ」

羅半は猫猫に振る。

「火事の原因はなんでしょうか？」

猫猫は気を取り直して質問をする。

「……書庫の灯《あか》りが燃え移ったのが原因です」

「そうです……かっ！」

猫猫は慌ててわき腹を押さえる。変人軍師がいきなり指で突《つつ》いてきたのだ。

（なんだ、この野郎！）

猫猫は八つ当たりではなく、本気で変人軍師の爪先を踏みつけてやろうと思った。

しかし、片眼鏡《モノクル》の変人の目は妙に輝いていた。犬がとってこいを命じられたので持ってきて、褒められたい顔だ。

（もしかして、今、大奥さまが嘘《うそ》をついたと言いたいのか？）

　変人軍師は細い目をさらに細める。

　嘘を教えてくれたのはありがたい。だが指で突かれると気持ち悪いので、手を叩《たた》いておいた。

（火事の原因を誤魔化すのはどういうことだ？）

　猫猫は念頭に入れつつ、次の質問に入る。

「蔵は具体的にどれくらい焼けましたか？」

　大奥さまは記憶をたどるように俯《うつむ》く。

「蔵が崩れ落ちるまでには至りませんでした。しかし中は黒焦げで、書物など燃える物が多かったのでほとんど残りませんでした」

「書物はだめと。では家具の類《たぐい》もだめですね。壺《つぼ》などあれば無事だったでしょうか。いや、美術品なら価値がなくなってしまうはずですね。剣や鎧《よろい》はなかったのでしょうか？」

「蔵には美術品としての剣や鎧はいくつか。あと代々の嫁入り道具は、火元から遠かったのか燃え残っていたと記憶しています」

　これには、変人軍師は反応しない。

「では、最後に。卯の一族が火事を消したと言いましたが、それは元々訪問される予定だったのですか？　それとも偶然通りがかったのでしょうか？」

「卯の一族は、我が家門を訪問する予定でした」

大奥さまは目を瞑《つぶ》ったまま返答する。

「では、その訪問を前もって知っていましたか？」

「……」

猫猫の質問に、大奥さまの言葉が止まる。

「……いいえ。辰の一族にとって突然の訪問でした」

妙に引っかかりのある言い方に聞こえた。だが、変人軍師は反応しないので嘘《うそ》ではないのだろう。

「なぜ突然訪問されたのでしょうか？」

「……女帝の命《めい》だったのでしょうね。先ほども言いました通り、卯の一族は女帝に従っておりました。当時の辰の一族は、私の夫が当主として代替わりしたばかりで、まだ若く血《けっ》気《き》盛んだったのです。皇族でなくとも皇族に準ずる地位にいると、周りの反女帝派はまくし立てました。そこに卯の一族が訪問するとなれば、大体理解できますでしょう？」

「謀反《むほん》の証拠をおさえに来たのでしょうか？」

「おそらく」

曖昧《あいまい》な言い方なのは、火事で何もかもなくなってしまったからだろう。

「数々の家宝は消し炭となりましたが、私はあれでよかったのだと思っています。当時の女帝の勢いを考えると、あのままでは我が一族はとうに消されていたはずです。ただ、残念なのが、夫が親友と最後まで仲直りできなかったことでしょうか」

大奥さまはほろりと涙を流し、手ぬぐいで押さえるように拭《ぬぐ》った。

「質問は終わりましたか？」

孫が、猫猫に対してかろうじて敬語を使って聞く。

「はい」

「なにかわかりましたか？」

「はい」

「えっ!?」

思わぬ返事に孫だけでなく、大奥さまと補佐役も目を見開く。

「今のでわかったというのですか？」

「全部ではありません。あと、いくつか怪しいところがありました」

羅半も気づいた点があったらしく頷《うなず》いている。変人軍師はじっと、大奥さまが嘘をついていないか観察していた。

「怪しいところとは一体？」

「書物は燃えて、剣や鎧《よろい》、嫁入り道具は燃え残っていたと言いましたね。嫁入り道具とは、銅鏡も含まれていますよね？」

「ええ」

大奥さまは不思議そうに答える。

「じゃあおかしいね」

「おかしいです」

羅半と猫猫は顔を見合わせる。

「どこがおかしいのですか？」

補佐役が珍しく口を開いた。話すと、どこか孫と似ている。

「それはですね」

羅半が説明を始めたので、猫猫は任せることにした。

「先ほど、家宝の龍の像が溶けてなくなったと言っていましたよね。ですが、その時の火事では金の合金が溶けるほど高温になったとは考えにくいんです」

「ど、どういうことですか？」

「銅鏡、材料は銅ですよね。銅と金は溶ける温度が大体一緒なのです」

羅半は眼鏡を光らせる。

「銅鏡が溶けていないということは、金も溶けていない可能性が高い。何より、金は溶けてもなくなったりしません。もしも溶けてただの金の塊《かたまり》になったとしても、どこかに落ちていたはずです。金は地金の時点で価値が高いので、溶けた塊をそのまま放置したとは考えにくいのです」

「そうなのですか？」

大奥さまは目を丸くする。普通、金属の溶ける温度なんて、良家の女性は知らないはずだ。一般常識ではない。猫猫や羅半の場合、おやじに教えられたり商売関連の知識を得たりしているので、知っているほうが例外なのだ。

「で、では、一体、家宝はどこへ行ったというのですか？」

大奥さまは声を震わせる。猫猫にも動揺していることがわかった。

「その前に、いくつか確認を」

猫猫が手を上げる。

「なんでしょう？」

「卯の一族は突如、辰の一族の屋敷を訪問した。ちょうど火事の真っ最中であり、火事を消してくれた、でしたね？」

「ええ」

「火事を消した後、入念に焼け焦げた蔵の中を確認し、謀反《むほん》の証拠を探したのですよね？」

「おそらく」

そこで証拠がなかったのだから、女帝は辰の一族に手を出せなかったと考える。

では、本当に謀反《むほん》の証拠は出なかったのだろうか。

「証拠はなかったのか、ちょっと確認してみましょう」

猫猫は懐から独特な趣味の簪《かんざし》を取り出した。先ほど変人軍師から貰《もら》った簪で、装飾として付いている紫水晶の髑髏《どくろ》をぶちっとむしる。

「妹よ。いくらなんでも貰った人の前で貢物《プレゼント》を破壊するのはどうかと思うよ」

「猫猫や、髑髏だけが欲しかったのかい。じゃあ、今度は水晶で髑髏の数珠《じゅず》を作ろう」

『やめてください』

猫猫と羅半の声が重なった。

「これを見てください」

猫猫は髑髏を大奥さまに見せる。

「龍がつかんでいた玉《ぎょく》というのは、こんな紫水晶ではありませんか?」

「ええ。色合いも同じだったと思います」

猫猫がつまむ髑髏は、深い深い紫色をしている。よほど良質の紫水晶なのだろうが、よりによって髑髏にしなくてもいいのにと猫猫は思う。

「では」

猫猫は部屋の隅っこにある火鉢を見る。温かい茶を入れるためだろうか、薬缶《やかん》が火にかけてある。

「火鉢を持ってきていただけますか？」

猫猫は二番に頼む。羅半や変人軍師に頼んでも、非力すぎてひっくり返すのが落ちなので頼む気にもならない。

「かしこまりました」

二番は軽々と火鉢を持ってくる。

「皆さん、よく見ていてください」

猫猫は火箸《ひばし》を取ると、紫水晶の髑髏を炭の上にのせ、ころころと転がした。

「おや？」

灰にまみれた髑髏の色がみるみる変化していく。藤のような見事な紫色が薄まり、白っぽくなったと思ったら黄味を帯びていく。

「出来上がり」

猫猫は火箸で髑髏をつまむと、ふうっと息を吹きかけた。灰が落ち、濃い黄色の髑髏が現れる。

「色が変わった？」

孫が目を丸くする。

「金属が高温で溶けるように、宝石も色を変えます。紫水晶は特に色が変わりやすく、日光に当て続けるだけで青みが落ちてしまいます。物によって色の変化は異なりますが、これは見事な黄色ですね。説明しやすくてよかったです」

石は不変ではない。それを知らない者は多い。

「大奥さま。家宝の龍の置物は、部外者に見せることはありましたか？」

「いいえ。家宝を見せびらかすような真似はしませんでした。代替わりなどのお披露目の際に、客人に見せることはありましたが、夫のときはその前に火事になりましたので」

それでも、勘違いする者はいるだろう。

「正式な皇族でもない一族が、四本指の龍の置物を持っているなど。さらに濃い黄色、黄《おう》丹《に》を思わせる高貴な色の玉《ぎょく》まで握っていたとすれば――、謀反《むほん》の意志がある証拠と見なされてもおかしくありません」

「そ、そんな偶然があってたまるか」

孫の顔が真っ青になる。

「で、では、火事の時に家宝が燃え残っていたのなら……、謀反の証拠が見つかったとされて、とうに我が一族は女帝に処分されたのではないか？」

その通りだと猫猫は思う。だが、そうでないということは、誰かが家宝をこっそり持ち去ったということになる。

猫猫は大奥さまを見る。

「ここまで話したら、誰が家宝を持ち去ったのか、大奥さまは見当がついていそうですね」

「……はい」

大奥さまは、打ち明けるように肯定した。

「お、お祖母《ばあ》さま？」

孫は混乱しており、しきりに瞬《まばた》きをしている。

「何よりその方から教えてもらったのではないでしょうか？　卯の一族が訪問する旨《むね》を」

「その方ではありません。ですが、大体あなたの想像通りかと思います」

猫猫は一呼吸置く。

『……いいえ。辰の一族にとって突然の訪問でした』

妙に引っかかる言い方だった。

(辰の一族にとっては突然の訪問だが)

「大奥さまは前もって卯の一族の訪問を知っていたのですね」

「はい」

そして、普段から夫が女帝を罵《ののし》るさまを見ていた。夫の言動によって謀反と見なされ、処されるのではないかと怯《おび》えていたはずだ。

「何を証拠に謀反の企てをでっち上げられるかわからないと思ったのですね」

そして、証拠を隠すとすれば燃えた蔵だろう。

『……書庫の灯《あか》りが燃え移ったのが原因です』

変人軍師はこれを嘘《うそ》だと見抜いていた。

（つまり——）

「卯の一族の訪問の知らせを聞いた大奥さまが、証拠隠滅のために蔵に火をつけたのでしょうか？」

孫が、がたっと大きな音を立てて立ち上がる。

「な、何を言っている！　お祖母《ばあ》さまがそんなことするわけがない」

「声が大きいぞ」

補佐役は孫を止めるが、かすかに動揺しているように見えた。

「いいえ」

大奥さまはまっすぐ猫猫を見る。

「その通りです。私が蔵に火をつけました」

猫猫の質問に、大奥さまは大きく頷《うなず》いた。

四話　兎《うさぎ》と龍

大奥さまの告白に、辰《シン》の若者と補佐役は動揺を隠しきれない。

「どういうことでしょうか、母上？　説明してください！」

ずっと冷静だった補佐役が声を荒らげた。どうやら母子だったらしい。

「お祖母さま、冗談ですよね？」

孫は逆に声が小さくなっている。

二人の身内に対して、大奥さまは首を横に振るだけだ。

「もし辰の一族を裏切ったというのであれば、それは誰でもない私のことです」

大奥さまは、顔を伏せる。

「四十年前に何があったのか、本当のことを教えていただけますか？」

「はい」

猫猫《マオマオ》の問いに大奥さまは頷く。

「そういうことですので、一度座ってはいかがでしょうか？」

羅半《ラハン》の声で、孫と補佐役はいくらか正気を取り戻したのか、椅子に座った。

「では」

大奥さまはゆっくりと話を始める。

「先代の辰の当主が卯《ウ》の当主と親友だったように、私もまた卯の当主の妻と親友でした」

大奥さまは昔を懐かしむような表情だ。

「私と彼女は互いに名持ちの良家に嫁いだこともあってか、似た悩みを相談しあう仲でした。昔はよく茶会をしておりました」

皆が固唾《かたず》を呑《の》んで聞く中、変人軍師だけは串《くし》に刺した山査子《さんざし》をもごもご食べている。すでに何本も平らげており、食べ終わった後の金属の串はその都度二番《アーファン》が片付けていた。

「私の夫は熱血漢でたびたび女帝派と衝突していたこと、親友もまたその夫が女帝派に与《くみ》していたことで次第に疎遠になり、茶会どころか文の数すら減らさねばならなかったのです。所属する派閥が違うことで、辰と卯、両一族の距離が広がっていくのを互いに悲しんでおりました」

大奥さまは顔を伏せたまま、さらに団扇《うちわ》で顔を隠していて表情が読めない。

「夫はまっすぐな性格でした。皇族を暗殺し、実子を帝に据えたと言われる女帝を好ましく思うはずはありませんでした。皇族に対して忠誠心があるからこそ、思いは強かったのです。しかし、女帝の政治的手腕はここ数代の治世の中で最も評価され、有能だと言われていました。国のために、卯が女帝に肩入れする理由もわかりました」

（皇族を暗殺というのはあくまで噂《うわさ》なんだけど）

ここで訂正するのは野暮だろうと、猫猫は黙っておく。

大奥さまは、どちらの言い分もわかる。だからこそ、卯と辰、二つの一族が道を違《たが》えることに反対できなかったのだろう。

「女帝は、息子である先帝が即位してからも従わぬ者たちを処罰していきました。皇族の傍系から始まった辰の一族は、さすがに女帝としても罰しにくかったのでしょう。それにつけこんで、反女帝派は、夫を首魁《しゅかい》としようとしました」

どこにでも自分は矢面《やおもて》に立たず、誰かを祭り上げようとする者はいる。

「辰の男たちは躍起になり、女たちは怯《おび》えました。私は不安を吐露《とろ》したく、つい彼女に相談したのです」

「彼女とは、卯の当主の奥方ですね」

羅半が確認するように聞いた。

「はい。彼女から返信はありませんでした。彼女にも彼女の事情がございます。すでに政敵となった相手に会おうなどと言われて簡単に会えるわけがない。そう、諦めた頃でした。彼女が秘密裏に私に会いに来たのです」

大奥さまは大きく息を吐く。

「女帝の命《めい》にて、卯の一族が監査に入る、何かしら謀反《むほん》を疑われるような証拠があれば、それを理由に滅ぼされるかもしれない、と」

「で、では、蔵に火をつけたのは⁉」

孫が祖母に詰め寄る。

「ええ。お祖父《じい》さまはね、蔵の書庫に大切な文を隠すの。たとえ謀反《むほん》の意がなくとも、その誘いの文が見つかれば我が家門は滅ぼされる。蔵の書庫に隠していることは知っていたけど、詳しい場所は知らなかったの」

だから大奥さまは蔵に火をつけるという強硬手段に走った。

「じゃ、じゃあ、家宝を盗んだのはお祖母《ばあ》さま？」

「いえ、それは違います」

孫の問いに猫猫が代わりに答える。

「大奥さまは家宝の置物は溶けてなくなったと思っていました」

何より変人軍師が嘘《うそ》をついていないと判断していた。

「では、いったいどこに家宝は消えたのか⁉」

孫はわからないようだが、大奥さまはとうに気づいている。

「なぜ卯の一族が女帝派になったのか。女帝の密命なのになぜ卯の当主の妻が私にその密命を教えることができたのか。その時、ようやくわかりました。まさか、家宝を盗んだなんて思いませんでしたが、盗んだ動機もそこのお嬢さんの言葉でわかりました」

大奥さまは淡い笑みを浮かべた。

「卯の当主は女帝から辰の一族を守るため、女帝派になったふりをしたのですね。でなければ、女帝からの密命が漏れるわけもなく、反逆の証拠とも捉えられる家宝の龍の置物を持ち去ることもないでしょう。完全な女帝派であれば、置物を証拠として女帝に差し出していたでしょうから」

「卯の当主が、盗んだ、と？」

「ある意味、卯の当主は大した人物ですね。一族の頂にいながら、国の絶対的権力者を裏切るような間諜《かんちょう》の真似事をやってのけたわけです」

猫猫は素直に感嘆する。

「お祖母さまが卯の一族をかばうのは、それを知っていたからですか……。なら、なぜお祖父さまに言わなかったのですか？」

孫の問いかけに大奥さまは首を横に振る。

「……お祖父さまは頑固でしたし、下手に口にしようものなら、女帝に漏れる可能性もありました。ようやく口にできたのは、女帝の死後、お祖父さまが寝たきりになり、ふと昔を懐かしんでいたときでしたのよ」

大奥さまは孫に優しく言った。

もう家宝を探さなくていいと言ったのは、辰の元当主が真実を知ったからだろう。

「夫は悲しんでおりました。卯の当主は、長い物には巻かれろという考えが嫌いな、もっと芯がある奴だと思っていたのに。女帝の腰ぎんちゃくに成り下がりやがってと言っていました。だから、一度がつんと喧嘩《けんか》でもして言いたいことを言い合いたいと言っておりました」

そんなことは無理だと猫猫は思った。子どもならまだしも、互いに当主となった者たちが喧嘩をすれば、それすなわち内乱になる。

（例外もあるけど）

猫猫は山査子《さんざし》を食べる変人を横目で見た。抜剣沙汰どころか後宮《こうきゅう》に乗り込もうと壁を爆破して、賠償金で済んでいる輩《やから》がいるのが不思議でならない。

「夫が卯の一族が家宝を盗んだと言い出したのも、喧嘩のきっかけを作りたかったのかもしれません」

昔のように喧嘩をして仲直りをしたかった。

「ですが、卯の一族は応じなかったのですね」

「ええ」

対立というより一人相撲《ひとりずもう》。辰の先代当主は親友と再び語り合いたいために喧嘩を仕掛け続け、卯の当主は親友を守るために黙秘を続けた。

なんとも歪《いびつ》で不器用な友情もあったものだ。

「では、私たちは……」

「ええ。あなたたちは、本来感謝すべき相手に唾を吐きかける行為を繰り返していたのです」

孫は力なく椅子に寄りかかる。

「あくまで私たちが言うのは憶測であり、真実とは限りません」

猫猫ははっきり言っておく。

もしかしたら、卯の一族の誰かが龍の置物を金目当てで盗んだのかもしれないし、その場合、もうとうに地金に潰されているだろう。

そこまで責任は持てないのだ。

「うーんと」

猫猫の横で声が聞こえた。

変人軍師が卓に体を伏せ、頭をごろごろさせている。菓子を全て食べてしまい暇を持て余しているようだ。最後に一粒だけ残った山査子《さんざし》を名残惜しそうに見ている。

「そんなに気になるなら、確認すればいいことだろう」

変人軍師は、じっと部屋の壁を見た。

「確認？」

一体なんのことだと猫猫は思った。猫猫は壁に掛けられた防音用の布をめくる。

するとその奥には小部屋があり、何人か座っている。

「なんだ、この部屋は！　これでは話が丸聞こえではないか⁉」

「どういうことでしょうか？」

補佐役が羅半を睨《にら》む。

「あっ。そうだ」

羅半がわざとらしく手を打つ。

「卯の一族とも面会の約束をしていたんでした！」

猫猫もわざとらしいくせ毛眼鏡を睨む。

「同じ部屋でか？　あえて話を聞かせるように？」

（どんな神経してる？）

辰の一族の問題を解決できたかも怪しいし、新たな火種を作ることになったはずだ。

「では、入っていただきましょう」

羅半の声と共に、話を聞いていた人たちが小部屋からこちらへやってくる。

「羅《ラ》の一族がいつまで経《た》っても来ぬと思いきや。こういう趣向でしたか」

卯の当主、おそらく里樹《リーシュ》の祖父と思われる人物は呆れていた。病弱と耳にしたことがあったが、その通りひょろりと枯れ枝のような体に長い髭《ひげ》を生やしている。車輪付きの椅子に座り、中年の女性が椅子を押していた。

「失礼は承知だ、申し訳ない。どうしても黙っていてくれという話でしてね」

卯の当主は車輪付きの椅子に座ったまま、部屋の中に入る。

「はい。長年のわだかまりを解くちょうどいい機会かと、荒療治を試みました」

羅半は怪しげな笑みを浮かべ、深々と頭を下げる。

辰の大奥さまも羅半に倣《なら》うように椅子から立つと、頭を下げた。孫のほうは、盗み聞きのようなことをされたことに対して憤りを感じているようだが、補佐役に頭を押さえられるとおとなしく従うしかない。

「四十年前はお世話になりました」

「……なんのことでしょう？　うちの妻がいらぬ節介をしたのかもしれませんが」

しらばっくれるところが食えない奴だと、猫猫は判断する。

「そういえば、預かり物があったのを思い出したので返しに来ました」

介助役の女性が車輪付きの椅子の下から何やら取り出す。包みは小さいがずっしり重そうだ。

「これをどうぞ」

卓の上に置かれ、包みが開かれる。中には、見事な黄金の龍の置物があった。

（うひゃあああ）

売ったらなんぼになるのか換算してしまうのが、猫猫だ。きっと羅半も頭の中で算盤《そろばん》をはじいているに違いない。置物の大きさと形から重さを概算すると、地金だけでも相当な価値がある。さらに、細工の見事さを考えると屋敷の一つ二つ建てられる代物だ。

だが、恐ろしいことにその龍の指は四本あり、赤みがかった黄色の玉《ぎょく》を握っている。

卯の当主の目は潤んでいるように見えた。

「私は不勉強でしたな。あやつがあれほど自慢する家宝がどんな物か、しっかり聞いていなかった。だから初めて見たあの日、謀反《むほん》の計画は本当だったのかと、私は動揺した」

卯の当主は手のひらを見せた。両手に熱い物を掴《つか》んだような、古い火傷の痕があった。

猫猫の脳裏に、火にさらされて高温となった龍の像を掴む光景が浮かぶ。

黄丹《おうに》の玉を掴むのは四本指の龍。別の誰かが見つけ、女帝に報告すれば辰の一族の今はなかっただろう。まだ熱が残る龍の置物を持ち出し、隠したのだ。

「あやつが存命のうちに返したかった。同時に、これを返せばまた謀反を企てるのではないかと不安にもなった。あやつは先の皇太后のことは嫌っていたが、実は誰よりも皇族を尊く思っていたことを知っていたはずなのに」

監査を引き受けたのも、そんな証拠が出るわけがないと信頼していたのかもしれない。

「あの世へ行ったら、早とちりをするなと一発殴られるかもしれん」

「いいえ。あの人のことです。逆に土下座して謝るかもしれません。私には、先走ったとがみがみ怒るでしょうけどね。ふふ、家宝を蔵ごと焼いてしまったのですもの」

大奥さまは笑いながら一粒だけ涙をこぼした。

「こ、これが我が家の家宝ですか？」

孫が龍の置物を見る。補佐役も初めて目にするのだろう、瞬《まばた》きを繰り返していた。

二人とも感動するとともに、こんな家宝があるのでは謀反を企てていると思われても仕方ないと顔に出ている。

「家宝が戻って来たとしても到底、公開できませんね」

「そうですね。置物を貰《もら》った逸話は書として残していて、指の数の記載もありましたけど、それは燃えてしまいましたから」

大奥さまはばつが悪そうに言った。

「龍だけならともかく、指の数と玉だけはどうにかしないと」

「どうにかすればいいんだろう？」

ずんと入り込んできたのは変人軍師だ。

「何かお考えでもあるのでしょうか？」

卯の面々も変人軍師には少し距離を取る。一体、これまで方々にどれだけ迷惑をかけてきたのだろうか。

「指と玉がなければいいんだろう？」

変人軍師は持っていた金属の串《くし》から、残り一つとなった山査子《さんざし》をつまみ取る。そして、串《くし》を龍の指と指の間にずぼっと突っ込んだ。

『……』

いきなりの行動に誰もが反応が遅れる。結果、変人軍師はぐいっと串を傾けた。嫌な音が響く。

あまりに見事に折れてしまい、何が何やらわからなかった。むしろ金はこうも簡単に折れるものなのだろうかと目を疑った。

龍の細い指先は他よりも強度が低く、玉《ぎょく》を下で支えていたかぎ爪が一本砕け落ちる。同時に、黄丹《おうに》色の玉も転がった。

「これでよしと」

変人軍師は残った山査子《さんざし》の赤い実を、玉の代わりに龍に持たせた。変人軍師の指先からべたっと飴《あめ》の糸が伸びた。

時が止まる。

さっきまで感動的な場面だったのに、大奥さまの目は一瞬で乾いた。補佐役と孫は、顎《あご》が外れるほど大きく口を開けている。

卯の一族も、これでもかと目を見開いていた。

羅半に至っては、びっしり計画通りに進んでいたのに、最後にやらかされたのだ。灰のように燃え尽きていた。眼鏡が割れてひびが入った幻想さえ見える。

護衛たちも動けなかった。この流れでいきなり家宝を破壊するなど、誰も思うまい。

ゆえに最初に動けたのは猫猫だった。

「なーーーにやってんだ、この莫迦《ばか》!」

猫猫が人目も憚《はばか》らず変人軍師に蹴りを入れた。壊滅的に運動神経がないおっさんは、見事ふっとばされる。

本来、ありえないくらい無作法な行為だが、誰も猫猫を咎《とが》めることはなかった。むしろもっとやったほうが良かったかもしれない。

羅半は計算間違いをした。

変人軍師は計算に入れるものではない。

必ずぶち壊す。

そういう星の下《もと》に生まれた男だ。

五話　心に響く銅鑼《どら》

『変人軍師は計算に入れるな』

　こんな金言を得られたところで、なすすべがない時もある。

　真っ白になった羅半《ラハン》は、いつもよりもじゃ髪のほつれが多い気がした。

　猫猫《マオマオ》は自業自得だと思いつつ、目の前で感動をぶち壊された辰《シン》と卯《ウ》の二つの一族については同情した。

「なんで蹴られるの？」

　変人軍師はよくわかっていない。二番《アーファン》だけは、蹴られた変人の脇腹を撫《な》でてやっていた。四十過ぎのおっさんを慰めないといけないなんて、かわいそうな人だ。

（何はともあれ）

　不幸中の幸いは、ぶち壊した家宝についてなんとかなったことだろうか。

「今後のために、潰すかどうか考えるべきところでしたので」

　辰の大奥さまのこの言葉に助けられた。結果、玉《ぎょく》は交換、龍の指は三本に作り替えることになった。

羅半はせめてものお詫《わ》びとして、技術が高くて口が堅い、信頼のおける細工師を紹介することになったが——。

「ははは。それでは、今後について話し合いを」

羅半は辰と卯に恩を売りたかった。繋《つな》がりを持ち、何か商談を持ち掛けるつもりでいた。

「いえ、私たちは一度、宴会場に戻りますので」

「そうですな。私も」

「ええ。他の家との交流もありますもの」

辰の大奥さまと卯の当主がよそよそしい。それだけでなく、その従者たちも遠巻きに見ている。

猫猫はそっと横を見る。

「なんかお菓子ないの？」

「羅漢《ラカン》さま、もう少しお待ちください」

変人軍師がわき腹をさすりながら菓子をねだり、二番に窘《たしな》められている。

羅半は眼鏡を曇らせ、しおれていた。

「おい」

猫猫はこっそり羅半を小突《こづ》く。

「相手方に恩を売って交渉するとか言ってなかったっけ？」

辰の一族に恩を売らねば、姚《ヤオ》の問題も解決しない。

「わかってる、わかってるけどさあ」

羅半は髪をかきむしった。全く美しくない所作だが、羅半も我慢できなかったのだろう。

（こりゃだめだ）

猫猫はどうしようかと考え、とりあえず宴会場に戻ることにした。

宴会場に戻ると『羅《ラ》』の円卓が騒がしい。なんだなんだと向かってみれば、羅半兄《ラハンあに》と知らない男が言い争っているようだ。羅半兄の後ろには姚と燕燕《エンエン》がいる。

「姚さんに用があると言っている。おまえには用はない」

「おまえとはなんだ！　俺の名前は――」

「姚さん。僕の家族に会ってくれ」

羅半兄を押しのけて姚の手を掴《つか》もうとする男。残った護衛二人が睨《にら》んでいるが、男はひるまない。

状況からして、猫猫は一瞬で相手が誰かわかった。

（これが例の恋文男か）

確かに空気が読めなそうな雰囲気を醸し出している。お近づきになりたくない。

「何をやっているんだい？」

羅半が止めに入る。正直、少し腰が引けているが声をかけただけ頑張ったほうだろう。

「見てわからないのか？」

羅半がやってきたところで、弱そうな男が増えただけだ。恋文男は羅半を相手にしようとしない。

（こういうときに役に立つのは）

虫よけであるが、変人軍師は戻ってこない。何をやっているかと言えば、料理を運ぶ使用人の足を止めさせて盆の上の水菓子《フルーツ》を奪っている。二番は変人軍師について、なすすべもなく見守っていた。

（これは駄目だな）

どうしようかと猫猫が考えていると、助け船が現れた。

「何をやっているのですか？」

凛《りん》とした声は、辰の大奥さまだ。

「大伯母《おおおば》さま、お久しぶりです」

恋文男が、大奥さまに頭を下げる。大伯母と呼ぶということは、この男は直系ではなく傍系の辰の一族だ。

「挨拶などいりません。遅刻してきたうえ、何やら口論をしているようですけど、理由は何ですか？」

（遅刻かよ）

最初、恋文男はいないと聞いていたから油断してしまった。

「遅刻ではありません。志を同じくする友人たちと語らっていたのです」

もっともらしいことを言っているが、猫猫の経験上、こういうことを恥ずかしげもなく言う人物は大体危ない。

「それよりも大伯母さまに紹介したい女性がいます。彼女です」

恋文男は、目をきらきらさせながら姚を紹介する。

「彼女は姚といい、実家は名持ちではないものの、叔父は魯侍郎《ルーじろう》です。家柄として我が家の嫁にするには十分かと思います」

恋文男が何の疑いもなくそう説明するのが恐ろしい。大奥さまについていた補佐役と孫が目をそらす。親族だが、恋文男の非常識さはわかっているらしい。

「嫁といいますと、そちらのお嬢さんは承諾しているのですか？」

大奥さまは、恋文男ではなく姚たちを見る。

「そのかたが勝手に言っているだけです。私は、まだ結婚する気などありません」

毅然《きぜん》とした態度で姚が言った。普通のお嬢さまなら尻込みしてしまうところだが、そういうふうにはっきり言えるところは姚の長所であり短所だ。

「本人の意見など関係ない。家柄として釣り合うのだから、親との話し合いをすればいい。女というものはそういうものだろう？」

恋文男が言った。

姚の顔が引きつり、燕燕は懐から暗器でも取り出さん勢いだ。よりによって姚が一番嫌いな性格の男だ。

しかし、茘《リー》では基本、恋文男が言うような結婚の仕方をする。平民ならともかく、姚のような良家のお嬢さまは、本人の意見など普通は聞いてもらえない。

とはいえ、それでも恋文男はすじを通していない。

（親がいないときを狙っているじゃないか）

「話は聞いたぞ。保護者である叔父がいないときを狙って話をつけに行こうとしている時点で、どう考えても卑怯《ひきょう》だろうが」

猫猫が言いたいことを代弁してくれたのは羅半兄だ。羅半兄はずっと姚たちの盾になってくれたのだろう。羅半に押し付けられただけのはずなのに、最後まで役目を全うしようとする。生来のお人よしなところがにじみ出ていた。

「母君がいるだろう？」

「母君？　女には意見を求めないおまえさんが、相手の母君に対して敬意を払って対応できるとは思えないな」

羅半兄がはっきり言ってくれる。

（いいぞー、もっとやれー）

猫猫は関わりたくないので少し離れて心の中で応援する。

「部外者が口を出すな」

いくら羅半兄が正論を言っても、これで堂々巡りになっている。

「全く話が通っていないようですね」

大奥さまは呆れた顔をしていた。

「私に紹介したいのであれば、ちゃんと順を踏まえてからにしてもらいたいものです。双方の家の了解がなければ、婚姻など結べません」

辰の中でも恋文男は鼻つまみ者なのだろうか。同じ一族からの視線も冷たい。

「しかし、姚さんの父君はすでに他界しています。彼女と彼女の母君のことを考えれば、僕の妻になることに何の不満があるというのですか？」

あまりに堂々と矛盾したことを口にするので反吐《へど》が出そうだ。

姚には関わりたくないという顔をしていた羅半でさえ、蔑《さげす》みの目を見せていた。

（やり方が美しくないって思っているんだろうな）

羅半は自分の信条を大切にし、意に反する者には容赦ない。

「ふふふふ」

羅半が笑う。

「何がおかしい!?」

「いえね。もてない男の言う言葉だなと思いまして」

「何だと！」

恋文男は鼻息を荒くする。それはわかるが、羅半兄もなぜか目を血走らせていた。羅半は全く関係ない人物も煽《あお》っている。

護衛が即座に羅半のそばによるが、羅半はそっと制止する。

「あなたは家柄、家柄と言いました。確かに辰の一族は、名持ちの中でも由緒ある家だと思います。比較的歴史の浅い『羅』の家とは比べるべくもありません。ですが——」

羅半は自分よりも背が高い恋文男を見下している。

「僕はまだまだ下っ端《したっぱ》で、いろんな部署に使い走りをさせられることが多いんですよ。家柄もさることながら、それだけ自信満々に魯侍郎の姪《めい》君を嫁にというのであれば、さぞや名が知られているかと思います。失礼ながら、僕の見識が不十分でして、お名前をいただいてもよろしいでしょうか？」

（うわー、嫌味だなあ）

羅半は目ざとい男だ。他部署であっても仕事ができる相手であれば、名前を記憶しているはずだ。

「こいつ、名持ちの家とか言いながら、自分は名前を貰《もら》ってないらしいぞ。まあ、俺が言うことでもないけど……」

羅半兄が言った。あと、自分で言ったことに傷ついたらしく、額を押さえている。

「な、なんだと！　名前について莫迦《ばか》にしたな！」

恋文男は顔を真っ赤にして羅半兄を睨《にら》む。

（女にもてないと言われたことより、名持ちの一族なのに名前を貰っていないことのほうが気に障るのか）

恋文男の標的は完全に羅半から羅半兄に移った。

「僕が誰だかわかっているのか！」

（知りませーん）

恋文男は、ぎゅっと拳を握って羅半兄に殴りかかろうとする。

護衛は羅半兄と恋文男の間に入った。ちゃんと仕事をしてくれるのは頼もしい。

「おやめなさい！」

大奥さまの凛《りん》とした声が響く。

「ですが、こいつは僕を侮辱した……」

「本当のことでしょうが！」

大奥さまも容赦なく言い放つ。「これ以上、家門の恥をさらすな」と顔に書いてある。

「なんの騒ぎですか？」

聞き慣れた声が聞こえた。振り返ると、馬閃《バセン》と麻美《マーメイ》の馬《マ》姉弟がいた。

（濃い人、てんこもりだあ）

猫猫はこっそり卓の上の料理をつまんで食べる。羅半もちゃっかり食べて椅子に座っていた。恋文男の怒りの矛先を羅半兄に向けさせてしまったのに、どうしようもない男だ。

「なにかもめごとのようだけど」

麻美があくまで親切な第三者のふりをして話しかけるが、目は獲物を見つけた猛禽《もうきん》になっていた。

（玉葉后《ギョクヨウきさき》を思い出すなあ）

玉葉后は、何か事件があるごとに目をきらきらさせて興味津々だった。第三者のもめ事ほど面白い話題はない。

大奥さまにも叱責されて味方がいない恋文男は、新たな観客にすがるつもりのようだ。

「この男が僕を侮辱した。同じ武人の一族である馬の者なら、こういう場合どうすればいいかわかるだろう？」

どうやら馬閃とは顔見知りらしい。馬閃とは反りが合わないだろうから、友人とまではいかない、同僚程度だろう。

「……決闘だな」

至極《しごく》真面目に馬閃が答える。

「け、決闘⁉」

姚がさすがに狼狽《うろた》えた。

「決闘とか野蛮じゃないですか？」

羅半兄と馬閃を交互に見る姚。

「双方が立ち合いを求めるならば、合法です。ちょうど修練場もありますし」

こういう時は脳筋馬閃だ。

羅半兄はいつも通り妙なとばっちりを食っているが、羅半も馬閃も落ち着いている。猫猫はとりあえずそのまま傍観者を続けることにした。

馬閃が決闘と言ったことで、恋文男はにやっと勝ち誇った笑みを浮かべている。

「決闘か、話が早い。大体、僕のことをけなすが、おまえこそ何者だ⁉　当たり前のように羅の卓に座っているが、見たことがない顔だぞ」

もちろん、羅半兄のことは見たことがないはずだ。普段は農村で芋を作っているのだ。宮廷に出仕《しゅっし》などしていない。

「このかたは関係ありません。ただの農家さんです！」

姚が羅半兄を庇《かば》うように前に出てきた。

（ここでは逆効果、逆効果）

猫猫は心の中で突っ込みつつ、串焼《くしや》きを食べる。いい塩梅《あんばい》の味付けと肉の柔らかさに舌《した》鼓《つづみ》を打つ。

「農家？　農民だと」

にやあっと恋文男が笑った。

「農民かあ。なぜ農民などがこの席にいるのか。やはり変わり者の集まりの羅の一族らしい」

「失礼ですね、美味しい芋を作るんですよ」

猫猫は思わず口にしていた。

大奥さまは呆れて声も出なくなっているようで、補佐役が前に出る。

「大概にしろ！　おまえが名前を与えられぬのはおまえ自身に問題がある。それがわかるまで、後継者になれると思うな！」

「うっ」

恋文男は悔しそうな顔をする。

ここでようやく収まるかと思いきや、前に出たのは羅半兄だった。

「ちょっと待ってくれ」

「なんだろうか？」

「俺はこいつに侮辱された。ここでおとなしく引き下がられると、俺の立場はどうなるんだ？」

「ならば、私が代わりに謝罪しよう」

補佐役は大人だ。頭を下げようとするが、羅半兄は首を振る。

「俺はこいつに莫迦《ばか》にされた。あんたに謝られる筋合いはない。もういっそ、ここで白黒決めちまうってのはどうだ？　そこの男が俺に勝てたら、羅の家の者はあんたの結婚どうこうに口を出さない。でも俺が勝ったら、きっぱり姚さんのことを諦めてもらいたい」

「いいぞ、それでこそ男だな」

にやっと笑う恋文男。

補佐役は、どうしようかと大奥さまに目配せをする。

猫猫は串焼きを食べながら周りを見渡す。

はらはらする姚、それなりに緊迫した顔をしながらも姚の観察をやめない燕燕。

呆れた顔の大奥さまに孫。

平然とした羅半に、他人事《ひとごと》のような馬閃。そして、猫猫と同じく状況を再確認する麻美。

農民と聞いて、完全に舐《な》めた顔でいる恋文男。

意外なのは、肩を回し、決闘にやる気を見せる羅半兄だった。

「すぐさまやめさせます」

「いえ、お気遣いなく」

大奥さまの申し出を羅半は断る。

「辰の一族でもなにかしら手こずっている方のようですし、ここで勝っても負けても羅の一族は特に問題はありません」

羅の一族は変わり者の集まりだと言われている。何かしらやらかしても、またやっているとしか思われないだろう。

（どうなるのかねえ）

なお、変人軍師は宴会場の隅っこでいびきをかいていた。

とても役に立たないおっさんだ。


どこかの地方に火事と喧嘩《けんか》はなんとやらという言葉があるとかないとか。

というわけで、観客が集まるのは珍しいことではなかった。

さすがに宴会場から場所を変えて中庭に移動した。修練場らしき広場があり、その周りをぐるりと観客が囲む。

「いやあ、意外ですね。今回は辰と羅ですか」

「羅はいろんな奇才が生まれるというが、あの青年は武の才を持っているというのかな」

周りの声がよく聞こえる。はらはらしている若い衆に比べて、年配のかたがたは高みの見物だ。他家同士がぶつかることは別に珍しくもないらしい。

(だから修練場があるのか)

猫猫は納得してしまう。

「羅半兄、武器はどうします？　鍬《くわ》の長さはどのくらいがいいですか？」

猫猫は羅半兄に聞いた。

「何が鍬だ⁉」

「立ち合いは木剣か木棒でやるんだよ。刃物は禁止」

羅半が修練用の木剣や棒を持ってくる。

「先が布で巻かれていますね」

燕燕が確認する。

「仮にも名持ちの一族の有望な若者たちだからね。死んじゃ困る。修練でも死ぬときは死ぬから」

「へえ、これなら滅多なことでは死なねえな」

羅半兄は落ち着いていた。

「大丈夫ですか？　剣の指導なんて受けたことありますか？」

「剣はなあ、祖父《じい》さんにひたすらぼこぼこ叩《たた》かれたことはいっぱいある。修練という名の折檻《せっかん》だったけどな」

猫猫は一度会った爺《じい》さんを思い出した。変人軍師に家督《かとく》を奪われた恨みを持ち、変人軍師を監禁していた。正直、ろくでもない爺さんだった。

「お祖父《じい》さまは、剣の腕はいくらか名をはせたと聞いているけど、教え方は下手だからね」

羅半が昔を思い出したのか、両手を広げてため息をつく。羅半とはどう見ても反りが合わないだろう。

「そうだな。仕方ねえさ。とりあえず規範《ルール》くらい教えてくれるか？　目潰し金的潰しはさすがに駄目だろう？」

「規範は、相手が戦闘不能になるか待ったをかける、もしくは武器を離したら、試合終了だね。もちろん目潰し金的潰しは駄目だよ」

「じゃあ、相手に斬られても倒れなきゃ続けられるのか？」

「そうなるけど、普通は寸止めにして相手に実力差をわからせるほうが多いんじゃないかな。何より痛いし」

羅半は他人事《ひとごと》のように言う。

「負けたらどうするんです？」

「負けても問題ねえだろ？　元々、俺たちには関係ない案件だ」

猫猫の質問に、羅半兄はさっくり答えた。それも、姚と燕燕にもはっきり聞こえるようにだ。

「姚さん、燕燕さん。俺はあんたたちのことはよく知らない。だが、あいつの言うことが気に食わねえし、間違っていると思う。だから、こうやって決闘の真似事をする。俺の意地だな。もちろん負けるつもりはねえけど、このとおり俺は武官でも剣豪でもなんでもねえ。そこのところは理解してくれ」

「わかっております」

姚はもじもじしている。姚には珍しい、いじらしい態度だ。

「兄さん、決闘とかやったことないのによく受けたね？　怖くないの？」

羅半の問いに猫猫も頷《うなず》く。

「あのなあ。餓えた暴徒や追剥《おいはぎ》、盗賊に集団で襲いかかられるよりましだろう？　殺す気で追いかけてくる奴と、規範で縛られた殺されない試合。なんて気が楽なんだよ」

羅半兄の西都の冒険譚《ぼうけんたん》を本にしたら売れそうな気がした。

「とはいえ、姚さんたち。俺が負けても悲観することはないぜ。さっき馬閃さんがいたな。あの人というか、馬の家はあんな横暴なことを許さねえだろう？　俺たちがあんたらを守れなくても、馬閃さんのところに駆け込んだら助けてくれるんじゃね？」

「どうしてそう思うんです？」

燕燕が訊《たず》ねる。

「いやねえ、馬閃さんの兄貴とはたまに文でやりとりすることがあったからね。弟のほうとはあまり会話しないけど、見ての通り曲がったことは嫌いだろう。あと、馬の家は女衆が強い。ああいう家は、女を大切にするからな」

羅半兄は、西都にいた。馬良《バリョウ》と相性が良かったのはとても意外だが、互いに弟の話で盛り上がったのかもしれない。

「そうだね。馬の家がいれば、僕たちが手を引いても問題ないだろう。あと、辰の大奥さまには念のため話をつけておくよ」

「へえ、やる気がないと思っていたんだけどねえ」

猫猫は意味もなく羅半を煽《あお》る。

「一応、頼まれたことはするのが、大人というものだろう」

「大人ねえ」

猫猫は視線を変人軍師に向ける。さっきまで寝ていたと思ったら、すでに決闘会場である広場に特等席を用意していた。

「猫猫や、こっちで一緒に見ようか」

二番は、わざわざ卓と椅子を運ばされていた。変人軍師の子守役は、部下である音操《オンソウ》、陸孫《リクソン》だけではない。

「ということだ。俺は勝っても負けても、深く落ち込むことはないから、あんたらも気にしないでくれ」

羅半兄は、鍬《くわ》と変わらぬ長さの木棒を手にすると、広場の中心に向かった。

猫猫たちは二番が用意した椅子に座る。

立会人を務めるのは、馬の一族のようだ。猫猫が知らない三十代半ばくらいの男だ。麻美が立会人に手を振っている。

馬閃および数人の男が羅半兄と恋文男の周りを囲んでいる。何かあった時、すぐさま事態を収拾できるように身構えている。

羅半兄が木棒を構えるのに対し、恋文男は木剣だ。

「辰の一族は基本、剣を修練するからね」

羅半はちまちまと果物を食べている。猫猫も桜桃《おうとう》をつまむ。

「武器の長さ的には羅半兄のほうが有利に見えるけど」

姚は真剣に見ている。

「始まりますね」

立会人が手を上げる。羅半兄は兄なりに構えていた。それらしき形に見えなくもない。

恋文男は一応武家育ちであり、武官であることから構えが決まっていた。

「始め！」

立会人が手を振り下ろすとともに斬りかかったのは、恋文男だった。羅半兄の木棒が木剣を受け止める。羅半兄は木棒を斜めにして木剣を滑らせるように返し、後ろに下がる。

武器に布が巻かれているものの、何度も打ちあうと迫力がある。

猫猫は剣術云々《うんぬん》についてはよくわからない。ただ、羅半兄が一方的に押されているように見えた。

円形の広場をぐるぐる回るように羅半兄は下がっていく。

「大丈夫なのですか？」

姚が心配そうに羅半に聞いた。

「さあ。僕に武術のことを聞かれても困るよ」

羅半の答えは素っ気ない。確かに羅半に武術について聞くのは間違っている。

「姚さんの聞き方が悪いですよ。おい、丸眼鏡、どういう数字が見える？」

猫猫は、雑な言い方で羅半に聞く。

「あくまで素人《しろうと》意見だけどさ。兄さん、けっこう武術に適性があるんじゃないかって思った。押されているようだけど、無駄な数字には見えない。対して相手は、きっちりした動きだね。数字が安定しているから、武家の人間として基礎はしっかり叩《たた》き込まれているんじゃないかな」

「つまり、羅半兄は負ける」

「猫猫！　縁起でもないこと言わないで！」

姚が怒った。

だが、防戦一方で羅半兄は攻撃できない。そして攻撃しなければ、いつしか打たれる。

「きゃっ！」

羅半兄の腹に木剣が当たった。羅半兄の体は横に飛ぶ。ずさっと地面にあとを残し、踏ん張っている。

「ははは、所詮は農民だな。戦う術《すべ》も知らない。立場をわきまえて、土でも耕していろ」

「農民の何が悪いんだよ」

羅半兄は、また木棒を構える。

「強がりを言うな」

「ごめんなあ。俺は生き汚いもんでね」

羅半兄の声は普通だった。声色に恐れも焦りもない、いつもと変わらなかった。

「ふうん。意外と面白いなあ」

菓子の粉をこぼしつつ、変人軍師が呟《つぶや》いた。手垢《てあか》で濁った片眼鏡《モノクル》の奥では、狐のような目が二人の動きをなぞっていた。

同じような動きが続く。羅半兄が押され、恋文男が攻撃する。

「なにやってる！」

「逃げてばかりいるんじゃねえ」

「さっさと仕留めてしまえ」

野次《やじ》も聞こえてきた。若い声が多い。恋文男が野次をとばす連中ににっと笑いかけているところから、友人たちなのかもしれない。

防戦一方で、何度打たれてもまた挑む羅半兄。ひたすらこれでもかと攻撃する恋文男。

そんな中でも変人軍師はじっと見ていた。そして、羅半もまた凝視していた。

「もしかして、うちの兄さんってやばい人なのかな？」

「やばくはないけど、やばい目にはいっぱい遭っている人だと思う。どうやばいんだ？」

猫猫は聞き返す。

「さっきから動きの数値が変わっていない。相手はどんどん数値が下がっているのに」

どういう意味かと言えば、羅半兄の動きだろうか。兄の動きに疲れは見えない。対して恋文男は少し疲れてきたように見える。

「そういえばさっきほど、あの醜男《ぶおとこ》の勢いがありませんね」

燕燕が言った。別に恋文男は醜いというほどひどい面構《つらがま》えではない。だが、燕燕にとって餓鬼《がき》よりも醜悪に見えるのだろう。

そして、攻守は忽然《こつぜん》と入れかわる。

恋文男は焦っていた。焦り、疲れが溜《た》まった故、羅半兄に向ける攻撃が雑になる。羅半兄はそれを見逃さず弾《はじ》き飛ばし、木棒を前に突く。

　ぐふっと恋文男の体が折れる。わき腹に棒を突き立てられ、口から唾がはじけ飛ぶ。目が大きく開かれ、そのまま体は宙に飛んだ。

　飛んだ、というのは大げさかもしれない。だが、それほど大きな動きに感じたのは、羅半兄の一撃がいかに強かったのかがわかる。

　地面に横たわった恋文男は、口から泡のような唾を吐いていたが意識は残っている。

「試合を続けるか？」

　立会人が恋文男に聞いた。

「ぼ、僕はまだ負けてない……」

　恋文男は、武器を手放していない。だが、ごほごほと咳《せき》をして唾を吐く。

　ちょっとだけ猫猫は恋文男を見直した。それなりに根性はあるようだ。

「うん、じゃあ続きをやるか」

　羅半兄はまた農民なりの構えを作った。さながら芋を掘るような構えだ。

「おい、農民！　一撃当てたくらいで調子に乗るな。僕が二十、三十とおまえが倒れるまで打ち込んでやる！」

　恋文男は口の周りを拭う。

「ああ、手加減しなくてもいいぞ。あんたの打ち込みなら、百は無理でも三十くらいなら耐えられる。それまでに五回くらいなら打ち込めそうだ。本当に真剣じゃなくてよかった」

羅半兄はけろっとした顔で言った。

「兄さん、なんかおかしくない？」

羅半がちょっと引いた顔で猫猫に同意を求める。

「元々逆境には強いほうだと思ってたけど、どう見ても数値が振り切れているんだけど。いや数値は普通なんだけど、普通じゃないときに普通って普通はありえないんだけど」

羅半がわけのわからないことを言っている。

「羅半兄、飛蝗《バッタ》とか、盗賊とかにひたすら追い回されてきたからなあ」

今思えば、猫猫が盗賊の村でやったようなことを日常茶飯事のように繰り返して、命からがら西都に帰ってきたのだ。

良家のご子息とは違う。実戦の経験がない武官なんかより、精神力、胆力がずば抜けて高い。

「じゃあ、続きを始めるか」

羅半兄の息は上がっていない。体力に関しては、一日中開墾をしていても普通に生活していた。その普通がやばかった。

恋文男は腹をさすりながら立ち上がった。だが、羅半兄のあまりに普通の態度に、思わず木剣が手から滑り落ちた。なんだ、こいつ、という顔になっていた。

「勝負あり！」

恋文男は、それ以上強がりを言うことはなかった。

「兄さん！」

羅半を筆頭に皆が羅半兄に近づく。

姚も涙目で、燕燕も申し訳なさそうにしていた。

「ありがとうございます」

姚は涙目で羅半兄に頭を下げた。

（これって一応『私のために争わないで』だもんな）

後宮《こうきゅう》で見かけた小説なら、ここで恋が芽生えるところだ。

猫猫としてはちょうどいいと思った。羅半よりも羅半兄のほうがまだ姚の相手としてはふさわしい。若い娘だ、羅半から他の男に心変わりしてもおかしくない。

羅半としてもそのほうがいいだろう。姚に付きまとわれることと、羅半兄に妙齢の女性を紹介すること。その二つが一度に解決するのだ。

しかし、現実は上手くいかない。

「羅半兄、ちょっと怪我《けが》を診《み》たいので上着を脱いでください」

あれだけ何度も打たれたのだから、あざくらいできているだろう。猫猫はお手製の軟膏《なんこう》を取り出す。

「お、おいやめろ。脱がせるなよ」

羅半兄は姚たちを見ながら慌てている。さすがに女性の前で上着を脱ぐのは恥ずかしそうだ。なお、西都にいたときに猫猫の前で下穿《したば》きだけで庭を耕していたこともある。この差はなんだろうか。

「それより一応勝ててよかったわ。盗賊相手じゃねえから死なねえとは思っていたけど、やっぱ負けたらかっこ悪いもんな」

「かっこ悪いことはありません。もちろん、勝ってくださったことには大変感謝しております」

燕燕が深々と頭を下げる。男に対して全体的に厳しい燕燕だが、羅半兄には本当に感謝している。

（お嬢さまの危機を救ったからな）

燕燕から評価をいただけたら、羅半兄と姚が上手くいく確率がぐんと上がる――はずだった。

「姚お嬢さまのために、ここまでしてくださるとは思いませんでした。本当にありがとうございます。俊杰《ジュンジェ》さま」

「じゅ、じゅんじぇ……」

羅半兄が燕燕の言葉を反芻《はんすう》した。顔がみるみるうちに真っ赤になる。

（はっ？）

猫猫は、何事かと固まった。

「どうしましたか？　俊杰さま」

「い、いや、すまねえ。ええっともっかい言ってくれないか？」

「はい、何度でもお礼申し上げます。ありがとうございます」

「いや、そうじゃなくて！　俊杰ってのは！」

羅半兄は顔を真っ赤にしたまま、叫んだ。

猫猫だけでなく羅半も唖然《あぜん》としている。

「お屋敷の少年と同じ名前でしたね。普段、名を名乗らないのは少年を気遣ってのことですよね。ややこしいとは思いましたが、恩人に対して名前も言わずに礼を言うのはどうかと思いましたので。それともお名前を呼ばれるのはお嫌いでしたか？　羅半兄さまと呼んだほうがよろしいでしょうか？」

「いや！　そのままでいい！　俺は、羅半兄じゃねえ、俊杰だ！」

羅半兄はじっと燕燕を見つめている。本来ならここは燕燕ではなく姚を見つめるところだった。

立てるはずの旗《フラグ》が違う人物に立ってしまった。

「同姓同名だったのね」

姚は、羅半兄の名前を初めて聞いたという顔をした。潤んでいた目の涙はとうに引っ込んでおり、姚と羅半兄の前に振られていた旗がもろくも崩れ去っていた。

代わりに、羅半兄の中で大きな銅鑼《どら》が何度も打ち鳴らされている。

猫猫は呆然《ぼうぜん》となり、羅半を見た。

「なんか、またややこしいことになってない？」

猫猫は、羅半に確認するように聞いてみる。

「おまえは、他人の色恋にだけは聡《さと》いよな」

猫猫に読心術などない。だが、羅半が今、猫猫と同じ気持ちでいることは理解できた。

（よりによって、燕燕かよ！）

である。

六話　馬と兎《うさぎ》

世の中は多くの茶番でできている。

猫猫《マオマオ》は妙にたじたじとなっている羅半兄《ラハンあに》を横目に、どうしようかと考えた。

羅半兄の恋路は応援したいが、姚《ヤオ》第一の燕燕《エンエン》相手だと手こずる未来しか見えない。

（とりあえずその話は置いておいて）

猫猫はすぐさま解決しない問題はとりあえず放置しておく性格だ。それより次の厄介ごとが近づいてきた。

「猫猫さん」

馬《マ》姉弟がやってくる。

「お久しぶりです」

「お久しぶりね」

「それほど久しいか？」

馬閃《バセン》の態度が気に食わなかったのか、麻美《マーメイ》は笑顔で弟に裏拳を炸裂《さくれつ》させる。体幹の強い馬閃だからよろめきもしなかったが、羅半《ラハン》だったら鼻血を出しつつ後ろにふっとんでいただろう。

姉弟の後ろにはさっき立会人をした男が立っていた。麻美の行動にははらはらしている。

「立会人を引き受けてくださってありがとうございます」

猫猫は丁寧に頭を下げる。本来なら猫猫が言うことではないが、羅半兄は燕燕しか見ていないし、羅半は改めて辰の大奥さまと話をしていた。

「いえ、名持ちの会合ではよくあることです。腕自慢の若い殿方も多いので、いつも馬の一族が立会人をやっているのですよ」

「ほほほほ、と笑う麻美がちょっと胡散臭いと思った。

「ところで猫猫さん。さっき、卯の一族と一緒に部屋から出たのを見かけたのだけど、何かあったのかしら?」

(さすが目ざとい)

一緒に辰の一族も出てきたことに言及しないのは、麻美が卯の一族に用事があることを示している。

「ちょっと仲介人のようなことをさせていただきました。とはいえ、卯の一族に顔が利くわけではないのでご注意を」

詳細は話せないが、嘘は言っていない。深く突っ込むことは非礼だと麻美もわかっているはずだ。

「そうですね。内容については深く聞きません。でも、全く何の貸しもないのかしら？」

麻美の猛禽類《もうきんるい》の目が光る。

「あの変人も仲介人の席に着いたといえば大体想像がつきますか？」

猫猫は遠まわしに、変人軍師がなにもかもぶち壊したと伝えた。変人軍師は羅半兄が気になるのか、ぺちぺちと触っていた。

「ああ……、そういうことね。でも、それほど険悪な雰囲気はなかったようですけど」

麻美は、納得しつつも探るように見る。

「正直、正負《プラマイ》無しといったところでしょうか」

「それでも、まったく知らない仲よりはいいでしょう？」

麻美はにっこり笑い、猫猫の手を掴《つか》む。

「ちょっとご同行いただけますか？」

（今度は何をさせる気ですか？）

猫猫は「連行」の間違いだろうと訂正したかった。

「妹よ、どこかへ行くのかい？」

羅半がようやく馬姉弟に気が付いた。少し顔色がいいのは、辰の大奥さまに貸しを作れたからだろう。

「羅半さま。妹君を少しお借りしてもよろしいでしょうか？」

羅半と麻美の間に面識があったかどうかは知らない、覚えていない。だが、切れ者の麻美であれば、名持ちの子息の顔と名前くらい全部把握しているので疑問はない。

「……。馬の一族のかたであれば問題ありませんよ」

羅半は即座に頭の中の算盤《そろばん》をはじいたらしい。壬氏《ジンシ》と所縁のある馬閃たちに恩を売っておいても損はない。

（卯の一族と馬姉弟）

この組み合わせで考えられるのは里樹《リーシュ》関連だろう。里樹のことであれば、猫猫も協力くらい考える。だが、まるで羅半の顔を立てているようで腹が立った。とりあえず、変人軍師のほうを指さし、「あいつはおまえのほうでどうにかしておけ」と指示を送る。

「では、猫猫さん。こちらへ」

にっこり笑う麻美に猫猫はついていった。

猫猫が麻美に案内された先は、さっきの広場とは離れた別の庭だった。花もついていない牡丹《ぼたん》の木や水仙《すいせん》が並んでいることから冬用の庭だとわかる。

途中、一緒に来ていた壮年の男を紹介される。

「紹介が遅れました。うちの旦那です」

「麻美の旦那です」

「義兄だ」

立会人をやった男はやはり麻美の旦那だったらしい。

一人言えばわかるが、ご丁寧に三人ともそれぞれ説明してくれた。名乗りはしなかったが、猫猫もいちいち名前を覚えられるかわからないので別にどうでもよかった。おそらく『馬なんとか』さんなのだろう。

麻美の旦那はがっしりした体つきだがどこか朴訥《ぼくとつ》な雰囲気を醸し出している。無口そうだが気配りができそうなところは、高順《ガオシュン》を思い出す。馬の一族は総じて嫁の尻に敷かれる者しかいないのだろうかと思った。

「妻がご迷惑をおかけします」

「いえいえ」

目下の者にも丁寧なところは高順そっくりだ。高順は実の娘に嫌われていると言っていたが、実際はどうなのだろうかと猫猫は考える。

「ところで、私たちが卯の一族に用がある点については何も聞かないのですか？」

麻美が今更ながら確認してきた。

「里樹さまにぞっこんな馬閃さまを紹介したいんですよね」

猫猫は、婉曲《えんきょく》な言い方は面倒くさかったので、直球を投げる。

「わわわわっ！」

馬閃がわかりやすく慌てる。茹《ゆ》でた海老《えび》よりも真っ赤な顔をしていた。

「そうなのですよ。この子は昔から奥手で、このままだと結婚もできないだろうって悩んでいたんです。無理をして病弱な馬良《バリョウ》に子作りしてもらったくらいなのに、まさか好きになった相手が元上級妃とか」

「す、好きだななななんて、姉上」

「嫌いなの？」

「そ、そんなわけありません！」

馬閃は声が大きい。たとえ個室に案内しても密談になったかどうかわからない。ひと気のない季節外れの庭のほうがまだいいだろう。

「里樹さまについてはご存じよね、猫猫さん？」

「はい。非常に天運に恵まれないかたと存じております。特に家族関係には。現在は出家の身と聞き及んでおります」

猫猫が見る限り、里樹の父も異母姉もろくでもなかった。祖父はそうでもなさそうだが、娘婿《むすめむこ》を信じたがゆえに孫娘が不幸になったことには違いない。

「そうです。里樹さまは、まだ年齢も十八。人生五十年としても、まだまだ長い年月を寺で過ごすのはあんまりだと、心ある祖父君であれば思うでしょうか？」

麻美は猫猫に問いかけるように言った。

「卯の当主は、情が厚いかたのように思います。そこに政治的意図などなければ、情に訴える価値はあるかと思います」

猫猫は先ほどの卯と辰のやりとりを見たことを踏まえて言及した。

「ですよね」

麻美にとって望ましい返答だったらしい。馬閃も柄にもなく目をきらきらさせている。

麻美の旦那はただ黙っている。なぜ彼が同行しているのか猫猫にはよくわからない。

「ですが、二度も皇族に嫁ぎ、二度も出家したことは異例ですよね。主上の思《おぼ》し召《め》しがなければ、里樹さまの今後はないのではと思います」

「その点はご心配なく。主上は里樹さまを娘のように思っておられました。何か建前さえあれば、それほど説得は難しくないことと思います。むしろ、主上と里樹さまは血縁がない分、実の娘よりも融通が利くはずです」

（実の娘よりね）

残酷な話だと猫猫は思った。皇族の血を引くがゆえ、たとえ実の娘であっても政治の道具となるのが公主《ひめ》の宿命だ。猫猫は鈴麗《リンリー》公主を可愛がる現帝を思い出す。いくら可愛がっても将来的に政治の駒として使わねばならない。

「卯の一族に話しかけたいところですが、正直、私たちの代ではあまり親しい人がいないから困っておりました」

「いえ、私も別に知り合いというわけではないので。というより、すでに面会の約束をしているわけではないのですか？」

猫猫は呆れてしまう。羅半のように用意周到というわけではないらしい。

「卯の元当主、いえ現当主に戻られましたか。当主は、一人娘が生前気に入っていた冬の庭で静かにされるのが好きなのです」

「その静かにしたいのを邪魔していいのですか？」

相手に不快感を持たせてしまえば、交渉も何もないと猫猫は思う。

「邪魔でなければ問題ありません。猫猫さんは、里樹さまとは以前より知り合いですよね？」

麻美は猫猫の手を掴《つか》み、ずんずん進んでいく。

牡丹《ぼたん》の木々に囲まれた四阿《あずまや》に人影が見えた。

「いましたね」

老人が一人、介助役の中年女性が一人、それから青年と小さな子どもが一人ずついる。子どもはまだ十くらいの男童で、青年が面倒を見ていた。

老人はさっき見た卯の当主だ。

（護衛もつけずに不用心だ）

麻美は髪と服をぱたぱたと正し、紅を軽く塗り直すと、ごく自然に四阿に近づいていった。

猛禽類《もうきんるい》のように鋭い目は薄く閉じられて笑みを作っている。子どもに警戒心を与えないためとはいえ、素晴らしい猫被《ねこかぶ》りだ。

「失礼いたします」

前に出たのは麻美ではなく、旦那のほうだった。

（このために連れて来たのか）

麻美は馬の中でも一族をまとめる立場にいるようだが、他の一族の当主に直接話しかけるとなるとどうだろうか。間に、目上の誰かを挟んだ方がいい。そこで、建前として旦那を連れて来たのだ。

（馬閃がやっても問題ないと思うけど）

馬閃がまともに卯の一族に挨拶ができるとは思えない。今もかちこちに固まっているのがわかる。

「これはこれは、馬の一族の」

「馬琴《バキン》と申します」

（たぶん忘れるー）

猫猫は思いながら麻美の後ろにいる。

「妻の麻美と義弟の馬閃です。そして――」

「猫猫と申します。先ほどは失礼いたしました」

猫猫は当たり障りのない挨拶をする。

卯の当主は猫猫を見て目を細める。

「いや、先ほどはまあ、いろいろ思うところはあったが、うん、思うところがあったが、うん……」

とても思うところがあったらしい。曖昧《あいまい》な言い方をするのは、辰の家宝について明言しないためだ。とりあえず変人軍師に蹴りを入れたことは忘れていただきたい。

「それで、羅《ラ》の娘子を連れた馬の一族のかたがたは、何か用なのでしょうか？」

卯の当主だけでなく、他の者たちも怪訝《けげん》な目をしている。

そこで麻美が一歩前に出た。

「ここにいる猫猫さんは、後宮《こうきゅう》に二年勤めておりました」

「後宮」

（大体二年）

途中、出たり入ったりしたので、実際はもっと短い。だが、細かく説明する必要はなかろう。

「その際、里樹さまと交友を深める機会があったそうです」

（深めるってほど仲良くない）

猫猫は思ったが、流れ的に言い出せない。

「ご当主は里樹さまと、文でやり取りをされていたと思います。ですが、里樹さまは誰にも心配をかけないようにと紙面では気丈に振る舞っていたに違いありません。里樹さまがどのように過ごしていたのか、お話を聞いていただきたいと猫猫さんは常々思っていたそうです」

麻美は目を潤《うる》ませながらしおらしく話している。彼女の本性を知らなければ、ころっと騙《だま》されそうだ。

「……ふむ。しかし、そのような話であれば先ほどしていただけたらと思いますが」

もっともだと猫猫も思う。間に馬の一族が入る必要はない。

「私の父は高順と申します。主上とは乳兄弟《ちきょうだい》でありました」

「高順……、そうかあの子か。宦官《かんがん》となって改名し、後宮に入ったと聞いた」

卯の当主は、高順のことを知っているらしい。しかも口調からして、かなり昔からの知り合いのようだ。

「はい。父は、月の君の護衛をしておりました。そして、後宮にいた里樹さまのことを憂いておりました。里樹さまは卯の姫君でありますが、主上や父高順の幼馴染《おさななじみ》の方のお嬢さまでもあります。もし、皇族を守るという代えがたき使命がなければ、その不遇の立場に対して訴えていたことでしょう」

（すごいなあ）

猫猫は麻美の演技に素直に感嘆する。本当かどうかはわからないが、完全に嘘《うそ》とも言えない。里樹が後宮《こうきゅう》でいじめに遭っていることを高順に話したとき、彼はとても複雑な顔をしていた。後宮の管理人としての悩みといえば悩みだが、幼馴染《おさななじみ》の娘だから悩むというのも多少混じっていてもおかしくない。

「何より一時期、父と里樹さまの母君の間には縁談が持ち上がっていたと聞きます。もしかしたら、妹となっていたかもしれない里樹さまのことを思うと、胸が張り裂けそうになります」

さらっと爆弾発言が飛んできた。

「あ、あああああ」

馬閃が口を半開きにしている。知らなかったらしい。動揺している弟を止めるため、麻美が卯に見えない位置で馬閃の腹を殴る。これまた、馬閃の体幹だから耐えられた。羅半だったら耐えられないほどの衝撃だ。

「馬の一族との縁談は、あくまで軽く出てきた話題。気にすることはない」

「ええ、そうですね」

卯の当主は、特に気にした様子もなく流す。良家の人たちにとって、縁談が持ち上がり、流れることはままあるのだろう。

「だが、孫娘の話、聞かせていただけますかな」

「はい」

麻美はしおらしい態度で頭を下げるが、話すのは猫猫だった。

「里樹さまと初めてお会いしたのは、園遊会のときでした」

猫猫は後宮《こうきゅう》時代の話を始める。石の円卓を囲み、使用人に茶を用意してもらった。

細かい説明は省くとして、猫猫は玉葉后《ギョクヨウきさき》に仕えていたこと、その関係で当時同じ上級妃であった里樹と会ったことを話す。

「園遊会では、空気が読めていない衣装を着ていらっしゃいました」

苦い顔をする卯の当主。連れの青年は目をそらしつつ、子どもと遊んでいる。

「お食事は、里樹さまが食べられない青魚に取り換えられていました。嫌がらせのためであり、蕁麻疹《じんましん》ができた腕を私が診《み》ました」

「猫猫さんは医療の知識があり、現在は医局にて働いております」

麻美が説明を補足する。

卯の当主は眉間にしわを寄せる。介護役の中年女性は、当主の顔色に気を配り、青年は子どもに水菓子《フルーツ》を与えていた。

「茶会で蜂蜜入りの飲料を出されて、誰もそれを教えずに飲ませようとしたり」

卯の当主が大きく息を吐く。体が弱かった里樹は、幼い頃はよほど気を使われて育てられたのだろう。

（話を聞いていて滅入るだろうな）

しかし、猫猫は卯の当主より横にいる人物のほうが気になってしまった。

馬閃は、ぎりぎりと歯ぎしりの音を響かせ、目を血走らせていた。鼻息の音が猫猫にまで聞こえてくる。

（大丈夫かな？）

猫猫は心配するが、馬閃の横の麻美が、弟が飛び出していかぬように帯の後ろをぎゅっと掴《つか》んでいた。麻美の旦那もじっと馬閃を見ている。何かあったときの歯止め役としても、馬なんたらさんは来ているのだろう。

「侍女頭が交代したあと、新しい侍女頭はよく仕えていたと思います」

だが、元侍女頭と他の侍女たちは相変わらずだった。何かにつけて里樹の物を奪い、果ては母親の形見の鏡まで奪おうとしていた。

「鏡、あの鏡か？」

「はい、里樹さまの母君の顔が映し出される鏡です」

里樹が後宮の宮の風呂で幽霊を見たという話だ。正体は、鏡によって映し出された里樹の母の顔と揺れた帳《カーテン》だが、それを知らずに怯《おび》えた里樹が大浴場に来たことを覚えている。

その時、猫猫が大浴場で里樹をひん剥《む》いて全身脱毛したことはわざわざ言う必要はなかろう。

猫猫は、初めて西都に行ったときの話もする。あの時は、まさかもう一度西都に行くとは、ましてや一年も滞在するとは思わなかった。

「宴席で里樹さまは獅子《しし》に襲われました」

壬氏の嫁探しのような宴《うたげ》の席で、見世物の獣の檻《おり》が壊れたのだ。

「獅子……、あの莫迦《ばか》は問題事があったとしか言わなかったな」

卯の当主は、拳を握る。こめかみに血管が浮いていて、介護役が冷や冷やしながら手ぬぐいで汗を拭いていた。青年は怒る当主を見せたくないのか、子どもを少し離れたところに連れて行っている。

「その時助けたのがこちらの馬閃さまです」

猫猫は獅子殺しの、規格外の男をさっと紹介する。噴火寸前の馬閃はいきなり名前を呼ばれて、はっとした。

「孫を助けてくださったのか」

「い、いえ。当然のことをしたまでで」

猫猫はありきたりな謙遜《けんそん》の仕方を冷めた目で見る。

(じいさん、ぶち切れそうだし、不幸話はこれくらいでやめたほうがいいかな。まだまだねたはあるけど)

猫猫は、そう思っていたのだが――。

「里樹さまのご不幸が、実の父親によるものであるのは残念でなりません。獅子に襲われた件も、獣を誘発する香を異母姉につけられたことが原因と聞いております」

（何言うとる！）

猫猫があえて言わなかったことを馬閃はつらつらと言い放った。

「……純《ジュン》を呼べ」

当主の声は低く唸《うな》るようだった。髭《ひげ》が震え、目が少し充血している。

介護役の女性は軽く頭を下げると、子どもの世話をする青年を呼びに行った。

「なんのご用でしょうか？」

子守りをしていた青年は恭《うやうや》しく頭を下げる。

「おまえの妹の所業《しょぎょう》を包み隠さず話せと言ったはずだ。なぜ隠していた？」

（妹？）

猫猫は里樹には異母姉の他に、異母兄がいたことを思い出す。

この『純』と呼ばれた青年は、里樹の異母兄のようだ。

「妹は、里樹さまに害を加えたことを反省し、今後一切表舞台には現れることはございません。ご容赦くださいますよう平《ひら》にお願い申し上げます」

純は、丁寧に聞こえるがここで使うべきではない言葉を使ってしまった。

「何が表舞台に現れないだ！　里樹は、出家しているのだぞ。その原因を作ったのは誰だ？」

「父の卯柳《ウリュウ》と私卯純、そして妹でございます」

純と呼ばれた青年は、淡々とした口調で言った。

「誰が『卯』の字を使っていいと言った？」

「失礼いたしました」

純は深々と頭を下げる。

「里樹の人生をずたぼろにした報いは受けてもらうぞ」

「わかっております」

「下がれ」

猫猫はどきどきした。卯の当主は、青年を殴るのかと思った。さすがに、この場で殴るような短慮さはない。

辰の一族に見せた寛大さは、そこにはなかった。

卯の当主は人格者であるが、長年孫娘を虐《しいた》げてきた者たちには厳しい様子だ。娘婿《むすめむこ》とその子どもたちは、完全に信頼を失っている。

（いや、寛大なほうだろうな）

卯の一族の規模は知らない。ただ、少なくとも羅の一族よりはずっと多いだろう。家が落ちぶれるということは、数十、数百の者たちが路頭に迷うこともある。

卯の当主は、娘婿から当主の座を取り返して元の地位に戻った。しかし、沈みかけた船を元に戻すのは、老いた当主にとってはどれだけ気苦労があるだろうか。

卯純は家を追い出されなかっただけまだましだろう。その妹も反省しているというが、食うに困る生活は送っていないはずだ。

「お見苦しいところを見せてしまいました」

介護役が当主の汗を拭く。子どもが当主のひざ元によって、飲み物を差し出す。

卯純だけは、へらへらとした笑いを向けて突っ立っている。道化役のように猫猫は感じた。

「本来なら一族から追い出すだけで済むのですが、里樹の文に、あの男にはひどいことをしないでと書かれていたものでな」

『あの男』というのは、里樹の父親のことだろう。

卯純をあえて会合に連れて来たのは、ある意味見せしめなのかもしれない。

（陰湿と言えば陰湿）

だが、里樹の父が里樹にしたことのほうがよほど辛辣《しんらつ》だった。

直接の原因ではないにしろ、卯純がこの程度の見せしめですんでいるのは幸運だろう。

何より卯純は屈辱には慣れているように見えた。自尊心がないほうがより生きやすい場合もある。

卯純は自業自得であり、同時に同情もできる。

だが、猫猫が首を突っ込むことではない。

いくら人格者であっても、許せないこともあるだろう。正論を並べて八つ当たりするなと言える立場ではない。

「話を続けてもよろしいですか？」

猫猫は、卯の当主に訊《たず》ねた。

「お願いする」

「とはいえ、これ以上話すことはありません」

里樹の不幸話をしたところで、当主の気持ちは晴れないだろう。

「ただ一つ言えるのは、里樹さまが妃《きさき》の座をはく奪されたのは、後宮《こうきゅう》を出ることになったのは、里樹さまのせいではありません。そして、主上もまた里樹さまの身を案じて、あえて後宮から遠ざけたのだと思います。里樹さまにはまだ未来があっていいはずです」

卯の当主は額を押さえていた。軽く震えているようにさえ見える。

「里樹は、私への文には上級妃としてちゃんとやっていると書いていたのにな……」

「お祖父《じい》さまを心配させまいとしたのでしょうね」

「私がちゃんと気付いていればよかった」

卯の当主は、里樹をずっと放置していた自分自身に怒りを持っているようだ。

今更、里樹を虐《いじ》めていた侍女たちを罰することはできない。いや、里樹が後宮から出て行ったときに、すでに処分は下されているだろう。不名誉な形で後宮を出て行った彼女らは肩身が狭い思いをしているはずだ。縁談にも支障が出ているだろう。

（こんなものでいいでしょうか？）

猫猫は言われた通り、里樹の話をして卯の当主と同じ卓につけた。さらに、馬閃が里樹を助けたことを話し、里樹に非がないことも話した。

ここから麻美に会話を渡せば、猫猫としては十分成果を上げたことになる。しかし、麻美の目は「もう少しいけるだろ？」と言っていた。

（無茶ぶりすぎるだろ）

とはいえ、無茶ぶりを受けることには定評のある猫猫だ。

「里樹さまの文には、上級妃としての役目を果たしていると書かれていたのですね」

「そうだね」

「……里樹さま、無理をなさって」

猫猫はわざとらしく小声で言った。

「無理をとはどういうことかな？」

卯の長老は、髭《ひげ》を揺らしながら怪訝《けげん》な表情を浮かべる。

「後宮《こうきゅう》での妃《きさき》の仕事、それは言うまでもなく……」

猫猫はちらっと馬閃を見る。馬閃は最初話の意味がわからなかったようだが、瞬《まばた》きを数回するうちにようやく察してくれた。さっきの怒りとは別の赤面になる。そこには、羞恥と共にいくらかの悔しさがまざっていた。

(妃の仕事は、皇帝との子作りだ)

玉葉后、梨花《リファ》妃は果たしていた。子翠《シスイ》、いや楼蘭《ロウラン》も形だけはこなしていた。

ただ一人、皇帝の夜伽《よとぎ》をしなかった上級妃は里樹だけである。

「主上にとっても里樹さまは娘のようなものだったのでしょう。一度も寝所に向かわれることはなく、お手付きになることはありませんでした」

猫猫はゆっくり首を振った。横目で麻美を見ると、なんだか満足そうに頬をぴくぴくさせていた。馬閃は拍子抜けしたような、安堵《あんど》したような表情をしている。

「でなければ、主上も後宮から出したりしないでしょう」

本来、皇帝のお手付きとなれば、たった一夜の出来事でも生涯後宮で過ごすことになる。特別な例外ともいえる阿多《アードゥオ》もいるが、結局は皇帝の離宮に住まわされている。皇帝の庇護《ひご》のもとには違いない。

「やはりそうでしたか」

卯の当主は納得していた。

「はい」

猫猫はふうっと息を吐く。

「主上のお手付きにならず後宮を出た妃の多くは新しく嫁いでいると聞きます」

出戻りと揶揄《やゆ》されそうだが、相手が皇帝となれば別だ。役人の娘でも、商人の娘でも後宮出身は、付加価値が上がる。後宮という秘密の花園に惹《ひ》かれる者は多い。何より妃に選ばれた時点で、容貌と家柄はお墨付きとなる。

「里樹さまも出家という形でなければ、引く手あまたでしたでしょうに」

「老い先短い身の上でありながら、ひ孫を見たいと思うのはわがままだろうかな」

（よし！）

猫猫はもうこれ以上は何もないぞ、と麻美に視線を送る。麻美は満足した顔で目を鷹《たか》のようにきらきらさせていた。

「質問をよろしいでしょうか？」

麻美が挙手する。

「なんだろうか？」

「里樹さまの出家は終わりのないものでしょうか？」

「里樹は、しばらく療養するようにと言われたそうです」

「しばらく、ですか」

「しばらくだ」

「つまり、主上の命《めい》があれば里樹さまは出家先から帰ることも可能ということですね」

麻美は、言質《げんち》は取ったと言わんばかりの反応だ。

「里樹さまは、卯の一族に戻り、婿《むこ》を取ることはないでしょうか？　ただ一人残った直系ですよね？」

「そうだ。私の一人娘が生んだたった一人の孫だ」

卯純は目をそらしている。猫猫はこの青年もまた被害者だと思った。直系でないがゆえ、入り婿の婚外子であるがゆえ、肩身が狭い。父親が入り婿になどならなければ、もっとのびのびと暮らせていたはずだ。

「だが、里樹に娘の二の舞いはさせられん。もう次の後継者はこの子に決めた。もう絶対に不幸な結婚はさせせん」

卯の当主は、菓子を食べる子どもの頭を撫《な》でる。ずっと卯純が面倒を見ていた子だ。

「では、我が馬の一族が里樹さまに縁談を持ち込んでも問題はないでしょうか？」

麻美がようやく本題に入った。

馬閃はぎゅっと唇を噛《か》みすぎたので、紫色になっている。

「馬の一族が我が一族に縁談を？」

「ええ。里樹さまが本家を継ぐのであれば、傍系の男子を婿にとらないといけませんよね。ですが、継がないのであればぜひ、我が家門の者を会わせたいと思っております」

「ほう」

当主はちらりと馬閃を見た。相手が誰かすぐさま察してくれたらしい。

「かつて馬の一族とは縁を結びたいと思っておった。だが――」

(だが?)

「我が一族と縁を結んだところで、意味はなかろう。卯の一族にかつてほどの権力はない。他の家ならともかく、馬の一族にとって得するものはない。相手にとって何の利点もない話を鵜呑《うの》みにはしたくない」

「辰の一族と先ほど何やら話しておられたようですが、仲たがいは終わったのではないですか?」

麻美はどこまで話を知っているのだろうか、それとも鎌をかけたのだろうか。とりあえず猫猫は何も話していません、と卯の当主に訴えかける。

「辰の一族とはいろいろあったが、そなたらには関係ないことだろう」

「そうですね。ですが、里樹さまに関しては、家柄とは関係なく縁組みしたいと言っても話を聞いていただけませんか?」

「里樹自身を欲しがるというのか?」

卯の当主は値踏みをするように麻美と馬閃を見る。かつて娘にろくでもない婿をあてがったことを後悔しているのだろう。

「里樹をどこかに嫁がせるのであれば、いくつか候補を考えていたのだが――」

「その候補に馬の者も入れてくださいませんか？」

麻美はぐいぐい行く。失礼ととられかねない近づき方だが、卯の当主にとっては悪くない、いや魅力的な提案だろう。

だが当主は頷《うなず》かない。

「今はどこの家門にも嫁に出せぬ。どこに敵がいるのかわからないのだ。我が家門は、私の見込み違いのせいで弱体化している。しかし、それだけでは説明できないことも起きているのだ。まるで、里樹を見殺しにしてきた罰を受けているかのようにね」

「どのような？」

「ははは、家門の恥をこれ以上言えと？　まあ、いい。高順の娘は勘が良いからわかるだろう。どうやら私は軍の新派閥に嫌われているらしい」

卯の当主は、それだけを言った。

(軍の新派閥)

最近どこかで聞いたような話だった。

「私が生きているうちに解決しよう。この子が跡を継ぐまでにはなんとかしてやりたい」

卯の当主は、老いた体に鞭《むち》を打つようだった。

「さて、そろそろ宴会場に戻ろうかのう」

介護役は車輪付きの椅子を動かす。

「話を聞いていただきありがとうございました」

麻美はこれ以上深追いしないようだ。

深々と頭を下げて、卯の当主たちが立ち去るのを見送った。


卯の一族が完全に見えなくなったところで、どっと疲れがやってきた。

（ふひー）

猫猫はだらんと肩の力を抜く。

「さすが猫猫さんですね。理想的な仕事をしてくださいました」

麻美が猫猫を褒めるが、素直に受け止める気になれなかった。

「とはいえ、卯の一族は保留という形を取りましたけどね」

「何もしないより、種だけでも蒔《ま》いておくべきでしょう。芽が出て育つかどうかはこれからですけどね」

嫁がやる気になっているのを、旦那は微笑《ほほえ》ましい目で見ている。弟のほうは、猫猫以上にいっぱいいっぱいでまだ上手く再起動できていない。

「私はここまでで下りさせていただきますけど、問題ありませんね」

「あらあらお疲れですね。こういうことは慣れていらっしゃるかと思いましたが？」

麻美は満足したのか、さっきの愛想笑いよりもずっとにこにこしている。

「知らない情報がいきなり出てくると、どっと疲れが増すものです」

「ああ、卯と馬の婚約話のことですか？　男女間の年齢が近いと、どうしても出てくるつまらない話ですよ」

「よく聞く話だとは思っています」

だが、知人のその手の話は微妙な場合が多い。ただでさえ、皇族関係は人間関係が複雑なのだ。

（里樹の母親と主上は幼馴染《おさななじみ》で、阿多さまも幼馴染）

皇帝のお目付け役の高順がその輪に入っていてもおかしくなかった。

（話を変えよ）

「そういえば、今日は雀《チュエ》さんは来ていないんですね」

「雀さんは別の仕事があるのよ。とても渋ってましたけど、どうしてもと言われて働きに行きました」

猫猫たちはゆっくり歩きながら話す。男二人は黙って後ろからついて来る。麻美の旦那は本当に寡黙《かもく》な人だ。

「雀さんはああ見えて語学が堪能なので、手足の一本使えなくても、頭と口が残っていれば使い道があります」

　麻美が雀を評価しているのはわかるが、ひどい言いようだ。

「異国人の通訳でもしているんですか？」

　猫猫が興味本位で聞いてみたのが良くなかった。

「はい、捕虜《ほりょ》をまとめて牢《ろう》に入れて放置しているので、何か話しているのではないかと、じっと聞き耳を立てているそうです」

「それはそれは」

　物騒な話だ。

　国境で異国人を捕まえることは珍しくない。大体は盗賊まがいのことをしているので、すぐさま処刑することが多いと聞く。捕虜というだけあって、それなりに地位がある人間なのだろうか。

「雀さん、右手が不自由になりましたけど、仕事には困りそうにないですね」

「ええ。でも、月の君の侍女は辞めると思います。今後は母が雀さんの代わりに入るでしょう。代わりの侍女がなかなか見つからないので大変です」

「そうですねえ。水蓮《スイレン》さまは厳しいですから」

　もちろん、麻美の母である桃美《タオメイ》も厳しい。よほどできる人か、雀くらいはっちゃけた性格でないと続かないだろう。

「本来であれば、水蓮さまはとうに引退してもおかしくない年齢ですし。立場上、あまり月の君にべったりするのも良くないですものねえ」

「立場上？」

猫猫は聞き返す。

「猫猫さんは知りませんか？　水蓮さまが何者かについて」

「後ろ盾がなかった幼い皇太后を守った伝説の侍女とは聞いたことがあります」

どこの活劇だろうかと思う謳《うた》い文句だ。

「ええ。侍女であり乳母です。幼かった皇太后は、赤子に乳を十二分に与えることはできませんでした。主上に乳を与えた乳母でもあります」

「侍女であり乳母」

壬氏の乳母であり、主上の乳母でもあったことは聞いている。ただ、乳母と言っても必ずしも乳を与える役ではないので、お世話係くらいに思っていた。

「高順さまが乳兄弟《ちきょうだい》と聞いていたので、てっきり高順さまの母君が乳母だと思っていたんですけど？」

「お祖母《ばあ》さまも乳母をやっていましたけど、主上の下《もと》に配属されたのは乳離れする頃でした」

「あれ？」

（待てよ）

それでは乳兄弟は、もう一人いるはずだ。基本、母乳は子どもが産まれないと出ないし、成長したら止まってしまう。水蓮にも主上と年が近い子どもがいるはずだ。

「もしかして、水蓮さまは阿多さまの母君ですか？」

猫猫は首を傾げながら聞いた。

「はい、知りませんでしたか？」

麻美も首を傾げる。

「いやいやいや、似てないですよね？」

一見ほわほわした水蓮と、きりっとした長身の阿多。

見た目的には全く似ていない。

「阿多さまは父親似だと聞いていますね」

麻美は歩くのを止める。このままだと話が終わらないまま、宴会場に到着すると思ったらしい。

「いやいやいや、阿多さまと水蓮さまは滅茶苦茶他人行儀でしたし」

猫猫は二人が直接会ったところは見たことがないが、阿多のことは娘というより、より高貴な人として扱っていた気がする。

「水蓮さまは平民の出ですから、阿多さまが妃《きさき》になられてからはしっかり立場を弁《わきま》えて分《ふん》別《べつ》をつけていたみたいです。それを考えると、水蓮さまの口から猫猫さんに母子だって話すこともないですね」

「じゃあ、知る由ありませんよ」

なにより以前街歩きをした際、猫猫が着せられた服は水蓮の娘の物だった。

（あーいう服、阿多さまが着るとは思わないやん！）

水蓮が妙に楽しそうに猫猫を着替えさせていた理由は、自分好みの服をなかなか着てくれない娘の代わりだったのかもしれない。

（となると、問題は壬氏か）

水蓮の娘のことを聞かなかった猫猫も悪いが、言わなかった壬氏も悪い。だが、壬氏もまた水蓮が話していると思うかもしれない。

猫猫はまた頭の中がぐるぐるしてきた。

これだから、皇族関連は人間関係が複雑で困る。

「しかし水蓮さまは平民出身なのに、乳母になられたのですね」

猫猫は頭を整理するために、聞いた情報を反復する。

「ええ。水蓮さまは妊娠中に夫君が亡くなったらしく、家督《かとく》相続で問題になる前に実家に帰って来たそうです。あまりいいご両親ではなかったようで、水蓮さまは阿多さまを産んですぐ売られるように後宮《こうきゅう》に出仕《しゅっし》させられたそうですよ」

「産んですぐさま出仕ですか？」

出産後はしばらく養生すべきなのに、ひどい話だ。

「ええ。当時の後宮は何が何でも子を作れという空気でしたからね。出産経験がある娘をむしろ優遇した時期だったのでしょう」

今とは全く違う方針だったようだ。

それもこれも、幼女趣味の先帝のせいで赤子が生まれなかったからである。

「おかげで水蓮さまは、当時妊娠を隠していた安氏《アンシ》さまを見つけ、侍女となったわけです」

伝説の侍女は、前日譚《ぜんじつたん》も波瀾万丈《はらんばんじょう》だった。

「でも、普通皇帝の妃《きさき》の母を皇弟《おうてい》の乳母につけるものなのでしょうか？」

下手をすれば皇位継承問題が起きかねない相手の乳母が、自分の妃の身内である。

「かなり特殊な例ですね。でも、同母のご兄弟に同じ乳母を付けること自体は珍しくありません」

たしかにそうだと猫猫も思う。

「ただ、異例なのは主上と月の君の年齢が離れすぎていたこと、それから主上が乳姉弟《ちきょうだい》である阿多さまを妃にしたことですね」

猫猫も納得する。

「我が馬の一族は、代々皇族の乳兄弟になることが多いのですが、それゆえ役職をいただくことはありません。妃《きさき》になることもありません」

皇族の身内となり、権力を持ちすぎないようにする処置だ。そういえば、一緒にいる馬閃や高順が何かの役職名で呼ばれているのを聞いたことがない。

そうなると阿多がどれだけ特殊な立場であるか、猫猫は改めて思う。

同時に壬氏はそれ以上に特殊な立場だが、猫猫は顔に出ないように抑え込む。

「今、東宮《とうぐう》であらせられる玉葉后の皇子には、私の夫ともう一人馬の一族がついております。また、梨花妃の皇子も後宮《こうきゅう》を出る際に、最低一人はうちの者が付くでしょうね」

「月の君はずいぶん馬の一族を独り占めしているようですね」

あくまで客観的な意見として猫猫は述べる。

「それは数年間、東宮の地位にいましたからね。どうしても手厚くなるでしょう。さて、そろそろ宴会場に戻りますか」

(それだけだろうかねえ)

猫猫は思ったが、深く考えないようにする。それより、宴会場でまた誰かが何かやらかしていないか、そっちのほうを気にすることにした。

七話　消えた盗人《ぬすっと》　前編

名持ちの会合怒涛《どとう》の一日目が終わった。

夜の宴会が終わるなり、睡魔が襲ってきた。風呂にも入らずに寝てしまいそうなところ、燕燕《エンエン》に無理やり風呂に入れられた記憶がある。

逆に二日目は一日目に比べると大した問題は起こらなかった。

あえて明言すれば、変人軍師が賭け碁をやりだして他家のお偉いさんを下穿《したば》きまでひん剝《む》こうとしていたこと。

あと、やたら羅半兄《ラハンあに》が燕燕について質問してきたことくらいだ。

猫猫《マオマオ》としては、姚《ヤオ》の恋文男の問題は解決したし、卯《ウ》の一族と馬《マ》の一族を引き合わせたので、成果は上々だろう。

解決した以上の問題が増えた気がしたが、無事、帰れることを猫猫は喜ぶことにした。

二日目は午前中で終了。宴会らしきものはなく、だらだらと、交流したい家同士が話すだけで終わった。

商談が成功してほくほくした者もいれば、見合いが失敗して意気消沈する者もいる。

羅半《ラハン》は辰《シン》の一族としっかり話し合って、今後姚に変なちょっかいを出さないように念書を貰《もら》ったらしい。そのついでというか本命の商売関連で、交易で手に入れた異国の名剣や鎧《よろい》を売りさばいていた。迷惑恋文男は、よほど居心地が悪かったのかそのあと静かにしていた。ただ、友人らしき同年代の若者といろいろ話していたようである。

（変な報復とかしてこないといいけど）

そこのところは、辰の大奥さまを信じるしかない。

というわけで、猫猫たちも帰宅の準備をする。

「燕燕さん、料理が得意だよな。どんな野菜を作ったら喜ぶと思うか？」

羅半兄は荷物を馬車に運びながら猫猫に聞いてきた。本人は否定しているが、頭の中は完全に農民である。あと、燕燕に貢《みつ》ぐ気満々だ。

「私に聞かれても困る」

「なんだよ、燕燕さんの料理をたらふく食っているのは誰だ？」

「最近食べていませんよ」

なんだ、このわかりやすすぎる兄は誰だろうか。

「兄さん、香辛料を育ててみてはどうだい？」

羅半はちゃっかり採算が取れる作物を薦めてくる。

「胡椒《こしょう》でも作れというのか？　作り方知らないぞ」

「でも、作れたら料理の幅が広がると思わないかい？」

羅半が頭の中ではじく算盤《そろばん》の音が聞こえそうだ。

「羅漢《ラカン》さま、この荷物はどうしましょうか？」

「んー、好きにしていいぞ」

変人軍師は賭け碁の戦利品を二番《アーファン》に運ばせている。さすがに下穿《したば》きまでは取り上げなかったようだが、上質の上着や帯がいくつも重ねられていた。猫猫は運の悪い碁の相手に手を合わせたくなった。あとで羅半がしっかり売りさばくだろう。

「猫猫はこのあとどうするの？」

姚が聞いてきた。燕燕は大量の姚の荷物を馬車に詰め込んでいる。たった一泊するのに本当に必要だったのかというくらいの大荷物だ。

「そうですね、さっさと宿舎に戻ろうかと思います。明日から仕事ですので」

「私もだわ」

「仕事溜《た》まっているでしょうね」

猫猫と姚はそろってため息をつく。翌日の仕事を考えると気が重い。

「おい、羅半」

猫猫は羅半を呼ぶ。羅半はまだ羅半兄に利益率の高い作物を薦めていた。

「なんだい？」

「私は宿舎の前で降ろしてくれ」

このまま変人軍師の屋敷に連れて帰られても困る。

「わかったよ」

猫猫が馬車に乗り込もうとした時だった。

激しい砂ぼこりを立てて、誰かが馬を走らせてくる。

「なんだなんだ？」

馬の嘶《いなな》きが響いた。鼻息を荒くした馬がぽくぽくと猫猫に近づいて来る。

「嬢ちゃん」

「李白《リハク》さま、どうしたんですか？　どうしてここが？」

馬に乗っていたのは李白だった。普段は人懐っこい犬みたいな顔だが、今は少々険しい顔をしている。

「今すぐ緑青館《ろくしょうかん》に来てくれ」

「どういうことですか？」

李白の焦る様子から何やらただならぬ雰囲気を感じ取る。

「緑青館に強盗が入った。白鈴《パイリン》が怪我《けが》をした」

「はあ!?」

世話になっている姉貴分が怪我をしたとなれば、猫猫も気が気でない。

猫猫は李白の後ろに乗ろうとする。

「おい、その馬は疲れているだろ。こっちと交換しよう」

羅半兄が馬車の馬を外して連れてくる。こういうところはとても気が利く。

「おう、羅半兄助かる！」

李白も素早く馬の鞍《くら》を取り換える。慣れているのか手早い。

「ちょっと猫猫！」

「先に帰ります！」

姚が呼び止めるが、猫猫は馬に乗る。

「いくぞー！」

李白が馬の腹を蹴った。猫猫は振り落とされないように、李白の胴をがっしり掴《つか》む。


行きは一時《二じかん》かかった道のりだが、帰りは半時《一じかん》もかからなかった。

見慣れた花街《はなまち》の、見慣れた妓楼《ぎろう》は普段と雰囲気が違った。まだ夜の営業は始まっていないのに、ざわざわと色めき立っている。

「おい、嬢ちゃんを連れて来たぞ！」

猫猫たちは、馬を乗り捨て緑青館へと入る。普段ならまだ昼寝をしている妓女《ぎじょ》たちは、化粧もしないすっぴんのまま玄関広場《ロビー》に集まっていた。

「ったく、大げさだねえ」

世間に擦《す》れて擦れて擦り切れてしまった声が聞こえた。

「婆《ばばあ》」

やり手婆だ。いつも通り煙管《きせる》をふかしている。

「李白の旦那や。いくら白鈴が心配だからって、事を大げさにするんじゃないよ」

「ふふふ、そうよそうよ。盗人《ぬすっと》に驚いて尻もちついちゃっただけなのよ」

朗らかな色っぽい声は白鈴だ。椅子に座って禿《かむろ》から水を貰《もら》っている。

「盗人？　強盗じゃなくて？」

「ということで、薬の処方もしてないぞ」

間借りしている薬屋から左膳《サゼン》が顔を出し、引っ込める。猫猫が宮廷勤めになる時に無理やり薬師《くすし》にした男だが、ちゃんと働いているようだ。

「李白は心配性ねえ」

白鈴がぱしっと李白の胸を叩《たた》く。

「いやあ。白鈴に何かあったらと思うと、いてもたってもいられなくて」

「だからって、猫猫をわざわざ連れてこなくても大丈夫よ」

「本当は羅門《ルオメン》さん連れて来たかったんだけどなあ。あの人、後宮《こうきゅう》にいるっていうし、その辺の薬師は当てになんねえし、だから嬢ちゃん連れて来ようとしたら、留守だって言われて焦ったよ」

李白は白鈴相手になると冷静さを失うようだ。とはいえうろたえすぎる。

「ふふふ、猫猫を呼んでくるって言って、そのわりにずいぶん遅かったものね」

でれでれされるが、早馬で無理やり連れて来られた猫猫はどうするべきだろうか。冷めた目でいちゃつく二人を見る。

「当てにならなくて悪かったなー」

左膳がすねた様子で薬屋から半分だけ顔を出し、また引っ込める。

「帰っていい？」

猫猫は半眼でやり手婆《ばばあ》に聞く。

「ちょっと待ちな。せっかく来たんだ。逃げた盗人の手がかりでも探してから帰りな」

早速、やり手婆が無茶振りをしてきた。

「捕まえてないのか？」

「それがね、まんまと逃げられちまったんだよ」

「役人呼べよ」

「ははは。妓楼《ぎろう》が役人のお世話になったなんて言ったら、どんな噂《うわさ》立てられるかわかったもんじゃないよ」

それもそうだな、と猫猫は納得する。

「とりあえず私の部屋を見てくれないかい？」

あくびまじりの眠たそうな声は、女華《ジョカ》だった。普段はびしっと決めている女華小姐《ねえちゃん》だが、今日は寝間着姿だ。

「女華小姐の部屋？」

「盗人《ぬすっと》が入ったのは白鈴小姐じゃなくて、私の部屋さ。あんたはそういう犯人捜し得意だろ？」

「得意ってわけじゃないけど、とりあえず見るよ」

猫猫は三階の女華の部屋に移動する。階が上がるほど高位の妓女《ぎじょ》の部屋があり、割り当ても広い。女華の部屋は連なった三部屋で構成されている。

「うわあ」

「なかなかひどいもんだろ？」

部屋の中はぐちゃぐちゃだった。本棚の本という本が床に落とされている。机の引き出しもひっくり返されている。

つながっている両隣の部屋も荒らされていた。

「衣装もぐちゃぐちゃだ」

絹の衣が踏みつけられ、簪《かんざし》も散乱していた。

「……」

猫猫は目を細めて落ちた衣を観察する。ぐしゃぐしゃに皺《しわ》が寄っているがあまり汚れていないのは幸いだ。簪は踏みつけられたのか、折れて破片が散らばっている。その簪に違和感を覚え、手に取って懐に入れた。

「ったく、私が風呂に入っている隙を狙って忍び込むなんて大した度胸だわ。おかげで着替えもできない。今晩はお茶挽《ちゃひ》きだね」

「朝からってことは洗髪？」

「洗髪」

女華が寝間着姿のままの理由だ。緑青館では洗髪日が決まっており、いつもより湯量が必要で時間もかかるため朝から風呂に入る。風呂の順番はまちまちだが、高位の妓女や売り上げが多い妓女から入ることが多い。

「風呂の最中を狙ってねえ。朝方だろうけどいつ頃？」

「確か白鈴小姐に居続けの客がいたから、私が一番風呂だったんだよ。辰正刻《八じ》くらいだったかね。ったく、人が綺麗《きれい》に髪を洗ってたのに、騒ぎ声がすると思って戻ってきたら、部屋がこんなに汚くなってるなんて最悪だわ」

「汚い。あと、なんか臭くない？」

猫猫は鼻をこするついでに窓辺に向かう。けぶるような強い薔薇《そうび》の匂いが気持ち悪くて、外の空気を大きく吸った。

「盗人の莫迦《ばか》が香水の瓶を落としていきやがったんだよ。客から貰《もら》った一点ものだ。もう片付ける気にもならないさ」

女華は相当頭にきているようだ。

猫猫はついでに窓の外を眺める。三階だが、装飾や手すりがついているので登れないことはない。下は中庭で朝方はあまり人がいない。

それでも、緑青館の男衆は無能ではないと思う。なぜ、簡単に逃がしてしまったのか。

「盗まれた物は？」

「組木細工のからくり箱。まだ見つからない」

「えっ!?　あれ？」

「あれだよ、あれ」

女華はいつも以上にやさぐれている。組木細工の箱には、女華の商売道具、翡翠《ひすい》の牌《はい》が入っている。大事なものだろうに、女華は意外にも落ち着いている。

「他に荒らされた部屋はないの？」

「私のところだけだよ」

猫猫は顎《あご》に手を当てる。

緑青館で稼ぎ頭なのは三姫《さんき》だ。梅梅《メイメイ》は先日身請けされたというので、二人しかいない。金目の物を狙うなら二人の部屋か、もしくはやり手婆《ばばあ》のところだろう。

「白鈴小姐《ねえちゃん》は部屋にずっといたの？」

「ほら、あんたが連れて来た旦那、昼まで延長で。最近よく来るの」

「ああ」

李白は丸一年西都にいた。その間に貯《た》め込んだ銭を使って、白鈴に会いに来ているようだ。

（身請け金を貯めこもうってわけじゃないのか）

妓女《ぎじょ》の身請けは難しい。金を貯めないと身請けできないが、常連でないと身請けさせてもらえない。その塩梅《あんばい》が難しい。

「白鈴小姐の部屋は私の隣だろ？　小姐が、物音がしてなんか変だと様子を見に行ったら盗人《ぬすっと》がいたわけさ。盗人はすぐに窓から逃げ出したとさ」

「それで驚いて尻もちをついたと」

しかし、と猫猫は不思議に思う。

「白鈴小姐は物音に気付いたんだよね？　李白さまは気付かなかったわけ？」

「寝てたんじゃないの？　小姐が尻もちついて叫んだ声で起きたみたいだし、何より寝ぼけてたと思うわね。わざわざ遠い所に出かけていた猫猫を連れて来たくらいだよ。惚《ほ》れた弱みもあるけど、動揺しすぎでしょうに」

（寝ぼけてた、ねえ）

猫猫はまた顎《あご》を撫《な》でる。猫猫が知る李白はそこまでおっちょこちょいではない。どちらかと言えば、見た目によらず冷静で機転が利く男だ。

「ちょっと白鈴小姐の部屋に行ってくる」

「別にいいけど」

「まだ部屋片づけないほうがいいよ」

猫猫は、女華に忠告すると隣の部屋へと移動する。

勝手に部屋に入るのはどうかと思うので、階下にいる白鈴に呼びかける。

「白鈴小姐。ちょっと部屋の中、確認していい？」

「いいわよー。でも、昨晩のままで片付けてないわよー」

「むしろ好都合」

了解を取ったので、猫猫は白鈴の部屋に入る。確かに片付けていなかった。

空になった酒杯、朝餉《あさげ》の椀《わん》、脱ぎ捨てられた衣服に、ぐしゃぐしゃになった寝台。香の他に明らかに獣じみた臭いがしたが、妓楼《ぎろう》では日常茶飯事のことなので気にしない。

猫猫は酒杯を取るとくんくんと匂いを嗅ぐ。

「うーん？」

猫猫は、粥《かゆ》の椀を手に取る。朝餉用で二つあった。すでに表面が乾いてぺりぺりになっている。二つの椀を手に取り、交互に匂いをくんくん嗅ぐ。

（これだ！）

猫猫は椀《わん》を持ったまま、部屋を出て一階に下りる。

「どうした、嬢ちゃん？」

李白は、玄関広間《ロビー》で茶を飲んでいた。他の妓女《ぎじょ》たちは部屋に戻っている。そろそろ夜見世の準備だ。

「李白さまはお帰りにならないのですか？」

「うーん、せっかくだから居続けだ。明日の朝にゃあ帰る」

「たんまりため込んでいるようで」

猫猫はうりうりと李白を肘で突《つつ》く。

「よせやい」

まんざらでもない顔の李白。

「うふふふ、今夜も楽しみましょうね」

「はははは」

白鈴は李白にしなだれかかっている。今宵《こよい》も李白はいろんな物を吸い取られるだろう。

「ところで、朝餉《あさげ》もここで食べましたか？」

「ああ」

「この椀で？」

「そうだけど、それがどうした？」

猫猫は椀を置くと李白をじっと見つめる。

「朝餉の粥《かゆ》は美味しかったですか？」

「ああ、具材も豊富で美味かったぜ。緑青館はさすがだなって思う」

「あんまり美味しそうに食べるから、私の分もあげちゃったわ」

「そういうことね」

猫猫は腕組みをして納得する。

「なにが、そういうことなんだ？」

「李白さま。朝餉のあと、とても眠たくありませんでしたか？」

「眠たいといえば、そりゃあ」

「眠たいわよねえ。一晩たっぷり運動していたら」

白鈴がちょんちょんと李白の胸を突く。今は惚気《のろけ》が聞きたいわけじゃない。

「でも、李白さまは西都では昼夜逆転していても、非常時にはすぐさま起きられましたよね？」

李白は一年間猫猫の護衛だった。故に、どんなに眠っていようが、李白がすぐさま起きられることは知っている。

「白鈴小姐《ねえちゃん》が隣の物音に気が付いたのに、李白さまがすやすや寝ていたとは思えません」

「つまり、何かしら盛られたって言いたいのかい？」

女華が三階から下りて来た。

「うん。朝餉《あさげ》の粥《かゆ》の椀《わん》。悪客用の粥だったよ」

猫猫は空の椀を見せる。

悪客、文字通りろくでもない客だ。妓女《ぎじょ》に暴力を振るったり、支払い以上のもてなしを強要したり、中にはあまりに元気すぎて妓女の体力が持たない客も含まれる。

その場合、どうすればいいか。

緑青館では男衆はもちろん、用心棒も雇っている。わかりやすく暴力を振るうなら出禁にすればいいだけだ。でも、そこまで至らない場合、しかも常連としてやってくる場合、妓女が疲弊《ひへい》してしまう。

なので、酒や肴《さかな》にあらかじめ睡眠薬の類《たぐい》を混ぜておいて眠りへと誘うときがある。その薬が李白の粥に含まれていた。たとえ空の器でも猫猫の鼻は誤魔化せない。

「俺……、悪客だったのか」

李白は衝撃を受けていた。

「違います。他の妓女ならともかく白鈴小姐《ねえちゃん》が相手なら、李白さまくらいの絶倫でないと駄目ですよ」

「そうよう」

白鈴が慰める。白鈴という妓女が規格外なので仕方ない特例だ。

「そうか？」

「うんうん、また来てちょうだいね」

「おうよ！」

李白は立ち直ったが、問題は粥に睡眠薬が混ぜられていた点だろう。今日の李白の行動が妙にあわただしかったのは、睡眠薬の影響があるかもしれない。

緑青館で使う睡眠薬は酒と一緒に摂取することで大きな効果を発揮する。悪客に睡眠薬を使う場合はその量を調整して体に悪影響を与えないように気を付けるが、抜き打ちで入れられたらその限りではない。

（他に変な物混ぜられてないよな？）

猫猫は空の器をまたくんくん嗅ぐ。

「ちょうど盗人《ぬすっと》が入った時間に女華小姐は風呂。白鈴小姐のところには睡眠薬が盛られた粥が用意された」

偶然というにはできすぎていた。

現在、三階に個室があるのは、白鈴と女華だけだ。

「白鈴小姐、盗人は窓から逃げて行ったんだよね？」

「そうよ」

「格好は？」

「茶色っぽい服だったわね。一瞬だったし、後ろ姿だったから上着がどんなものかよくわからないけど、下は袴《はかま》を穿《は》いていたわ」

どこにでもある動きやすそうな服だ。街では多くの人が着ているだろう。

「あと身軽な体つき、筋肉は無駄なくついていそうね」

筋肉好きの白鈴らしい目撃証言だ。

「あと、朝餉《あさげ》の粥《かゆ》を持ってきたのは誰？」

「禿《かむろ》よ。あの子、梓琳《ズーリン》。李白が来ていたから、一緒に趙迂《チョウウ》も顔を出したわ」

「趙迂も？　私の前には出てこないのに」

猫猫は舌打ちをした。趙迂は訳ありの少年で、猫猫が一時期面倒を見ていた。反抗期なのか、最近はまともに猫猫と顔を合わせようとしない。

「噂《うわさ》をすれば」

玄関から趙迂とその金魚の糞《ふん》の梓琳がやってくる。

「趙迂！」

「うわっ！」

猫猫を見るなり身構える趙迂。

久しぶりに見る悪餓鬼《わるがき》は、ずいぶん成長していた。身長は猫猫を抜き、輪郭も少し角ばっている。髭《ひげ》が生えるのはまだ先だが、少年から青年に成長しようとしていた。

梓琳は猫猫の伝手《つて》で姉と共に緑青館にやって来た娘だ。以前と変わらず趙迂の腰ぎんちゃくをしている。ちゃんと食事を与えられているので、最初見たときに比べてだいぶふっくらと愛らしく成長していた。

「趙迂、おまえ白鈴小姐《ねえちゃん》のところに朝餉の粥を持っていったんだよな？」

なぜ梓琳ではなく趙迂に聞くかといえば、梓琳は口が利けない。

「ああ、持っていったけど？　なんか問題でもあったか？」

趙迂の視線が猫猫より一寸《三センチ》ばかり高いのが妙に腹が立った。とはいえ仕方ない。これから成長期でどんどん猫猫より大きくなっていくだろう。

「粥が悪客用になってた」

「はあ？」

しらばっくれるような『はあ？』ではなかった。顔には困惑が浮かんでいる。

「俺は何もしてねえぞ」

「でも混ざっていたんだよ」

わからなくても猫猫は追及しなくてはいけない。

「梓琳、おまえなんかしたか？」

「……」

梓琳は首を横に振る。

「あっ、でも」

趙迂は何かを思い出したかのように手を叩《たた》いた。

「粥《かゆ》は最初から用意してあったぞ」

「用意してあった？」

「……」

梓琳も肯定する。

「やり手婆《ばばあ》に言われて朝餉《あさげ》を取りに行ったら、すでに用意してあったからそれを持っていった」

「……」

梓琳も頷《うなず》く。

「つまり、他の妓女《ぎじょ》が用意していた居続け客の分を、趙迂たちが持って来たってことかしら？」

白鈴は梓琳の頬をぷにぷにして遊ぶ。梓琳はされるがままだ。猫猫も幼い頃に同じように遊ばれていた。

粥を用意するのは禿《かむろ》の仕事だが、中級以下の妓女は自分で用意する。居続けの客は李白以外にもおり、それが悪客なら粥に睡眠薬を仕込んでもおかしくない。

だが、悪客用の粥ならそのまま放置するわけがない。

「粥が乾いたら不味いだろ。客に不味い粥食わせたら怒られるし、粥を無駄にしても怒られる。だから、先に持っていったんだよ」

趙迂の話に矛盾はない。飯を無駄にするなと、ごうつくばりのやり手婆はいつも妓女や禿に言い聞かせている。

「梓琳に粥を運ぶように言ったのはあたしさ。こいつら嘘《うそ》は言ってないよ」

やり手婆がやってくる。

「無駄にしなかったのは偉いよ。でも、粥を放置していた駄目妓女は誰だよって話になるね」

やり手婆は内所《ないしょ》の机の引き出しから帳面を取り出す。机の横には時間を計る線香立てが置いてあった。

「ええっと、今朝の居続けは李白の旦那以外にも五人もいるねえ。でも、悪客ってほどの奴はいないねえ」

線香立ても李白を加えた六人分ある。一つだけ立派な線香立てがあるが、上級妓女である白鈴の物だろう。

「最近、素行が悪くなったとかそういう客じゃねえの？」

「そんなことはないと思うけどさ。まあ、お前の目で確認しな」

やり手婆は猫猫に帳面を渡す。

「知らない名前ばっか」

客は元より、以前からいた妓女《ぎじょ》の名前は二人だけだ。

「うちだっていつまでも同じ妓女ばっかり置いとくわけにはいかないさ」

「そりゃそうだね」

身請けされた妓女もいれば、店を移った妓女もいよう。無事引退できれば幸いで、病気で続けられない者や、死ぬ者も少なくない。

「……婆《ばばあ》、二階の部屋割りある？」

「んなもんどうするんだい？」

「いいから」

猫猫は婆から部屋割りを受け取る。

そして部屋割りを確認してから、中庭へと出た。

「何するんだい？」

「実際、目で確かめるんだよ」

女華の部屋の真下に移動する。やり手婆も気になったのか、猫猫についてくる。

「窓から飛び降りたのであればここらへんに何か足跡が残ってないかと思って」

「一昨日《おととい》さらっと夕立は来たね」

地面は湿っている。

（三階から下りたなら、しっかり足跡がつきそうなものなのに）

それらしい足跡はない。

「盗人《ぬすっと》の目撃者って白鈴小姐《ねえちゃん》以外にいないの？」

「いないねえ」

「男衆の誰も見ていないの？」

「朝はちょうど人がいない時間さ。とはいえ、節穴ばかりの野郎どもには、折檻《せっかん》が必要だね」

やり手婆の目が光る。厳しいようだが男衆には、妓女の脱走を監視する役目もある。こうも簡単に盗人を逃がしては、警備上問題があるとしか思えない。

「なにかわかったかい？」

「もう少し調べたい」

「これ以上何を調べようって言うんだい？」

「二階、女華小姐の部屋の真下」

やり手婆は猫猫を止めようとしなかった。やるならちゃんと犯人を見つけな、と猫猫を見ていた。

八話　消えた盗人《ぬすっと》　後編

猫猫《マオマオ》は二階へと移動する。

二階の個室は三階よりも狭い。部屋の大きさがそのまま格付けと言っていいだろう。緑青館《ろくしょうかん》で一番狭い部屋は、かろうじて茶が飲める空間と寝台があるのみだ。狭いので荷物はあまり置けず、衣装を買う銭もないので他の妓女《ぎじょ》と共有することが多い。

女華《ジョカ》の部屋の下は、比較的広い。売り上げが上位の妓女の部屋が並ぶ。それでも、女華にあてがわれた部屋の三分の一だ。つまり、女華の部屋の下には三部屋ある。

猫猫はとりあえず盗人が出て行った窓の真下、真ん中の部屋の戸を叩《たた》いた。

「中を確認するってどういうこと？」

二胡《にこ》の稽古をしていた妓女が目を細める。猫猫が後宮《こうきゅう》に出仕《しゅっし》するようになった後に入って来た妓女だ。猫猫と同い年だが、あまり猫猫のことを良く思っていない。

猫猫にとって緑青館は古巣だが、向こうからしてみると妓女でもないのに頻繁に緑青館に出入りする、わけがわからない奴になるだろう。

「女華小姐《ねえちゃん》の部屋の窓から盗人が逃げた。だから、下の階の部屋から確認したい」

「飛び降りたのなら、中庭を見ればいいじゃない？」

「中庭は調べたよ」

売り上げが良いだけあって見た目は麗《うるわ》しいが、気が強い。だが、猫猫とて妓楼《ぎろう》育ちで後宮生活も経験している。相手の言葉にひるむわけがない。

「やり手婆《ばばあ》に許可もらってんだ。早くどいてくれ」

猫猫は言いながら階下のやり手婆を見る。

「わかった、わかったわよ。勝手に入って確認すれば？」

妓女はやり手婆が怖いらしく、すぐさま引き下がった。

「まいどー」

猫猫は中を確認する。寝台と卓と椅子、机に、衣装を入れた行李《こうり》。ほのかな香の匂いは悪くない。二胡を得意とすることといい、元は良い家の子女だったのだろう。

（落ちぶれたお嬢さまやいい所の未亡人は人気があるからなあ）

高級妓楼では、知性や落ち着きが好まれる。歪《ゆが》んだ客になると、高い所から底辺に落ちたことにそそられるという。

同年齢の娘なら、田舎娘より良家の娘のほうが買い取り価格は高い。妓楼としても教育の手間が省けるからだ。

（売られた先が後宮であればまだ良かったのに）

後宮《こうきゅう》下女と高級妓女《ぎじょ》。前者のほうがより多くの未来がある。

猫猫は窓を開ける。真上には女華の部屋。半分身を乗り出して手を伸ばす。

(私じゃ無理だけど、身軽な男ならいけるな)

他に部屋をさらっと見回す。

「どうなの?」

「はい、終わり。次の部屋に行く」

「どうなのって聞いてるの!」

「別に。あっ、ちょっと質問。昨晩から今朝まで何をしていた?」

猫猫は念のため確認する。

「何をって? いちいち言わなきゃいけないわけ?」

「盗人《ぬすっと》が、女華小姐《ねえちゃん》の部屋に忍び込んだときや飛び降りたときに、何をしてたかの確認だよ。物音くらい聞いていてもおかしくないだろ」

「そりゃ、客の相手でしょ。昨日は二人」

妓女が一晩に複数の相手をすることは珍しくない。

「朝方は?」

「……禿《かむろ》たちが寝ている大部屋にいたわ」

「なんで?」

「なんでって！　両側の部屋がどちらも居続けなのよ？　まともに眠れると思う？」

（そりゃごもっとも）

個室になっているが、部屋の壁はさほど厚くない。寝ているときに、両側から喘《あえ》ぎ声が聞こえたら気になって眠れないのだ。育ちの良さの弊害《へいがい》だ。

「うん、わかったわかった」

猫猫は育ちの良い妓女の部屋をあとにした。


真ん中の部屋の次に左側の部屋の戸を叩《たた》いた。

「はい？」

出てきたのは梓琳《ズーリン》の姉だった。以前、猫猫が口利きをして妓女になった娘である。多少猫猫に恩があるのか、さっきの妓女に比べるとにらみつけるような真似はしない。

（前は痩せっぽちの鶏《とり》がらだったのに）

今はほどよく肉が付き、猫猫よりも豊満になっている。売り上げがいいと聞いていたが、納得できた。

「部屋の中見せて」

「いきなりなんですか？　説明してください」

梓琳の姉もさっきの妓女と同様に部屋に入れるのをごねたが、やり手婆《ばばあ》を出すとしぶしぶ了承してくれた。この部屋も香の匂いがした。

猫猫は鼻をくんくん鳴らす。鳴らしながら部屋を万遍なく観察する。

「昨晩から今朝にかけて何していた？」

「そんなこと言わなくちゃいけないんでしょうか？」

一応、言葉遣いはやり手婆《ばばあ》に矯正《きょうせい》されたらしい。だが、さっきの妓女《ぎじょ》と違い、部屋の装飾は雑多でごちゃごちゃしている。ところどころに掃除の雑さが見え、行李《こうり》からは服がはみ出て、床にしみもあった。

見た目は成長したが、品性はまだまだ発展途上だ。

「盗人《ぬすっと》が入ったって話は聞いたよな。それで、女華小姐《ねえちゃん》の部屋の下――」

以下、さっきの妓女にした説明と同じだ。

梓琳姉はしぶしぶ話し始める。

「昨晩は五人お客を取りました。最後のお客は朝方で時間が短かったので居続けしていました」

「五人？　多くないか？」

猫猫は梓琳の姉を観察する。まだ若く肌のはりはいい。ただ、少し目が充血している。

妓女は体力が必要とされる職だ。客が多いほど、体力は削られる。

「私は他の人と違って、二胡《にこ》も碁もできません。数を多く取るしかないですから」

「今は若いからいいけど、すぐがたが来るぞ」

猫猫は彼女の心配をして忠告したつもりだった。しかし、逆効果だった。

「じゃあ、どうすればいいんですか？　今更、字を覚えろと。昼間の寝る時間を削って。無理でしょう。何より、売り上げを上げなきゃ、私も梓琳も追い出されます。それとも、梓琳にまでこの仕事をさせて銭を稼げって言いますか？」

梓琳の姉はまくし立てるように猫猫に言った。売り上げにこだわるのは、梓琳という妹がいるからだ。実の父は捨てて妓楼《ぎろう》の門を叩《たた》いたが、妹は捨てきれなかった。

「大体、白鈴小姐《パイリンねえさん》は体で稼いでいます。私よりたくさん取る日だってあるのに、なんで私は駄目なんですか？」

「そーだな」

猫猫はそれ以上何も言わなかった。

（白鈴小姐《ねえちゃん》は特別だからな）

妓女として生まれるべくして生まれた美貌と体力と性格の持ち主だ。

最初に持っている技能の差は大きい。ろくでもない親の元で育ち、死にかけた妹を庇《かば》って生きてきた娘は何も持っていない。ただ一つ、ぎらぎらした、野望にまみれた目しか持っていなかった。

なにより妓女として働いていない猫猫には、彼女に対して説教する資格はない。余計なことを言ってしまった。

「じゃあ、朝方、盗人《ぬすっと》が女華小姐《ねえちゃん》の部屋から出入りしたところは見ていないんだな?」

「はい。すみませんが用が終わったら出てもらえますか? 今日の騒ぎのせいでまだ全然眠れていないんです」

「ああ」

梓琳の姉は眠たそうにあくびをしながら、寝台に転がる。敷布は新しい物に替えてあったが、皺《しわ》を伸ばす余裕まではないらしい。今日も何人も客を取るだろう。

(あんまり変な客を入れないでほしいな)

猫猫は次の部屋に移動する。

最後、右側の部屋にいたのは、猫猫とも顔なじみの古参の妓女《ぎじょ》だった。

「何?」

寝ていたのかぼんやりした顔をしていた。

猫猫より二つ年上で、緑青館に来て十年以上経《た》つ。三姫《さんき》のような派手な売りはないが、話術と丁寧な接客に定評があり、文化人の顧客が多い。会話で場を持たせて房事《ぼうじ》に移ることが少ないため、体調管理も上手い。

安定して客を取ることができる稀有《けう》な妓女だ。

「女華小姐の部屋に盗人が入った。窓から逃げたから、すぐ下の部屋を確認したくて来た」

『わかった』の返事の代わりに、中に入れと猫猫を招く。

普段、客相手にたくさん話しているためか、仕事以外では無口な妓女だ。接客をしているときの別人具合に猫猫は驚いたことがある。

「じゃあ、入るね」

猫猫は部屋を確認する。一見質素だが通好みの装飾の部屋だ。見る目のない客は部屋を見て地味だと莫迦《ばか》にして去っていく。物の価値がわかる客だけ残ればいいというのが無口妓女の営業方針だ。

部屋の大きさは他の二つの部屋と同じ。寝台と卓と椅子、それから机。あとは個人で買った家具が置いてある。飾り棚の上には一輪挿《いちりんざ》しがあり、桔梗《ききょう》が星型の花を咲かせていた。地味な土色の一輪挿しだが、風流人の客から貰《もら》った物である。手のひらに乗る大きさだがこれだけで馬数頭分の価値があるらしい。

猫猫は窓を開ける。他の部屋と同様に、窓の柵や周りの壁を確認した。

「朝方、盗人が逃げたとき、何か窓の外で物音とかしなかった？」

「客帰。朝餉《あさげ》」

客が帰ったので朝餉を食べていたらしい。

「何も見てない、聞いてないんだな？」

「是《ぜ》」

「あんがと」

猫猫は無口妓女《ぎじょ》の部屋を出る。


「あーあ」

猫猫は呆れた声を出しながら、一階へと下りる。

やり手婆《ばばあ》がいる内所《ないしょ》へと向かう。

「婆」

「盗人《ぬすっと》はわかったかい？」

「わかりそうだから、帳簿見せて」

「……仕方ないねえ」

やり手婆は、粗悪な紙が束ねられた帳面を猫猫に渡す。

猫猫は帳面の最後の頁《ページ》を開いて確認する。どの妓女にどの客がいつからいつまでいたか書いてあった。

「右叫《ウキョウ》はいる？」

猫猫は古参の男衆の名前を出す。

「ほいほい、なんでござんしょう？」

頃合いを見ていたように緑青館の男衆頭《おとこしゅがしら》がやってきた。

「この客のあとを追える？　偽名の可能性が高いけど」

猫猫は帳面に書かれている客の名前を指す。

「んー、頑張ってみるよ。でないとおばばに怒られる」

「怒りはしないよ。賃金下げるだけさ」

やり手婆は煙管《きせる》の灰を落とす。

「そんな殺生《せっしょう》な」

右叫はそう言いながら緑青館を出て行った。

やり手婆は猫猫が指した客と、客を取った妓女の名前を確認する。

「折檻《せっかん》の準備をしておこうかね」

「ほどほどにな」

「傷付けやしないよ、商売道具だからね」

やり手婆は懐から折檻部屋の鍵を取り出し、二階へと上がる。猫猫もついていく。

見ていた周りの妓女は震えあがっていた。

なぜ盗人の足取りが追えなかったか。

簡単なことだ。結論から言えば、内通者がいた。

「今度は何の用ですか？」

部屋で客を待つ梓琳姉は不機嫌そうだった。だが、猫猫の後ろにやり手婆《ばばあ》が見えると身構える。

背後には、なんの騒ぎかと他の妓女《ぎじょ》たちも集まってくる。皆、野次馬なのだ。

「な、なんなの？」

猫猫はずかずかと部屋へと入り、窓を見る。窓の下枠には赤黒い点のようなものが付いている。床にもそれらしき赤いしみがあった。

「これ、血だよな」

「それがどうしました。私が怪我《けが》をしたときのものです」

「女華小姐《ねえちゃん》の部屋に入った盗人《ぬすっと》は、ある物を探して部屋中を荒らした。その際、これを踏んで怪我をした」

猫猫は踏まれて壊れた女華の簪《かんざし》を見せる。簪の折れた部分に赤黒い汚れがついていた。血が固まったものだ。

「盗人は女華小姐が風呂に入ってる時間を狙って、よじ登って窓から侵入した。履《くつ》のままだと上手く登れないから、裸足《はだし》になったんだろ。けれど探している最中、物音に気が付いた隣の部屋の白鈴小姐に見つかった。だから窓からまた外に逃げた」

「それで、なんで私に関係があるの？　別に窓枠が汚れることくらいあるわよ」

梓琳の姉は完全に猫猫を敵と認識したようだ。言葉遣いが荒くなっている。

「おまえは盗人を客として部屋に入れた。そして、協力したんだろ？」

「変なこと言わないでくれる。そんなことして何の得になるっていうの？　やり手婆も私が盗人の一味だって言うわけ？」

「あたしゃ、誰の味方でもないよ。ただ、うちの店に害を与える奴は許さないだけさ」

これだからやり手婆は怖い。猫猫としても梓琳姉を紹介した以上、彼女が何かやらかしていると怖い。だが、それ以上に決着をつけなくてはいけないことはある。

「おまえ、最近売り上げが上位らしいな。梅梅《メイメイ》小姐が身請けされて、三階の部屋が空いているのを狙ってるんじゃないか？」

地位を上げるには周りを下げればいい。そうやって足を引っ張る妓女は多い。妓楼《ぎろう》の部屋が良くなればなるほど客の質が上がり、単価が上がるので死活問題なのはわかる。

（特にこいつの場合、体を使うしか売り上げが増やせない）

だが売り上げが増えたとしても、やり手婆はこの女を新しい三姫《さんき》の一員に加えることはないだろう。質より量で客を取るうえ、なにより他の二人に比べれば梓琳姉は見劣りしてしまう。

歯がゆく思っていたが、女華の値打ちを落としてやったらどうだろうか。女華のご落胤《らくいん》事業に使う翡翠《ひすい》の牌《はい》が消えたらどうなるだろうか。

（そんなことで女華小姐《ねえちゃん》の価値は下がらない）

けれど、生まれや育ちに劣等感を持っている梓琳姉は奪ってやりたいと思うだろう。

とはいえ、梓琳姉はしぶとい。窓枠の血痕だけで白状するようなたまではない。

「そりゃ、他の妓女《ぎじょ》も同じでしょうよ。私だけ疑うなんておかしくない？　私以外にも居続けの客はいたでしょうし、女華小姐の下の部屋は私だけじゃないでしょ？　あいつらとか！」

梓琳姉は、無口な妓女と二胡《にこ》を持った妓女を指す。後輩妓女に『あいつ』と指されたことで、二人は不機嫌な顔になる。

「私は今日居続けの客もいなかったし、部屋にもいなかったわよ」

「へえ、お客少なくてかわいそう」

「なんですって！」

二胡の妓女は歯茎《はぐき》をむき出しにして怒り出す。男衆が押さえなければ、梓琳姉は殴られていただろう。

（煽《あお》り上手）

梓琳が喋《しゃべ》れない反動なのか、姉は舌がよく回る。

「私無理」

「こいつの客は帰ったよ」

無口な妓女の居続けの客は、盗人《ぬすっと》が入る前に帰っている。猫猫以上に言葉が足りないので、猫猫が補足しなくてはいけない。

「帰ったように見せかけて侵入するって手もあるでしょ？」

梓琳姉の言を、無口な妓女は首を横に振って否定する。

「客無理」

「こいつの今朝の客は舌の肥えた美食家だよ。恰幅《かっぷく》が良いので窓から飛び降りるなんて真似はできない」

猫猫は客人を帳簿で確認していた。やり手婆《ばばあ》に聞けば、どんな客かすぐわかる。

「そうねえ。盗人は、どちらかと言えば痩せ型だったわ」

白鈴が付け加える。

梓琳姉は猫猫を睨《にら》む。

「おまえは、客が女華小姐の部屋に盗みに入ってやるとでも言ったか言われたかで、共謀することにした」

猫猫は梓琳姉を睨み返す。

「まず女華小姐が風呂に入る時間を確認して出て行ったときを狙う。けど、ちょうど白鈴小姐の客は居続けで、物音に気付かれては困る。だから、二人の朝餉《あさげ》の粥《かゆ》に悪客用の睡眠薬を仕込むことにした」

「仕込む？　どうやって？」

「簡単だろ？　おまえは妹の梓琳を養うために仕事してるんだ。妹がどんな仕事をしているかくらい確認するだろ」

禿《かむろ》は上級妓女《ぎじょ》の朝餉《あさげ》を持っていく。どのくらいの時間に朝餉の粥《かゆ》を持っていくかわかっており、直前に睡眠薬を混ぜた粥を置いておけばいい。

「やり手婆《ばばあ》に教育されてるから、よそいたての温かい粥があれば優先して持っていくだろう。客が共謀していたら、妓女が部屋から抜け出しても文句は言わないはずだ。残念なことに白鈴小姐《ねえちゃん》が李白《リハク》さまに自分の粥まであげちまったから、白鈴小姐は寝入ることはなかった。だから、隣の部屋の物音に気付いたんだ」

「ふーん。一見、辻褄《つじつま》があっているようだけど、あくまで憶測じゃない？　証拠！　証拠はどこ？」

（そう言われると思った）

猫猫は鼻をくんくん鳴らす。くんくんしながら部屋を回り、匂いが一番強い場所に立つ。衣装を入れた行李《こうり》の前だ。

「盗人《ぬすっと》だって莫迦《ばか》じゃない。盗みに入る時は、目撃されてもいい格好にするはずだ」

『茶色っぽい服だったわね。一瞬だったし、後ろ姿だったから上着がどんなものかよくわからないけど、下は袴《はかま》を穿《は》いていたわ』

白鈴の証言を思い出す。

いくらどこにでもあるような服とはいえ、盗みに入ったときと同じ格好なら疑われる。

ならば――。

猫猫は行李をひっくり返す。

「何すんのよ！」

梓琳姉が衣装をかき集める。

猫猫は梓琳姉を押しのけ、茶色い上着を掴《つか》む。男物の服だった。

（やっぱり）

猫猫は上着の匂いを嗅ぐ。

「白鈴小姐。これ、盗人の服に似てない？　男物の上着」

「あー、それっぽい」

「似てるだけでしょ！　大体男物の服くらいいくらでもあるでしょ！」

客が忘れていくこともあるし、妓女の服と交換して置いていくこともある。

盗人は忘れ物の服を着て盗みに入り、ここに戻って着替えてから帰ったのだろう。

「ああ。似たような服はいくらでもある。でも――」

猫猫は上着を嗅ぐ。体臭とはまた別の強い匂いがする。

「この服の匂いはなんだ？　強い香の匂いがするぞ」

「香の匂い？　そんなの私の香よ」

「本当か？」

猫猫は女華の前に茶色の上着を持っていく。女華は男物の上着を嫌そうに指先でつまんで匂いを嗅いだ。

「へえ、これがおまえの香ねえ」

「ええ」

「私が客から貰《もら》った舶来物の香水の匂いがするんだけど。一点ものだって言っていた大店《おおだな》の旦那は嘘《うそ》つきだってことかねえ」

猫猫は梓琳姉の部屋に入ってすぐ気付いた。まだ調度もろくに揃《そろ》っていない部屋なのに、やたら高価な香水の匂いがしたのだ。しかも、女華の部屋で嗅いだ匂いと同じだった。

猫猫が無口な妓女《ぎじょ》の部屋にも確認しに行ったのは念のためである。

女華はつまんだ上着を投げ捨てると、梓琳姉の前に立つ。

「もうこれ以上言い訳できないよ」

女華の目は据わっていた。次の瞬間、女華の平手は梓琳姉の頬に飛んでいた。梓琳姉は左頬を叩《たた》かれて横を向いた。間髪《かんはつ》容《い》れず女華の右裏手が右頬も叩く。

「痛い、痛いってば！」

「……」

女華は無言で平手打ちを続ける。

やり手婆《ばばあ》は止めない。梓琳姉が悪いことに加え、女華は平手打ちに留《とど》めている。妓女同士の喧嘩《けんか》は平手打ちまでなら許されていた。

「あんまり叩きすぎると腫れないか？」

「どうせ、二、三日は人前に出さないよ」

つまり、好きに叩けということだ。

「なんだ、なにやってんだ？」

騒ぎを聞いて趙迂《チョウウ》と梓琳もやってきた。

「!?」

梓琳は自分の姉が女華に叩かれているのを見て飛び出す。女華をばしばし叩いて、姉を叩くのをやめろと抗議する。

「おどき。あんたも叩かれたいかい？」

女華が梓琳を押しのけようとした。

梓琳姉が女華の腹に思い切り蹴りを入れる。女華は後ろへ飛び、口から唾がこぼれる。

「なにやってんだい！」

やり手婆《ばばあ》が梓琳姉の髪を掴《つか》む。

「梓琳に手を出すな！」

梓琳姉は声を響かせる。

「私だってやりたくないさ！　でもしかたないだろ！　稼ぐために必要なことじゃないか。何が悪い！」

梓琳姉は目を血走らせて言い募る。

「上がらなきゃ下がるのみだ。女郎《じょろう》で生き残るためになんだってやってやる。きれいごとなんざ言ってらんねえんだよ。ここにいるみんな、大なり小なり思っているだろ！　あいつの客は金払いがいい。売り上げが増えればおかずを一品増やしてもらえる」

梓琳姉の声に周りの妓女《ぎじょ》たちは眉をひそめる。

「みんな思っていることだろ！　私がやらなきゃ、誰かがやったさ！　いつまでも老舗妓《しにせぎ》楼《ろう》の頂点に縋《すが》りついてる古参どもが邪魔だって、みんなきっと思っているよ」

「黙んな」

やり手婆は低い声で言った。

「その古参を実力で引《ひ》き摺《ず》り落とせない二流は誰だい？　できない時点であんたが悪いんだよ」

やり手婆は鼻で笑う。

「おい、なにぼさっとしているんだい！　こいつを連れ出すよ。とりあえず性格の矯正《きょうせい》が必要だね。処分はあとで決める」

やり手婆は男衆に命令する。

梓琳姉は折檻《せっかん》部屋へと連行される。梓琳は鼻水を垂らしながらやり手婆の足にすがりついていたが、他の妓女たちに引きはがされた。

「梓琳、やめとけやめとけって」

趙迂は子分の梓琳をなだめるが、梓琳は声にならない声を上げる。

猫猫は傍観する。

やり手婆の折檻は、商売に支障がないように行われる。だが、そのぶん拷問めいたことをやる。見せしめのためだ。

他の妓女たちが真似しないように、そのために必要なことだった。

妓女として生きるなら当たり前のことだった。

九話　妓女《ぎじょ》の引《ひ》き際《ぎわ》

梓琳《ズーリン》姉が連行される中、腹を蹴られた女華《ジョカ》がゆっくり起き上がった。

「大丈夫？」

「……ああ。猫猫《マオマオ》、今からちょっといいかい？」

女華は腹を撫《な》でる。被害者である彼女だが、冷めた目で加害者の背中を見ている。

「まだ何かある？」

「いやねえ、ちょっと頼みたいことがあるんだ。私の部屋に来てくれるかい？」

「わかった」

猫猫は女華の部屋へと向かった。

まだ盗人《ぬすっと》が散らかしたままの女華の部屋だが、卓と椅子の回りだけは綺麗《きれい》にしていた。

「座って」

猫猫は椅子に座る。

女華は寝台の布団をひっくり返していた。むき出しになった寝台の板を一枚ずらすと布包みが出てくる。それを卓の上に置く。

「盗人の狙いがこれだとはね」

布包みの中から出てきたのは、割れた翡翠《ひすい》の牌《はい》だった。先日、猫猫が見せてもらったものだ。

「なんでそんなところに？　盗まれたんじゃなかったの？」

「この間、殺された武官の話を聞いてさ。なんか嫌な予感がしたんだ。だから、組木細工の箱から翡翠牌を取り出して、牌は布団の下、箱は衣装箪笥《いしょうだんす》の奥に隠したんだよ。普段、やばい名前使って商売していると、妙な勘っていうものが働くんだね。案の定、細工箱が盗まれた」

猫猫はじっと割れた翡翠牌を見る。表面に傷を付けられて削られている。翡翠は上等だが、牌としての価値はなく、加工もしにくい。これを盗んだところで換金できるとは思えない。だが、別の使い方がある。

女華小姐《ねえちゃん》は、娼館《しょうかん》で産まれた。産んだのは妓女で、種は客の誰か。その客が置いていったのがこの牌の欠片《かけら》だ。

女華という名前は不謹慎だ。本来なら『華《カ》』という字は皇族にしか使えない。だが、女華の父親は実はやんごとなき血筋であり、その証拠に牌を置いていった。なので、華の字を使っている、というのが女華の設定なのだ。

女華自身は、自分が皇族だとは思っておらず、莫迦《ばか》な女が客の男に騙《だま》され、盗品か何かをつかまされたと思っている。

とはいえ、客を呼び込むためには少し神秘的な雰囲気をまとうのも悪くない。女華は商売のために、皇族のご落胤《らくいん》であるかもしれないという物語を利用している。

「猫猫は私の売り方を知っているだろ？　あくまで高貴な方のご落胤は謳《うた》い文句。本気でそう思っているわけじゃない。客も話半分だったから、今まで無事でいた」

「けど、本気で本物かどうか調べようとする輩《やから》が現れたんだね」

猫猫は腕組みをする。女華以外にも猫猫の周辺で起きた皇族関連の話は知っていた。

（やはり天祐《ティンユウ》も調べられている？）

以前、天祐は華佗《カダ》とかいう元皇族のご落胤の子孫だと聞いたことがあった。

「となると、なんていったっけ、あの武官？　女華小姐《ねえちゃん》の客で、変人軍師の執務室で殺された奴」

皇族の血筋について探っていたなら、天祐も関係してくる。

「あんた、本当に名前を覚えるのが苦手ねえ。芳《ファン》って男だろ」

「そうそう、それ！」

女華は客に興味はなく、素っ気ない雰囲気を作っているが、ちゃんと客の名前を覚えている。ただ、それを表に出すことはなく勝手なあだ名をつけて呼ぶことが多い。

（あいつも名前で呼ばねえもんな）

ここで天祐との妙な接点に気付いてしまう。

「そいつがこの牌《はい》を欲しがり、殺された。そして今回、牌が盗まれそうになった。いくら私が妓楼《ぎろう》から出たことがない世間知らずでもわかるよ」

女華は大きく息を吐く。

（そういえば）

武官を殺した三人の官女《かんじょ》は、辰《シン》の一族と関係があるみたいなことを羅半《ラハン》は言っていたがどうなっただろうかと猫猫は思った。続報は聞いていない。

「盗人《ぬすっと》は組木細工の箱を壊して開けるだろうさ。その中に何もなかったらどう思う？」

女華の翡翠牌《ひすいはい》をまた狙ってくるだろう。今度は、もっと強硬手段を取られるかもしれない。

「そろそろ潮時だね。貯《た》めるもんは貯めたし、命より高いものはない」

女華は両手を上げる。

「もうご落胤商売はおしまい。もっと早く終わらせるべきだった。今更、客を煽《あお》っていた謳い文句が消えるわけがないことはわかっている。でも、すぐさま引くのが一番ましだってことはわかる」

女華は疲れたように言って、床に落ちた本を拾った。ぺらぺらと頁《ページ》をめくる。あまり良い紙を使っていないのか、表面が毛羽立ち、摩耗《まもう》していた。女華は禿《かむろ》時代、金がないので写本を作っていた。その時の物だろう。

「妓女《ぎじょ》の寿命は短い。さくっと終わってしまえば楽なのに、少しずつ削れて摩耗して端っこから破れていく。惨《みじ》めったらしく、補修すればまだ持つだなんて思ってしまう」

女華がめくった頁《ページ》が破れる。

「妓女《ぎじょ》を引退するの？」

猫猫の質問に、女華は曖昧《あいまい》に首を傾げた。

「結果的にそうなるかもしれないね。もう三十近い妓女に新しい客はつきにくい。科挙《かきょ》の学生連中は験担《げんかつ》ぎに来るだろうけど、常連にはならないからね」

妓女の引退はいつか来ることだ。でも、猫猫はなんだか悲しい。

「私はこの翡翠《ひすい》の牌《はい》を放棄する。翡翠牌を捨てた、もう何の関係もないなんて言えないけど、そういう意思を伝えることは大切だろう？　皇族のご落胤《らくいん》なんて名乗りませんから、どうか命をお助けくださいってね」

「そうだね」

「猫猫、あんたが宮中のお偉いさんと接点があることは知っている。もちろん、あの変態片眼鏡《モノクル》親父も含めてね。とても頼みにくいことはわかっているが、私は妓楼《ぎろう》の中しか知らない。頼れるのはあんたしかいないんだよ」

いつも気丈な女華なのに、声に弱音がまじっていた。

「断るわけないだろ」

面倒くさい、普段ならそう思うところだ。

「ちゃんと翡翠牌は私が責任もって片付ける。信用できる偉いさんに伝えるよ」

猫猫は翡翠牌を布に包むと懐に入れた。元は三寸《九センチ》ばかりの小さな牌だが、妙にずっしり重く感じた。

(この手の処分を頼むとしたら)

変人軍師は論外だ。誰も火種を持って火薬庫に入ろうとは思わない。

高貴なお人には何人か心当たりがあるが、特に適した人物は一人しかいなかった。

猫猫の頭に壬氏《ジンシ》の顔が浮かんだ。壬氏であれば、皇族や名家について詳しかろうし、何より、良くも悪くも善良なのだ。

子《シ》の一族の子どもたちを見逃し、皇族の端くれである翠苓《スイレイ》を隠し、さらには砂欧《シャオウ》の元巫《み》女《こ》も匿《かくま》っている。

(あまり負担をかけるのは良くないけど)

猫猫の気は重いが、女華のためにもすぐ行動したかった。早めに手を打たないと、女華の身の安全も確保できない。とはいえ、本当に頼みにくい話だった。

(一昨日《おととい》会ったばっかなんだよなあ)

猫猫とて、夜伽《よとぎ》を断られたあとだ。人並みの気まずさはあった。

十話　花押《サイン》

妓楼《ぎろう》から宿舎に戻る際、猫猫《マオマオ》は馬車を頼んだ。帰る時間が遅くなったせいでもあるし、翡翠牌《ひすいはい》を預かってなにかあっても困る。少々の車代を節約しても仕方ないと割り切っていたが——。

「猫猫さーん、お迎えに来ましたよぅ」

馬車と共にやってきたのは、なぜか雀《チュエ》だった。

「なんで雀さんが？」

猫猫は純粋に疑問に思う。

「いやですよぅ。雀さんではご満足いただけませんかねぇ？」

「麻美《マーメイ》さんから、他の仕事に行っていると聞きましたけど」

「お仕事はようやく今朝がた終わりました。ふう、ちかれたちかれたー」

雀はわざとらしく肩を叩《たた》く。

「あと麻美さんから話は聞きました。李白《リハク》さんに連れ去られたと。あと、まあなんかいろいろあったんだろうなというのを雀さんの超常的能力で察知して迎えに来ました」

いくら有能な雀でも怪しすぎる言い訳だ。

「おーい、やり手婆《ばばあ》。うちに間諜《スパイ》まがいのことやってる奴いないかー？　部外者に情報ばらまいている奴ー」

「もー、猫猫さんは疑い深いんですからー」

雀はそう言って猫猫の背中を押す。右手は使えないので左手のみで押している。

「この通り私は以前のように働けなくなってしまったので、月の君の侍女は解雇されたのです。なので、代わりに今後、猫猫さんにつくことが多くなるので、よろしくお願いしますよぅ。うちでは病弱な旦那とよく食べる家鴨《あひる》が待っているんですからぁ」

（家鴨は馬閃《バセン》のだろ）

とりあえず猫猫は、車代が浮くと思って馬車に乗る。

「宿舎に戻りますかぁ？」

「いいえ。ええっと、あの、月の君のところへ行くことは可能でしょうか？　何の連絡もしていないんですけど」

猫猫は少々気まずそうに言った。

「月の君ねぇ」

雀がにやっといやらしい笑みを浮かべる。

「雀さんが旦那さまを誘惑した、すけすけの寝間着を貸してあげましょうか？」

（いや違うって）

猫猫は無言で雀の頰を両側に引っ張った。猫猫と壬氏《ジンシ》のことはどこまで情報が共有されているのだろうか。とてもやりにくい。

「はひゃひてふやひゃひ」

「どうですか？」

猫猫は雀の頰から手を離す。雀は両頰を撫《な》でる。

「……ふうっ、冗談なのに。ちょっと待たされるかもしれませんが、たぶん大丈夫でしょう。雀さんにお任せくださいな」

「よろしくお願いします」

猫猫はぺこりと雀に頭を下げた。

雀の言う通り、馬車の中で待たされた。雀はなかなか帰ってこない。

（許可を取れないのかな？）

取れないなら取れないで仕方ないと猫猫は思っている。なぜなら、壬氏に会えて助かるのと気まずいのが拮抗《きっこう》していた。

（かまされる前にかましたれ）

一昨日《おととい》は、その気持ちで壬氏の元へ向かったところ、追い返されたのだ。

拍子抜けしたし、安堵《あんど》もした。

どういう顔で次回会えばいいかと考えていたが、まだ先だと思っていた。

三日も経《た》たずに会うのは気まずい。

（まあ、仕事だと思えば）

猫猫は軽く息を吸って吐いた。昔のように接すればいいだけだ。

「猫猫さん猫猫さん」

ようやく雀が戻って来た。馬車の中に入り、手には何やら荷物を持っている。

「猫猫さん猫猫さん、ご所望のすけすけ――」

「いりませんってば」

猫猫は雀が差し出した布包みをはたき落とす。多少失礼な行動にも思えるが、雀が相手なので気にしない。

「猫猫さん、雀さんへの扱いがひどくないですかねぇ」

「いえいえ、雀さんには雀さんに合わせたちょうどいい対応をしております。それより、んなもん取りに行ってたんですか？　とても待たされたんですけど？」

猫猫は、馬車の中で半時《いじかん》ほど待たされていた。

「えへへ」

雀はあさっての方向を向きながら、ぺろっと舌を出している。人をいらっとさせる行動が本当に得意な人だ。

「ちゃんと仕事もしてきましたよ。今から月の君の元へ向かいます」

雀は御者に奥へ進むようにと小窓から指示して、猫猫がはたき落とした包みを拾う。

「とりあえずこれを──」

雀は、包みからすけすけの布と数珠《じゅず》のような物を取り出した。

猫猫は改めてはたき落とす。

「よよよ、ひどいですよぅ。ぜひ、猫猫さんにはこのすけすけの手触りとか確かめていただきたく思いましたのに。なんと今なら、この下着も付けておくのに」

雀は、これくらいでいじけるたまではない。彼女の図太さは心臓に毛が生えているどころではない。

「下着じゃなく数珠の間違いでしょう？」

（まあ、花街《はなまち》では全く見かけないわけじゃない代物だが）

食い込みそうだ。それ以外、猫猫に思うところはない。

「うう、寝間着、寝間着の手触りだけでも」

雀が猫猫に縋《すが》りついてくる。

「じゃあ寝間着は、ちょっと手触りだけ」

「ほいほい」

「織り方に特徴がありますね」

「そうなんですよぅ。近くで見てくださいな」

そんなこんなしているうちに壬氏の宮に着く。

「月の君ー。忠実で聡明な雀さんが猫猫さんをお連れいたしましたー」

以前よりも、雀は好き勝手にやっている気がした。前は多少なりとも水蓮《スイレン》あたりを恐れていたのだが、大怪我《おおけが》を理由に胡坐《あぐら》をかいているのだろうか。もしくは壬氏付きの侍女でなくなったせいだろうか。

「あらあら、ずいぶんな口調ね」

水蓮が音もたてずにやってきた。にこにこ笑いながら雀を見ている。雀の頬にひと筋の汗が流れていたので、やはりあまり調子に乗らないほうがいいのだろう。

(この人が阿多《アードゥオ》さまの母上か)

猫猫は、麻美から聞いた話を思い出し、複雑になる。別に秘密というわけでもないのだが、顔に出さないようにしておこう。

「猫猫、奥へどうぞ」

水蓮に案内されて、奥へと向かう。護衛には馴染《なじ》みの武官がついていた。桃美《タオメイ》は帰ったのか、姿が見えない。

壬氏はいつも通り部屋の椅子に偉そうに座っていた。ただ、猫猫を見るなり少し気まずそうに視線を逸《そ》らす。

逆に猫猫といえば——。

いろいろ気まずさもあったが、来てみたらそうでもない。なんというか、休み明けの職場に行くだるさに似ている。

「き、急用だと聞いたが、なんだ？」

壬氏は声からして緊張していた。猫猫が案外平気なのに対して、壬氏はまだまだ気まずいらしい。

猫猫はどう話を切り出そうかと思った。まずどこから話せばいいか迷い、とりあえず女《ジョ》華《カ》から預かった翡翠《ひすい》の牌《はい》を見せた。

「これに見覚えはありませんか？」

「翡翠、の牌か？」

壬氏は目を細め、猫猫から牌を受け取る。

「表面に傷を付けられて削られている。しかも割られているようだな」

「最初から割られていたそうです」

壬氏は唸《うな》りながらじっと観察する。

「うーん、何だこれは？　かなり曰《いわ》く付《つ》きのものじゃないか」

壬氏は前髪をかき上げた。

「これは……、知人が持っていた牌《はい》です」

猫猫はどう伝えるべきか考える。

「知人を産んだ女は妓女《ぎじょ》で、客がこの牌を渡したそうです。その客は『自分は皇族のご落《らく》胤《いん》』だと言っていたそうです」

正直に話すが、女華の名前は出さない。調べたらわかることだが、あえて口にしない。

「よくある話だが」

壬氏は割れた翡翠《ひすい》の牌の角度を変えながら確認する。

「当人は皇族と名乗るわけでも何かしらゆするわけでもありません。ただ、この翡翠牌を持つことによって、あらぬ疑いをかけられたくないと私に託しました」

猫猫は、言葉を選びながら説明する。

「皇族か。まんざら嘘《うそ》とも言い切れんな」

壬氏の目は、仕事中の真剣なものに変わっていた。

「水蓮」

「はい」

壬氏が手を挙げると、水蓮は紙と筆記用具を持ってくる。

「側面に模様がある」

壬氏は目を細めて、側面を観察する。筆を持ち、側面の紋様を描き写し始めた。

「ふむ」

「これは……」

のぞき込んでくるのは水蓮だった。

「なんなんでしょうかー？」

雀も興味津々だ。

猫猫にはさっぱりわからないが、文字のような紋様のようなものだ。

「壬氏さま、これはなんですか？」

「花押《サイン》に見える」

「花押？」

花押とは、名前の代わりに用いられる記号のようなものだ。元々の字を崩して作ってあるため、字にも紋様にも見える。

壬氏は側面に描かれた紋様の一部を花押と認識したらしい。猫猫のような庶民には、花押は馴染《なじ》みがなく、紋様に紛れ込んでいて気づかなかった。

「よくわかりましたね？」

猫猫は素直に感心した。

「印の代わりに花押を使う者は多いからな。一日に何十枚と見せられる」

猫猫は、壬氏の執務机にはいつも書類が重なっていたのを思い出した。

「なにより、俺の玉牌《ぎょくはい》にも似たようなものが彫られているからな」

水蓮が立ち上がり、どこからか桐箱を持ってくる。中には翡翠牌《ひすいはい》が入っていた。

「ほらな」

壬氏の翡翠牌の側面にも似たような紋様が彫ってあった。

割れた翡翠牌よりも一回り大きく、より丁寧に緻密《ちみつ》に細工が施されていた。四本指の龍の彫り物だが、割れた翡翠牌とよく似ている。

猫猫に見せたあと、水蓮はまた翡翠牌を片づける。

「……誰の花押《サイン》かわかりますか？」

「そこまで覚えていない。ただ――」

壬氏は描いた花押の上の部分を指す。

「花押にはいくつか書き方がある。草書体を崩したもの、名の一文字を崩したもの、他には、名前の二文字を組み合わせたものなどだ」

猫猫には全くない知識だ。

「これは、二文字でしょうか？」

「ああ、おそらく」

壬氏は、書いた花押の隣に何かを描く。

「二文字を組み合わせたものは二合体《にごうたい》といって、片方の左側ともう片方の右側を組み合わせたりする。これの場合、上下を組み合わせているように見える」

「上下」

壬氏が追加で書き加えた部分は、『草冠《くさかんむり》』のように見えた。

猫猫はだらだらと汗をかく。

「皇族によく使われる花押だ」

「そ、そうですか」

壬氏の翡翠牌にも確かに似たような花押があった。

（うわあ）

猫猫は女華を思い出す。本人は、商売で皇族の末裔《まつえい》であるとほのめかしていたが、実際にそうであったら、どうなるだろうか。

あらかじめ想定していたが現実となるとやはり慌ててしまう。

「質問だが、この牌の持ち主は誰だ？」

さっきまでの気まずそうな顔が、どこかへ行っていた。壬氏もまた仕事人間なので、気まずさより今起こっている問題を優先したのだろう。

「持ち主が誰かわかったら、持ち主を罰しますか？」

猫猫はひやひやしながら聞いてみた。

壬氏はそこらの役人とは違うと思うが、とはいえ、身内を売るような真似はしたくない。女華小姐《ねえちゃん》の身になにかあったら困る。

「持ち主はその牌《はい》を盗んだわけではなかろう？」

「はい。先ほど話した通りです」

母親が客人から貰《もら》ったと聞いている。

「ただ、この牌を見せて客人に話したことはあるようで、たまに皇族のご落胤《らくいん》ではと噂《うわさ》されることがあったそうです」

あくまで女華は自分からは言いふらしていない、客人が勝手に勘違いしただけだ、と。

猫猫は心象を良くする言葉を選んだつもりだが、壬氏はなんとなく察したようだ。

「つまり、その結果何かしらこの翡翠牌《ひすいはい》が邪魔になったということか？」

「ご名答です」

猫猫は大きく息を吐く。壬氏は皇族を騙《かた》ったと咎《とが》める様子はなかった。

「この割れた翡翠牌を狙って盗人《ぬすっと》が入りました。今後強硬手段で奪われる可能性があります。翡翠牌は手放したほうが安全という結論に至りました」

「本当に翡翠牌が狙われたと言い切れるのか？」

「ええ。最近、翡翠牌を買いたいという人がいたそうです。それも――」

猫猫は、忘れそうな名前を思い出す。

「芳《ファン》という武官です」

「芳、王芳《ワン》か？」

「はい。変人軍師の執務室で殺されていた男です」

壬氏は頭がいいし、猫猫と違って人間関係を把握しているだろう。

「王芳は皇族の落胤を探していた。結果、殺されたのではと言いたいのか？」

「わかりません。ただ、三股をかけていた女たちに結託されて殺された、よりも格好はつくでしょうね。女たちは情報収集のだしにされたのかもしれません」

殺した女たちはまだ牢《ろう》にいるだろうか。

「ふむ。では、牌の持ち主は誰だ？　まだ誰から託されたと明確に聞いていない」

「牌の持ち主を罰しないと？」

猫猫は念を押す。

猫猫が話さずとも、壬氏の情報網を使えば翡翠牌の持ち主など簡単に調べられるだろう。

「疑い深いな。そんなに信用がないのか？」

壬氏はかすかに眉をひそめる。不快にさせてはいけないなと思いつつ、ここは線引きをすべきじゃないかと猫猫は考える。

「壬氏さまには壬氏さまのお立場があります」

壬氏は立場的に非情な処罰もしなくてはならない場合がある。猫猫が明確にしないことで、誤魔化しがしやすくなるはずだ。

「おまえの悪いようにはしない。それを託した知人にもな」

壬氏は壬氏で、言葉に嘘《うそ》はないだろう。壬氏にとって頭が痛い内容であろうとも、約束を違《たが》えぬように実行するはずだ。

「……」

猫猫と壬氏はにらみ合う。

「まあまあ」

間に入ってきたのは雀だった。

「月の君、猫猫さんになんでも話してもらいたいのはわかりますけどー、信頼されていないとか思っているようですけどー」

「信頼とは、そういうものだろう?」

「それって、信頼ではなくて征服じゃないでしょうかぁ?」

雀の言葉に、壬氏はびくっと体を震わせた。

「何もかも知りたいというのは、相手をむき出しに無防備にする行為ですよぅ。月の君は自分の庇護《ひご》の下《もと》にいれば問題ないと思っていますけど、そこに猫猫さんの選択肢はあるんですかねぇ。その行為は、常に月の君の下にいなければならないという束縛ですよぅ」

壬氏の顔が少し白くなる。

「猫猫さんは猫猫さんで、月の君の負担を減らしたい気持ちもわかりますけどー、つん、が過ぎますからねえ」

「つん……」

猫猫は目を細める。

「まあ、月の君をお相手にするなら、皆が皆、話すべきことは話すものでしょうけどねぇ。あっ、雀さんはこれ以上何も申しませんよぅ。悪気はありませんので、処さないでくださいましぃ」

雀は言うだけ言って一歩下がり、ちらりと水蓮の顔を窺《うかが》った。水蓮は、表情を変えぬまま、壬氏の部屋を出た。雀は胸をなでおろし、息を吐く。

「では雀さんはこれにて」

もう邪魔はしませんよ、と雀も水蓮のあとに続く。

部屋には二人きりになったが、翡翠牌《ひすいはい》のことで頭がいっぱいになっていた。

壬氏はむむっと酸《す》っぱい物を食べたような顔をしたが、数秒で元の表情に戻る。

「牌の持ち主は、罰するべきことをしたのか？」

「いいえ、滅相もない」

（ぎり、大丈夫なはず）

「なら問題ない。もし必要なら、護衛の手配をするつもりだった」

「たぶん、それは持ち主も断ると思います」

「翡翠牌《ひすいはい》に関しては頭に入れておこう。あと、花街《はなまち》周辺の警備を強化しておくか」

「そのやり方だと助かります」

壬氏はこれ以上、猫猫を追及する気はないようだ。

「花押《サイン》だけで判断するわけにはいかんな。他の特徴も見てみよう。素材は翡翠。しかも硬玉《こうぎょく》で、色も濃い」

壬氏は確かめるように翡翠牌の特徴を口に出していく。

「どうせ猫猫のことだ。すでに皇族の牌である可能性は考えていたのだろう。花押を知らなくても想像できるはずだ」

「かなり身分の高いかたの牌である可能性は考えておりました」

本当に皇族の可能性となるとひやっとくるものがある。

「さらに、切られ削られ割られているとなると、表に出したくないが捨てるに捨てられなかったという葛藤が見えるな」

壬氏と猫猫は大体同じ考えのようだ。

「皇族の落胤《らくいん》であったが、お家騒動に巻き込まれないようにわざと牌を削って割ったか」

「その可能性は十分あるかと」

「その場合、いつの時代によるかだな。近年では考えにくい。主上がお忍びで市井《しせい》を回ってでもいない限りはな」

　主上の性格上まったくないとは言えないが、不可能だ。

「主上である可能性はありません。なにせ三十年近く前に貰《もら》った物と聞いております」

「三十年か」

　壬氏は筆を指先でくるくる回す。筆先はだいぶ乾いているので墨が飛ぶことはないが、もし一滴でも落ちようものなら怖い。壬氏の部屋着一枚で庶民の年収が飛ぶのだ。

　猫猫は、つい恐ろしくなって、壬氏の指から筆を取る。

「先帝の可能性も限りなく薄いと思うぞ」

「存じております」

　幼女趣味で有名なお方なので、女華の母親に手を出すとは思えない。なにより、昔聞いた女華の種元らしい男の容姿とは違っていた。

（見た目は良いが、薄汚い男、だったかな）

　到底、皇族には見えない。

「あと、貰った時にはすでに割られて削られていたそうです。翡翠牌ですので、代々受け継がれていたものでしょうか」

「一番近いのは先帝の時代になるな。出家させられる前の皇族もいくらか残っていたはずだ」

女帝統治の時代だ。

先帝が帝位につけたのは、先帝の異母兄弟たちが病によって倒れたためだ。だが、その後生き残った男系の皇族は、先帝の脅威とならぬよう、排除されたと聞いている。

（どこまで本当かわからないけど）

もし、この牌《はい》の本来の持ち主である皇族が、先帝の異母兄弟の一人であった場合、お家騒動に巻き込まれるだろう。そうならぬように牌を削ってご落胤《らくいん》であることを放棄したのであれば、聡明な判断かもしれない。もっとも、さっさと捨ててしまうほうが安全だったろうが。

「材料が翡翠《ひすい》となるといつの時代か判断しにくいですね」

これが布であれば、まだわかりやすい。布の織り方や模様は時代によって違ってくる。

「いや、できるかもしれんぞ」

壬氏は側面をじっと見ていた。

「皇族の玉牌《ぎょくはい》であれば、職人は限られる。この手の紋様なら、他の皇族と被《かぶ》らぬように図面を保管しているはずだ」

「では」

「ああ、これは預かって調べておこう。ところで……」

「なんですか？」

他に気になることがあったのか、猫猫を見ている。

「昨日、今日と名持ちの会合とやらに出たそうだな」

「ああ。羅半《ラハン》に謀《はか》られました」

「羅半か。確かにあいつなら、おまえをその手の会合に連れて行きたがるな」

壬氏は納得している。

「いろいろ、強行軍で大変だったろう」

壬氏は少し猫猫をねぎらうように言った。

「でもまあ、いろんなものが見られましたし。いい経験になったと思います。馬閃さまも来ていましたよ」

「そうか。俺も行きたかったのだが」

壬氏は少し不貞腐《ふてくさ》れているように聞こえた。

「いや、壬氏さまが来たら駄目ですよ」

「なんでだ？　名持ちの一族以外も参加できるのだろう？」

「壬氏さまは、部下たちが楽しく飲み会をやっているときに、いきなりやってくる上司をどう思います？」

壬氏は考え込む。

おそらく上司に変人軍師あたりを当てはめて考えているかもしれない。

「もしかして空気読めないと思われるのか？」

「さあ。でも、一番いいのは、金だけ払って立ち去る上司ですね」

「悲しいな！」

壬氏はむすっとした顔で猫猫を睨《にら》む。

猫猫は軽く笑みを浮かべた。


そんな二人を見つめる視線がある。

「全然、進展しませんねぇ」

「二人とも仕事人間ですから」

雀と水蓮が部屋をのぞき込んでいたことに、猫猫たちは気付きもしなかった。

十一話　後輩たち

忙しい毎日を過ごしているうちに、季節は初夏へと移っていた。じめじめした空気がまとわりつく中、猫猫《マオマオ》は仕事をしていた。

大量に溜《た》まった洗濯物をひたすら片付ける作業に没頭している。

「洗濯くらい」

「暇な医官見習いが」

「できるだろうに」

猫猫は水を張った大きな桶《おけ》に洗い物を入れ、裸足《はだし》で踏みしだいていた。

血と膿《うみ》で汚れたさらしや医官服が山のように重ねられていて、げんなりしてしまった。すぐ洗濯物が溜まってしまうのはどうにかしてほしい。

それは姚《ヤオ》や燕燕《エンエン》も同じで、隣で悪戦苦闘していた。最近、猫猫は二人とは違う医務室に配属されたが、洗濯しやすい大きな井戸に集まって仕事を分担している。

「猫猫、水が飛ぶんだけど」

隣でしぶきを浴びた姚が恨みがましく目を細める。

「すみません、このほうが早く洗えますから」

猫猫が踏みつけているのは、医官たちの手術着だ。上司の服だからと丁寧に手洗いをしていては終わらない。血のしみは時間経過とともに落ちにくくなる。

「猫猫、お嬢さまに汚い水をかけないでください」

燕燕も不機嫌そうにひたすら血のしみをこすっている。猫猫は手術着、姚はさらし、燕燕は細かいしみ抜きを担当している。

「はい」

猫猫は姚から桶《おけ》の位置を遠ざけると、また手術着を踏みつける。

「血落とし用に大根があれば便利なのに。前は使っていましたよね？」

大根おろしにして血のしみを抜くのだ。

「それは……」

姚が気まずそうに目をそらす。

「昨年の夏、血落としに大根を使っていたのですが、なかなか血が落ちず、ついつい使いすぎてしまいまして」

燕燕が姚に代わって説明する。

「使用禁止になったわけですね」

「はい」

大根は本来、冬の野菜だ。ものによっては春夏でも作られるが、貴重なので使いすぎたら怒られるに決まっている。

「地道に手作業でしみを落としますか」

「そうしましょ」

「はい」

猫猫たちは息を吐きながら洗濯を続ける。

以前と変わらぬ仕事にも見えるが、多少の変化はあったりする。

「あのー、さらしの煮沸《しゃふつ》が終わりました」

やって来たのは、年のころ十五、六歳の娘が二人。まだ、すれていない目をしている。

医官付きの官女《かんじょ》採用は、猫猫たちの年では終わらなかった。こうしてここに新入り二人がいる。

（名前、なんだっけなあ？）

生憎《あいにく》、猫猫は他人の名前と顔を覚えるのを得意としない。この子らは後輩だなあ、くらいでぼんやり話を合わせている。

「じゃあ、こっちの煮沸もお願い」

姚は洗い終わったさらしを後輩たちに渡す。年齢的にも立場的にも目下《めした》になるので、妙にお姉さんぶっていた。

「わかりました」

後輩二人は何も言わず、さらしが入った籠《かご》を持っていく。

「へえ」

「どうしたんですか？」

燕燕が猫猫の顔をのぞき込む。

「いえ、ずいぶん従順な子たちが入ってきたなと思いまして」

宮廷の官女《かんじょ》は、花嫁修業の一環、もしくは結婚相手を探す場所と割り切った者が多い。そして、なまじ裕福な家のお嬢さまが多いので、どうしても雑用をおとなしくやる性格ではない者ばかりだ。

「他に何人かいたわよ。初日で私が追い出したけどね」

姚がふんっと鼻息を荒くして言った。

「追い出したって」

前にもあったなあ、と猫猫は思い出す。

「仕事を辞めさせたわけじゃないわよ。他の部署に押し付けただけよ」

「それで残ったのがあの二人ですか？」

ふむふむ、と猫猫は頷《うなず》く。素朴そうな娘たちだ。顔が地味というより、まだまだあか抜けない雰囲気である。

「雰囲気からして地方出身ですかね？」

一人は小柄で腕まくりをし、もう一人は長身できっちり仕事着を着ていた。

「ええ。でも一人は元は後宮女官《こうきゅうにょかん》よ」

「後宮女官ですか？」

「そう。背が高いほうが妤《ヨ》。小さい子は長紗《チャンシャ》。どうせ猫猫のことだからまだ名前を憶えてないでしょ？」

「ははは」

（大きい方が短い名前、小さいほうが長い名前）

姚は猫猫のことをだいぶわかっているようだ。

「後宮では女官に学問を教えてくれるのよね。妤は優秀だったから、官女にならないかって誘われたみたい」

「そうなんですか。普通、そういう人は後宮に引き留められるものとばかり思っていました」

後宮の年季は二年。貧しい家柄の娘たちはそのまま外に出されてしまう。その間に少しでも職につなげられるように、識字率を上げようとした壬氏《ジンシ》の試みは多少なりとも実を結んでいるようだ。

「妤は後宮に残ることを断ったそうよ。元々家族思いで、後宮で稼げるからと都に引っ越してきたらしいわ。できるだけ家族と一緒にいたいから、官女試験を受けたそうよ」

「親孝行ですねえ」

猫猫は、素直に返答する。

ただ、好を見て気になることがあった。

「あの格好だと洗濯しにくくないですかね？」

名前が短いほうは、きっちり袖で手首まで隠している。この季節だと、鍋でさらしを煮るのは暑いだろう。

「私も言ったわよ。でも、肌の露出は禁じられているとか言われたら、何も言えないわ」

「そうですね」

茘《リー》という国は広い。都にはいろんな地方の人間が集まり、風習はそれぞれ違う。肌をさらすのははしたない、足は小さいほうが美しい、などはよくあることだ。

郷に入れば郷に従え、という言葉があるが、強制させることでもない。

(仕事をちゃんとやっているなら問題なかろう)

猫猫は気にせず、洗い物を続けることにした。


西都から中央に帰って来てから、猫猫は薬棚の管理を任されることが増えた。仕事として嬉《うれ》しいが、薬の種類も数も膨大だ。忙《せわ》しなく動くことになる。

在庫と生薬の使用期限を確認、古くなった薬は廃棄、足りない薬は注文。常備薬も切らしてはならず、足りなかったら調薬して作っておかないといけない。

薬棚が置いてある部屋は風通しのいい涼しい部屋で、調薬部屋が併設されている。井戸が近く竈《かまど》があるので、たまに料理上手な医官が昼飯を作っていた。

（今度、燕燕に何か作ってもらおう）

薬棚の管理は、猫猫以外の医官も受け持っている。だが、他の医官に任せっぱなしだとせっかく任された業務から外されてしまう。それは避けたいので、こまめにやっているのだ。

洗濯で時間をとられた分、猫猫はてきぱきと働く。

（丸薬が足りないなあ。作っておかないと）

猫猫は卓の上に必要な材料を揃《そろ》える。棚の上の薬研《やげん》を取ろうとしていると、部屋の外に影が見えた。

「あ、あの、これはどうすれば？」

背が小さくて名前が長いほうの後輩が猫猫に話しかけてくる。もっさりと枯れ草が入った籠《かご》を抱えていた。

「ください」

猫猫は枯れ草が入った籠を受け取った。すうっとした匂いが鼻孔をくすぐる。

後輩は、注文していた薬草を受け取ったのはいいが、どうすればいいのかわからないのだ。見て覚えろという性格の医官が指示すると、こうなってしまうから困る。

「保存しろと言われたんでしょう。このままだと嵩張《かさば》りますし腐るので保管しやすい形に処理します。見ながら覚えて手伝ってください。なんなら記帳《メモ》しながらでも問題ありません」

猫猫は枯れ草を取ると、葉っぱをつまむ。よく乾燥しているので、これ以上干す必要はなさそうだ。

「葉っぱと茎《くき》に分けてください」

「はい」

「終わった葉っぱはこの中に入れてください」

猫猫は薬棚の引き出しを取り出して、新人官女《かんじょ》の前に置く。新人官女は真面目なのか、それとも緊張しているのか何も喋《しゃべ》らない。猫猫も黙って作業をするほうが好きなのだが、仕事の後輩ともなると、少しは仕事を覚えてもらわないといけない。

「この葉っぱが何かわかりますか？」

「……薄荷《はっか》ですか？」

「正解」

問題が簡単すぎたのか、後輩はすぐに答えた。

「効用は？」

「実家では咳止《せきど》めや頭痛薬に使っていました」

「実家では？」

猫猫は手を止めて、後輩の新人官女《かんじょ》を見る。

「実家は薬屋でもやってたんですか？」

猫猫はちょっと興味を持つ。

「薬屋ではないんですが、祖母が呪《まじな》い師《し》をやっていたもので」

（あー、そっちかー）

猫猫は同業者じゃなかったので、少しがっかりする。

人口が少ない集落では、医者や薬師《くすし》がいないことも多い。なので、集落の長老や呪い師が医者の代わりをすることもある。

猫猫は呪いの類《たぐい》を信じない。その多くは根拠がないものであり、詐欺に使われることも多いからだ。

だが、完全に否定もできない。少なくともこの後輩の祖母とやらは、善良な呪い師であることが、彼女の知識からわかる。生薬の知識を問う筆記試験に受かったのも、そのおかげだろう。

（多少、教え甲斐《がい》はあるな）

前に花街《はなまち》の薬屋を任せるために、左膳《サゼン》に無理やり知識を叩《たた》きこんだことがある。この娘ならもう少し素直に勉強してくれそうだ。

「じゃあ、ついでに常備薬を作るから手伝ってください」

「わかりました」

猫猫にくっついてしっかり真似する後輩。猫猫は卓の上に置いていた薬草を手にする。

そこに、ふらふらとした海月《くらげ》のような生き物が近づいてきた。

「ねえねえ、何やっているのー？」

言わずもがな天祐《ティンユウ》だ。

「娘娘《ニャンニャン》が新人さんに教えているの？　背が小さいほうだから、長紗だっけ？」

（こいつ、私の名前は憶えていないのに）

後輩の名前は憶えていた。そうだ、長紗という名前だった。

とはいえ、猫猫が反応すると面白がってもっとやらかすので無視する。

「は、はい。猫猫先輩に教えてもらっています」

「ははははは、娘娘はねえ、珍しい生薬を見ると踊り出す習性があるから気を付けてね！」

「ははははは、天祐はねえ、新鮮な死体を見ると踊り出す習性があるから気を付けてね！」

猫猫も言い返す。

「へっ、生薬？　死体？」

長紗は猫猫と天祐を交互に見ている。

「新人が混乱するから、邪魔するのはやめてください。早く仕事にでも行きやがったらどうでしょうか？」

猫猫は乾燥した葉っぱを薬研《やげん》の中に入れて、ぷちぷちと薬研車ですり潰す。

「いきなり混ぜずに一度全部すり潰してから混ぜます。できるだけ細かい粉末にするためです」

「はい」

「ねえねえ」

天祐が性懲《しょうこ》りもなく話しかける。

（そういやこいつ）

西都で聞いた話では『華佗《カダ》』の子孫という話だった。どこまで本当かわからないが、女《ジョ》華《カ》の件があながち嘘《うそ》でもなかったので、真実かもしれない。

（天祐は、王芳《ワンファン》のことを知っているだろうか？）

でも、変人軍師の部屋で王芳が殺された時、天祐はただの死体として扱っていた。さすがに顔見知りであればもう少しまともな態度を取るだろう。

猫猫は考えつつも手は休めない。

「ちゃんと粉になったら、比率通りに混ぜます。練り合わせるのには煉蜜《れんみつ》を使います」

猫猫は鍋に入ったどろっとした液体を見せる。

「れんみつって何ですか？　蜂蜜の種類ですか？」

「蜂蜜を煮詰めたものです。蜂蜜のままだと水分量が多いので、あらかじめ水分を飛ばしておきます」

「はあ、そうなんですね」

「ねえねえ」

天祐は、まだ諦めずに話しかけてくる。

猫猫は数種の薬草の粉を混ぜたものに煉蜜を混ぜる。麺を打つように最初はぽろぽろに、だんだん塊《かたまり》となるように練っていく。独特の匂いがする粘土のような塊ができてくる。

「耳たぶくらいの硬さを目安にしてください。あとは木型が棚の上にあるので、あー、その医官さまー。木型取ってください」

ようやく猫猫は天祐に話しかけた。

「こーいう時だけ俺を使うんだから」

天祐はぶつくさ言いながらもようやく相手にされて嬉《うれ》しいのか、木型を取ってくれる。

「ありがとうございます。もうどっか行っていいですよ」

「俺の扱いひどくなーい？」

猫猫としてはいつも通りの天祐の扱い方だが、長紗はいたたまれなかったらしい。

「て、天祐医官。ありがとうございます。たいへん、助かりました」

「ふふふ、どういたしまして」

「天祐医官はまだ若手なのに、もうすでに中級医官と同じ仕事をしているとか。特に外科処置は飛びぬけていると聞いています」

「へへ、まーねー」

天祐は褒められることに慣れていないのか、不気味に、にひひと笑う。

「どうしたら、的確な処置ができるようになりますか？」

「あー、それは遺体をかいた……」

猫猫はすかさず天祐の脛《すね》を蹴った。

「った！」

天祐は片足を抱えてぴょんぴょん跳んだ。

「な、何すんの！　娘娘!?」

猫猫は天祐に歯茎《はぐき》を見せて威嚇《いかく》する。

(何べらべら解体のこと喋《しゃべ》ってんだよ！)

医官たちが腑分《ふわ》けをしていることは秘密だ。新人の長紗に話していいわけがない。

「ん？　ああ」

ようやく気付いたのか天祐は、片目をぱちっと瞬《まばた》きしてみせた。雀《チュエ》とはまた違った意味で腹が立つ動作をする男である。

「俺はね、実家の親が猟師なんだよ。だから、獣の解体に慣れているんだ」

「解体が上手いと、外科処置も上手くなるのですか？」

「血に慣れているのと慣れていないのではだいぶ違うからね」

西都で楊《ヨウ》医官に聞いた話の通りだ。

「親が猟師なんですね？」

猫猫はあくまで初めて聞いたという体《てい》で確認する。

「そだよ」

「じゃあ、一度ご実家に伺ってもよろしいですか？」

「えっ？　親公認の仲に？」

天祐がわざとらしく目をきらきらさせて猫猫を見る。

「違います。新鮮な肉が欲しいなと思いまして。都ではあまり手に入らないじゃないですか？」

「あー」

猫猫の話を聞いて、天祐は解剖用の家畜が欲しいのだと理解する。長紗は聞いた通り、ただ食用の肉を欲しがっているように思うはずだ。

猫猫の本心は、天祐の実家はどんなものか調べることにある。

「分けてあげたいところだけど無理ー。俺、勘当されてるからねー」

「それは残念」

猫猫は手を止めない。粘土のような薬草の塊《かたまり》を木型に詰める。ぎゅっと押して丸薬を生産していく。

「はいはい。そろそろ出て行ってください。お忙しい医官さまは他に仕事があるでしょうに」

「えー、手伝うからー」

「いえいえ、結構です。中央に戻ってからも筋肉をさらに鍛え上げている李《リ》医官に言いつけますよ。最近では、自宅の庭の木に大きな砂袋をぶら下げて、ひたすら拳打と蹴りを入れているそうです。あと、休み時間には武官と手合わせをすべく修練場に顔を出しているとか。砂袋になりたいんですか？」

「えっ、怖！」

李医官は、一体どこへ向かっているのかはともかく、充実した毎日を送っている。

さすがに天祐も李医官には敵《かな》わないのか、そそくさと帰って行った。

「天祐医官は変わった人ですね」

長紗が言った。

「うん、関わらないほうがいいよ」

猫猫は丸薬を作り続けた。

十二話　修練場医務室勤務

広大な宮廷内にはいくつか医務室がある。その中で一番忙しいのが武官の修練場近くだ。

「おーい、頭ぱっくりいっちまった。縫ってくれ！」

「肩が外れた。つけ直してくれよ」

「新人がぶっ倒れた。気付け薬くれや」

こんなことは日常茶飯事だ。

基本、新人医官を叩《たた》き上げるために送り込むことが多い場所だ。また、試用期間中である医官手伝いの官女《かんじょ》たちが配属されることはない場所だった。荒っぽい連中も多い。

「そろそろおまえにもいい経験だろう」

劉《リュウ》医官は、西都から帰って来た猫猫《マオマオ》を、荒くれ者が多く来るその医務室に配属した。変人軍師が今までの医務室に入りびたるのを防ぐ意味合いもあっただろう。

「何かあれば、李《リ》医官に言うといい」

荒っぽい部署に女が配属されるとなったらいろいろ問題が起こる。李医官は、猫猫が西都に行く際、堂々と反対してきた人物だが、その根底には猫猫への気遣いが見えた。李医官なら荒っぽい場所でも、猫猫を保護してくれると思ってのことだろう。

「なにか問題が起こったら私に言うといい」

李医官は、当初と違って猫猫のことを認めてくれている。

（いい人なんだよな、李医官は）

少し頭が固いが真面目でかつ折れない心の持ち主だ。なお、医官服を着ていても筋肉の隆起が見えるようになったので、だんだん医官なのか武官なのかわからなくなってきた。

「まあ、別に助けを求めなくても、おまえにちょっかい出そうなんて奴はいないだろうがな」

誰かの言によると、猫猫の背後には片眼鏡《モノクル》をつけた亡霊が見えるらしい。

猫猫が配置されたのは、性格はともかく器量よしの姚《ヤオ》や燕燕《エンエン》に比べれば、まだしも問題は起こりにくいという判断だろう。そういうわけで、猫猫は荒れた職場で仕事をしていた。

今日もまた忙しい。朝から急患がやってくる。

「おやおや、朝から騒がしいね」

上級医官がのんびりした口調で言った。ほんわりした老年の医官で、もさっとした髭《ひげ》をたくわえている。昨晩は泊まりこみだったようで、朝餉《あさげ》を患者用の寝台に座って食べていた。

荒くれ者が多い場所で大丈夫かと思う風体だが、実際仕事を見るとやり手だとすぐわかる。

「ちょっと着替えてくるから、先に診《み》ていておくれ」

「わかりました」

今日の朝番は猫猫と李医官だ。他の医官は違う仕事をしているか、昼番以降の勤務である。

「おーい。腹に木剣突き刺さった。どうにかしてくれ」

連れて来た武官がとんでもない説明をする。

「腹に木剣？」

猫猫と李医官が運び込まれた患者を診る。

どこをどうやったらこんな物が突き刺さるのかはともかく、治療が必要だ。

「ううっ、ううう」

怪我《けが》をしているのはまだ弱冠《はたち》に満たない若い武官だ。脂汗をかき、うめいている。

「詳しい状況の説明をお願いします」

患者はとても話せる状態ではないので、怪我人を連れて来た武官に聞く。

「見ての通りだ。訓練中に怪我をした、それ以外にあるか」

怪我人を運んで来た武官たちはさっさと医務室を出てしまった。無責任にもほどがある。

「なんだ、あいつら」

李医官はむすっとしながらも、今は怪我人の手当が先だと切り替える。すると、着替え終わったのか、のっそりと髭の老医官もやってきた。

「折れた木剣が突き刺さっているようですね」

猫猫が言っているのは当たり前のようなことだが、意味がある。木剣が突き刺さって折れたのではなく、元々折れた木剣が突き刺さっていた。

李医官も老医官も、猫猫の言いたいことがわかるらしく、頷《うなず》いている。

なぜ折れた木剣が訓練中に突き刺さるのか、説明が不十分すぎる。偶然、折れた木剣の上に倒れたのだろうか。いや、どちらかと言えば突き刺したように見えた。

「外科手術の準備をする。二人は怪我人《けがにん》の傷を綺麗《きれい》にしておいてくれ」

老医官は大きな棚から器具を取り出す。

李医官と猫猫は怪我人を寝台の上にのせ、上着をひんむいて傷口をむき出しにした。

「とりあえず、木片を排除します」

猫猫は大きな木片を手で抜いていく。木片は血が滲《にじ》んでぬるぬるして引き抜きにくい。小さな木片は毛抜きを使って丁寧に抜いていく。

「出血が多いな。一度、血を止める」

李医官はさらしを何重にも重ねて腹部をおさえる。えぐれた穴を埋めるように圧迫するのが止血の基本だ。

「こうも皮膚がずたずただと治りにくいです」

綺麗に切断されたほうがまだましだった。

「余分な皮膚を切除したあと、つなぎ合わせる。さて、どうつなぎ合わせるかだ」

　そのまま皮膚をつなぎ合わせると、長さが足りず突っ張ってしまう。皮膚の切り口を工夫して、無理がないようにつなぎ合わせないといけない。そのために新たな切り口を作らねばならないこともある。

「内臓は無事なのか？」

　外科器具をそろえて老医官が戻ってくる。

「出血の割に傷は深くありません」

　李医官が確認する。

「縫合は儂《わし》と李医官でやる。おまえさんは血止めなどの必要な薬を取って来てくれ」

「わかりました。麻酔はいりますか？」

「これくらいいらんだろう」

　老医官は見た目とは裏腹で患者に容赦ない。

　猫猫は哀れむが、武官相手なら珍しくもない光景だ。場合によっては戦場にでることもある者たちは、痛みに慣れておかねばならないので、麻酔の類を使わないことが多い。

（えぇっと止血作用がある生薬は？）

　杉菜《すぎな》、蓬《よもぎ》、蒲黄《ほおう》。他に動物由来で阿膠《あきょう》、つまり驢馬《ロバ》の膠《にかわ》などがある。

（今の季節、豊富にあるな）

　物によっては季節柄手に入りにくい生薬も多いが、春先から夏にかけては比較的豊富にあるから助かる。

隣の部屋では、別の医官が違う仕事から帰って来ており、老医官たちの手伝いに入っていた。麻酔もなしに切り縫いするので、暴れられることもある。そのため手術台は手足をくくりつけられるようになっている。

舌を噛《か》まぬように猿ぐつわも噛ませているようで、くぐもった叫びが聞こえてきた。

しばらく猫猫がここに配属になっているが、その後は姚や燕燕も来るだろう。

(燕燕なら平気そうだけど)

姚もなんだかんだで根性があるから、耐えられるだろうか。

しかし、後輩二人はどうなのだろう。あまりきつい仕事をやらせて辞められるともったいないし、だからといって甘やかすのも何か違う。

猫猫は、先のことを考えつつ薬を持っていく。

縫合自体はすぐに終わったようだ。血まみれのさらしが床に散乱し、腹を縫われた若い武官はかわいそうに失禁していた。別に珍しくもない光景で、医務室には替えの下着と褌子《ずぼん》が置いてある。猫猫は薬のほかに、着替えも出して棚の上に置いておく。

「薬はこんなものでよろしいでしょうか?」

とりあえず止血剤のほかに、化膿止め、痛み止めと解熱剤を持ってきた。

「ああ、上出来だ」

老医官は縫合した傷痕に止血剤を塗って、さらしを巻く。

「李医官たちは、患者を手術台から寝台に移動させておくれ。ええっと、猫猫はさらしや器具の片付けをしておくれ」

「かしこまりました」

猫猫は血で汚れたさらしを籠《かご》に投げ込んでいく。

「器具の煮沸《しゃふつ》消毒はわかるかい？　できるならそこまでやってもらいたいんだけどね」

「はい」

老医官は丁寧な人のようだ。ちゃんと的確に指示を出してくれるのでありがたい。世の中には、自分で考えて行動しろとか言うくせに、勝手なことをするなと怒る人間もたくさんいる。患者の素行は悪いが、医官たちは優秀な者が多い。老医官がしっかりまとめているからだろう。猫猫は今の配属先は悪くないと思っている。

変人軍師の近くにいることをのぞけば――。

その後も、怪我人《けがにん》は続いた。

太陽が傾き始めて、ようやく猫猫は休憩を貰《もら》えた。皮肉なことに背後の片眼鏡《モノクル》の変人の姿が視界のすみっこにちらちらし始めたおかげだった。

「なあ、猫猫……」

李医官が猫猫と変人軍師を交互に見る。

「言わないでください、李医官」

猫猫は茶の準備をする。老医官もようやく休憩なのか、温かい茶を飲んでほっと一息ついていた。

「今日も大変だったねえ」

「ええ。いい勉強になります」

「本当に別人になって帰って来たね。李医官は」

大豆の粉と山羊《やぎ》の乳で育《はぐく》まれた李医官の肉体は、まだまだ元気が有り余っているようで、休憩なしでもいけそうだ。

「しかし最近、軍部の様子がおかしいねえ」

「おかしいというと、故意の怪我《けが》が多いことでしょうか？」

猫猫はどうしようかと思いつつ、口を開く。李医官も頷《うなず》く。

配属されてさほど経《た》っていない二人がわかるほどだ。妙な怪我人が多すぎる。

「気づいているね」

「ええ。まあ。今日の折れた木剣が突き刺さった怪我は、わざと突き刺していたようにしか見えませんでした」

李医官が猫猫の言いたいことを言ってくれた。

「陰湿ないじめでも横行しているのでしょうか？」

怪我人を連れてきた武官たちが特に説明もなく帰って行ったのも怪しかった。同僚ならもう少し丁寧に扱ってもいいはずだ。

「いじめというかねえ、派閥争いだよ」

『派閥争い？』

李医官と猫猫は首を傾げた後、背後をうろうろする不審者を見る。

「なんだい、猫猫や？」

変人軍師がにかっと笑う。

猫猫は無視して、老医官を見る。

「今のところ、下《した》っ端《ぱ》たちの小競《こぜ》り合《あ》いと言ったところかねえ」

「どうしてそんなことが」

李医官は眉間にしわを寄せる。

「自然界では大きな捕食者が頂点に立つことで、その下にいる被食者の力関係が調整されていることがある」

「はい」

猫猫と李医官は、またちらっと背後の不審者を見る。

「ここ一年、その捕食者がいなくなって、被食者が餌場を奪い合っている」

「はい」

老医官は具体的な名前を出さずに、すごくわかりやすい説明をしてくれる。

「被食者も同じようでいて種類が違う。捕食者がいない間に、力をつけた被食者が他の被食者を食らう側に来ている」

「そして、その食らう側に入った者たちが、こうして好き勝手をしているというわけですね」

「その通り」

「困ったものですが、そのうちおさまるのではありませんか？」

「そう思いたいがねえ」

捕食者こと変人軍師が帰ってきたなら、また元の生態系に戻るのではと思うが、老医官は引っかかるような言い方をする。

猫猫は腕を組む。

（そういえば）

卯《ウ》の当主が言っていた。

『どうやら私は軍の新派閥に嫌われているらしい』と。

それに関係しているのだろうか。

「何か気になることがあるのですか？」

李医官は、老医官が聞いてもらいたそうなのを察していた。

「どうせ耳にするだろうから、あらかじめ教えておくよ。今、軍部を大きく二分する派閥は――、皇太后さまのご実家と、皇后さまのご実家なんだよ」

皇后の実家というと玉《ギョク》の一族のことだ。卯の当主が言っていた新派閥とは、皇后派のことを言うのだろう。

「いや、どちらにも属さない中立派閥も入れたら三つになるかな」

「ひぇ」

猫猫は思わず変な声が出た。

老医官は猫猫と、隠れてこちらを見ている変人軍師を見比べている。

「それはまたまた」

「困った話だろ。というわけで、儂《わし》がおまえさんに何が言いたいかわかるかい？」

老医官は猫猫をじっと見る。

「捕食者を上手い具合に扱って、今の混乱を少しでもおさめておくれ」

「……」

猫猫は、思わず滅茶苦茶嫌な顔をしてしまった。

十三話　決闘とその代償

軍部の派閥争いは連日続いていた。

最初、猫猫《マオマオ》は皇后派、皇太后派がなんなのかよく理解できなかった。

だが、修練場近くで勤務しているうちに、だんだん嫌でも話を聞くことになる。

皇后派の皇后とは、言わずと知れた玉葉后《ギョクヨウきさき》のことだ。もちろん玉葉后がなにかしら企ているというより、その父親である玉袁《ギョクエン》が関係している。そして西都からやってきた縁者が宮中の役職に就くようになった。さらに地方出身の成り上がりの文官、武官、比較的新興の名持ちの一族たちが玉袁を支持しているらしく、新派閥などと言われている。

皇太后派は、皇太后である安氏《アンシ》の実家を中心とした派閥だ。元々上級役人であった安氏の実家であるが、あまり目立ったことはない。理由としては、先帝、いや女帝に嫌われていたかららしい。皇太后も実家にべったりというわけではなさそうだ。普通、幼女趣味の先帝のところに幼い自分を送った親など、信頼できないだろう。

だが、皇太后派には魯大将軍《ルーたいしょうぐん》がいる。元は一武官であったが幼い皇太后を守り、現帝を守り、出世街道を駆け上がった人物だ。安氏の実家と違い、女帝の覚えもめでたかったのが大きい。また、新派閥を気に食わない古い家柄は皇太后派に肩入れすることが多い。故に摩擦を減らすため、玉《ギョク》を名持ちの一族にするのに合わせて、大司馬《だいしば》から大将軍に位を上げたらしい。

どちらも、大物は慎重な動きを見せるのに対し、若者たちは修練場でばちばちと小競《こぜ》り合《あ》いを繰り返している。

そんな二つの派閥は、次代の皇帝にと推す人物が違う。

皇后派は言うまでもなく、玉葉后の皇子である現在の東宮《とうぐう》だ。

対して、皇太后派は西方の血が濃い東宮をあまりよく思っていない。同い年の皇子に梨《リ》花妃《ファきさき》の息子がいる。また、長年皇弟《おうてい》が東宮の地位にいたのに、代わってしまったのは面白くないだろう。

(皇弟は皇太后の子、東宮は皇太后の孫。親戚としてはより直に政治に介入しやすいほうがいいだろうからなあ)

皇弟の真実を知る猫猫は、虚無の顔になるしかない。

なお、中立派については割愛《かつあい》させていただく。

猫猫には政治はわからない。なので、目の前にある仕事をこなすしかない。

「おーい、急患だ」

大声で呼び出されて、猫猫は薬棚の在庫確認を後回しにする。毎日同じことを繰り返しているのではないかと思うほど、同じような急患が多い。

運ばれてきた患者は、胸部と腹部の間に打撲の痕があった。丸い内出血で青紫色をしている。まだ二十代半ばほどの青年だ。

(どっかで見た顔だ)

猫猫は目を細める。最近見たような気がする。出そうで出てこない。

「しばらくやせ我慢をしていたようだが」

「ええ。かなり我慢をしていました」

患者に代わり、付き添いの男が答える。武官らしくない丁寧な口調だ。

(おや、こっちの男は?)

へらへらとした笑みを浮かべた付き添いの男にも見覚えがあった。

「卯純《ウジュン》さま」

里樹《リーシュ》の異母兄であり、卯《ウ》の当主の下《もと》、見せしめに使われていた青年だ。

「お邪魔しております。羅《ラ》のお嬢さま。名前を憶えていただきありがたいのですが、『卯』の字を使うのは許されておりません。よろしければ『純』とお呼びください」

卯純は、へりくだった態度をとる。

猫猫は卯純を見て、先日の名持ちの会合を思い出す。

(あっ、こいつ)

怪我人《けがにん》は、姚《ヤオ》に付きまとっていた本名不明の恋文男だった。前回は羅半兄《ラハンあに》にやられて、今日は誰にやられたのだろうか。

「っつうう」

恋文男がうめく。

打撲は、あとから痛みがひどくなる。それにしても、打撲程度ではない雰囲気だ。

「肋骨《ろっこつ》が」

「折れていますか?」

「ひびが入っているかもしれないです。かなりふっとばされましたので」

恋文男はうめき声しか出せないので、卯純が応対している。ふっとばされたということは言うまでもなく、卯純がやったことではないだろう。

「何で殴られたんだ?　木剣の痕には見えないのだが」

「素手です」

「す、素手?　熊にでもやられたか?」

思わず真面目な李《リ》医官がそんな冗談を言ってしまうくらい、激しい打撲痕だった。

猫猫も思わず瞬《まばた》きをする。

とりあえず処置は李医官に任せて、猫猫は肋骨を固定するさらしやうっ血を冷やす手ぬぐいを用意する。内臓に損傷があれば、外科道具も必要だ。

「どうですか？」

「内臓にはかろうじて損傷はなさそうだが、もちろん経過を診《み》る。体を固定するので手伝ってくれ」

「患部の冷却はどうしましょうか？」

皇族ならともかく、武官の怪我《けが》には、氷の使用は難しい。冷えた井戸水を使うので精いっぱいだろう。

「湿布《しっぷ》を用意してくれ。いや、その前に鎮痛剤だな」

冷却よりも骨の固定を優先するらしい。

「わかりました」

李医官は、西都で筋肉に目覚めたものの、いたって常識的な医官だ。慌てることなく患者を診る姿は、気持ちがいい。恋文男は内臓に損傷はなかったようで、普通に薬を飲んでいる。ただ、怪我をした状況について説明できない。

「訓練中の怪我ですか？」

「ええ、まあ。そうとも言えます」

卯純は曖昧《あいまい》な物言いをする。というより卯純が武官であったことに驚いた。よく言えば優しげ、悪く言えば優柔不断な雰囲気が漂っている。体つきも李医官よりずっと細い。

「ちょっと言い争いになりまして、では打ち合いで決めようと」

つまり決闘ではないかと猫猫は思う。

（恋文男は決闘が好きだなあ）

ある程度、腕に自信はあるのだろうが、今回も相手が悪かったようだ。

「何が打ち合いだ……」

恋文男がうめきまじりに重い口を開いた。

「化けもんだろう、素手で木剣を砕きやがった」

「素手で？」

猫猫は「はて？」と首を傾げる。どこかで聞いたことがある話だ。

（誰が……）

やったのかと聞こうとしたら、先に李医官が質問した。

「一体、どんな言い争いをしたんだ？」

場合によっては、上司に報告しないといけない案件だ。最近は、派閥争いで怪我をすることが多い。報告書を作らねばならない。

「別に大したことじゃありませんよ」

卯純が困った顔をする。

「何が大したことないだよ！」

怒ったのは恋文男だ。まだ腹が痛いのか叫んで、殴られた箇所をおさえている。

「おまえは、自分の妹を莫迦《ばか》にされてなんで平気でいる？」

「私が里樹さまのことをいまさらなんと言われようと、関係ないと思ったからです。むしろ、身内と思われることのほうが、里樹さまにとっては不愉快だろうと思いました」

「つまり、友人の妹のことを莫迦にされて、怒って決闘を挑んだわけか？」

李医官が確認するように、恋文男を見た。

「いや、違います」

卯純が訂正する。

「私の異母妹のことを、この憂炎《ユーエン》さまが莫迦にしました。そこを通りがかった違う武官が怒って、憂炎さまと打ち合いを始めて負けたわけです」

憂炎というのが恋文男の名前らしい。だが、猫猫は覚える必要がないと忘れるだろう。

「……なんだ、それは？」

李医官が首を傾げる。猫猫も同じく傾げつつ、状況を整理する。

「ええっと、まず妹のことを莫迦にされたのこっち」

「はい」

卯純が返事した。

「そして莫迦にしたほうが、こっち」

「そうだ」

恋文男が返事をした。

「そして、まったく別の通りがかった第三者が怒りだして、決闘まがいの打ち合いになり大怪我《おおけが》をした。そして、莫迦にされたほうが付き添いとしてやってきた」

「そうだ」

李医官と猫猫が揃《そろ》えて首を傾げる。

「人がよすぎると言われませんか？」

猫猫は卯純を見て言った。

「そうでもありません。辰《シン》の一族は卯の一族と和解しているところです。私の行動に、一族に反するものがあってはなりません」

つまり、里樹を莫迦にされようとも、辰の一族の端くれを見捨てるような真似はできないと言っている。

（当主はどう思うだろうかねえ）

今までの反動か、かなり里樹に対して甘くなっていた卯の当主だ。むしろ、里樹を莫迦にした恋文男を見捨てたほうがいい。

「ともかく、怪我をさせた相手が知りたいんだが」

「……せん」

「ん？」

「馬閃《バセン》だよ……」

不貞腐《ふてくさ》れたように恋文男が言った。

「馬閃さまですか……」

あー、と猫猫は納得した。

ひどい怪我《けが》だと思ったが、馬閃が相手なら仕方ない。むしろ――。

「内臓破裂しなくてよかったですね」

しみじみ呟《つぶや》いてしまった。西都で盗賊の腕を小枝のように折っていたのが懐かしい。さらに記憶を辿《たど》れば、獅子《しし》の鼻っ柱をぶっ叩《たた》いていた。

馬閃なりに加減してくれたのだろうか、肋骨《ろっこつ》数本で済んだのは僥倖《ぎょうこう》だ。

「はあ？　木剣で受け身を取ってこれなんだぞ！　木剣が砕けた上で、このだぼ……っぶほっ！」

恋文男は、まだ大声を出せるほど元気はないらしい。

(羅半兄には負けたけど、武人として基礎はしっかりしていたからな)

恋文男は、性格はともかく実力者であることは違いない。

李医官が、喋《しゃべ》るなと言わんばかりに固定したさらしをさらにきつく締める。

(人間の皮を被《かぶ》った熊なら仕方ない)

熊を相手に生き延びられるだけすごいことだ。生還できただけで拍手を送っていい。

「むしろ馬閃さまとよく決闘をされましたね。馬閃さまの実力は、武官の間では知れ渡っていると思いましたが」

「馬閃さまは、他の武官と決闘する際、不利な条件でやることが多いです。よほどの実力者でない限り、武器は持たず素手で戦います」

卯純が説明する。

（化け物やん）

先日は農民に負けた。今回は素手の相手に負けた。恋文男の矜持《プライド》はずたぼろだろう。

だが自業自得なので、猫猫は特に同情もせず、淡々と鎮痛剤を用意した。

卯純は、恋文男の処置が終わると帰って行った。ご丁寧に恋文男に肩を貸していた。お人よしの背中を見送り、医務室に戻ると李医官がため息をついた。

「面倒くさいことになった」

「どう面倒くさいんですか？」

李医官が頭をかいている。

「最近、武官同士での小競《こぜ》り合《あ》いが激しいだろ？　なので、上からは怪我人と怪我をさせた側の双方から話を聞けと言われている。たとえ、練習の打ち合いであってもな」

「今、片方聞きましたね。別に問題ないのでは？」

里樹が口論の原因なら、馬閃が手を出した理由もわかる。

「馬閃さまのことは、それなりにわかっているつもりです。婦女子、しかも元上級妃のかたを愚弄《ぐろう》するのを見て見ぬふりはできなかったのでは？」

猫猫はもっともらしいことを言った。本当は里樹が好きで、姉を挟んで卯の一族に縁談を持ち来んだくらいだ。だが、部外者の李医官に説明する必要はない。

「それでも文書にまとめねばならないが、馬閃さまか。直接、来ていただくわけにはいかないな」

「……」

猫猫はふと思った。猫猫の中では、馬閃の印象はさほど怖くない。可愛いものが好きでまめな高順《ガオシュン》の息子で、父には頭が上がらない。あと、母にも上がらず、姉にも上がらず、義姉にはからかわれ続けている。猪突猛進《ちょとつもうしん》、人の皮を被《かぶ》った熊だが、害を加えなければ襲いかかってくることはない。

（なぜ李医官はこんなに身構える？）

猫猫は思ったが、ごく一般的に考えると、馬閃は皇弟《おうてい》に直属で仕える精鋭《エリート》なのだ。

「私なんかが直接、話を聞きにいってよいものだろうか？」

（そういえば、李医官は馬閃さまとあまり接触がなかったな）

西都では、李医官は街の診療所にいた。馬閃が診療所に行ったことはあったが、確か慰問という形で壬氏《ジンシ》の代理をやっていた。代理とはいえ皇族の役目をやったのだから、距離を取りたいのかもしれない。

（あの時は、普段よりとっつきにくい感じだったかもしれないな）

「そこまで気にする人ではないと思いますよ。仕事ですと言い切ってしまえば、腕をねじ切られることはありませんよ」

「ねじ切るような相手なら、天祐《ティンユウ》をやろう」

「本当に首がねじ切られるかもしれませんね」

李医官もたまに面白い冗談を言うと猫猫は思った。なお、李医官の目は笑っていない。

「大体、名持ちの一族に対して堂々と話せるのは、基本、高位の役人か同じ名持ちの一族なんだぞ」

「でも、李医官はさっきのお二方に対して、堂々と対応していましたね？」

『卯』も『辰』の字も貰《もら》っていない末席だが、名持ちの一族には変わりないだろう。

「家柄はともかく医療の現場ではあの二人よりも私の方が上だ。医務室の中では患者に舐《な》められないようにしろというのが劉《リュウ》医官の教えだろう」

その通りだな、と猫猫も納得する。下手な口出しをする素人《しろうと》のせいで適切な医療処置ができないと困る。

「しかし、あの患者の態度は本当にいただけない。卯の一族は、里樹さまが後宮《こうきゅう》を出られてから、どんどん落ちていると聞く。だが、馬閃さまに対してまであんな態度をとるとは……」

李医官は器具を片づけながら息を吐く。むきむきになったが真面目で、いろいろ気配りができる男だ。方向性は違うが、高順と同じくまめな男であるに違いない。

「すみません。李医官は、結婚されてますか？」

猫猫は唐突かと思ったが確認してみた。

「していないが、親が決めた婚約者はいるぞ」

「そうですか」

（それは残念）

玉葉后の侍女頭である紅娘《ホンニャン》は年上だが、ちょうどいいと思ったのに、話にもならなかった。

「で、馬閃さまに対立するのは物理的以外にもいろいろ問題があるのですか？」

「ああ。馬《マ》の一族は、皇族直属の護衛だ。ゆえに、位を持たず常に主人に付き従っている。なのに勘違いした莫迦《ばか》は位がないことを無能と思って喧嘩《けんか》を売るのだ」

「肋骨《ろっこつ》どころか首も危ないですね」

猫猫はさらしの残りを棚に片付ける。しかし、今日の李医官はずいぶん饒舌《じょうぜつ》だ。

「あの、李医官」

猫猫は李医官がそっと報告書の用紙を置くのを見ていた。猫猫に紙を近づけようとしている。自然に見せようとしているが、李医官にそういう小手先の芝居は向かない。

「もしかして、報告書を書くために馬閃さまに聞き取りに行くのがお嫌でしょうか？」

「そ、そんなことはないが……」

李医官の目が泳いでいる。

「もしかして、馬閃さまのところに行くのが億劫《おっくう》ですか？」

「仕事と言われたら、行くが……」

乗り気ではなさそうだ。猫猫はぽんと手を打つ。

「李医官のご命令でしたら、私が代わりに行きましょうか？」

「おっ、行ってくれるのか？」

李医官の声は、「待ってました！」というふうに聞こえた。

ここで他人ならもっと恩着せがましくするところだが、李医官である。普段お世話になっているので仕方ない。

「かしこまりました」

たまには猫猫も素直に言うことを聞くことがある。

十四話　二人はなかよし

馬閃《バセン》の仕事は壬氏《ジンシ》の護衛だ。基本、壬氏の執務室にいるはずだが、今日は違う。

（確か数日に一度、日中は訓練に当てている）

午前中に相手を怪我《けが》させたということは、今日は一日訓練の日のはずだ。

（上司に呼び出されたりしない限り）

猫猫《マオマオ》が修練場に向かうと、汗臭い野郎どもがたくさんいた。ちょうど休憩時間なのか、手ぬぐいで汗をぬぐい、竹筒の水を飲んでいる。上半身裸で、中には下着一つの者もいる。別に珍しくもない光景なので、特に気にせず通過する。

李《リ》医官は、修練場に行くと言ったら、「ついて行こうか？」という顔をしたが、断った。二人して医務室の留守番がいなくなるのは困るし、なにより武官たちが猫猫を相手に何かすることはなかろう。変人軍師の身内であると思われたくないが、そこに恩恵がほんの少しくらいはあることは認めている。ゆえに、いかつい武官も猫猫に対して丁寧な対応をしてくれることが多い。よほどの物知らずでない限り突っかかってこないだろう。

（狡《ずる》いと言えば狡い）

でも、猫猫は小柄で弱い。使えるものは使わないと、生き残れない。

武官たちは、ちらりと猫猫を見て、おおっと首を伸ばし、そしてがっかりした顔、もしくは腫れ物に触るような顔をする。

（変人軍師の管轄下《かんかつか》だもんな）

正直、李医官の頼みは猫猫にはちょうど良かった。昼過ぎは変人軍師が重役出勤してきて、暇つぶしに医務室に寄る確率が高い。あのおっさんと顔を合わせるくらいなら、汗臭い場所におつかいに行く方が良い。

皆が休憩する中、激しい打ち合いをする者たちがいる。

大柄な武官と比較的小柄な武官。

李白《リハク》と馬閃だった。

二人は木剣と小盾を使っている。汗まみれの顔を見るに、長い間打ち合っているようだ。暑いのにしっかり着込んで皮鎧《かわよろい》を着けているのは、怪我をしないためだろう。

（どう見ても馬閃のほうが不利なんだよな）

武術には全く見識がない猫猫でも知っている。体格差が物を言う。

李白の身長が六尺四寸《百九十二センチ》はあるのに対し、馬閃は五尺七寸《百七十一センチ》ほどだろうか。

しかし――。

（いい勝負してんのか？）

李白の剣を馬閃は見事に受け流していた。小盾で上手く受けて刃を滑らせて避《よ》け、その振りかぶったところを狙って剣を振る。

李白も負けておらず、小盾で受け流す。

(李白も強いと思っていたけど)

人間の皮を被《かぶ》った熊に、熊っぽい男は善戦している。かなり強いのだろう。細かい動作は追えないが、手だけでなく足を使って牽制《けんせい》したり、体幹を駆使して翻弄《ほんろう》したりしている。

李白の見た目は脳筋だが、地頭は良い。体格だけを武器とせず、技能も培《つちか》っているのだろう。

だが、本来圧倒的に不利な体格差を、なかったことにする馬閃は恐ろしい。

(小柄なほうが技巧派だってのが普通だろうに)

李白が技巧派で、馬閃は力押しだ。もちろん、馬閃の技術が全くないというわけではない。ただ、体格差を筋力で補っているような化け物だ。生まれながらにして、特殊な筋肉の付き方でもしないと、こうはなるまい。

(水飲めよー、塩舐《な》めろよー)

猫猫は近くの日陰に入って、座り込む。近くにいた武官たちが遠巻きに猫猫を見る。

「何か御用でしょうか?」

おそらく何度か顔を合わせたことがある武官が聞いてきた。もちろん名前は憶えていないが、丁寧な口調から猫猫を気遣っていることがわかる。

「お構いなく」

「かしこまりました」

猫猫は持参した茶を飲む。長丁場になってもいいように、持ってきていた。懐からおやつの煎餅《せんべい》も取り出す。

（あの様子だとのぼせそうだな）

飲み物と塩っ気がある食べ物を用意したほうがいい。飲み物はあるとして、煎餅を少しわけてあげられるように取っておく。

ゆっくり観戦しようと思っていたら、誰かが近づいてきた。

「官女《かんじょ》が何の用だ？」

まだ若い武官だ。周りの官たちが慌てている。

（よほどの物知らずがいたようだ）

猫猫はそっと顔を上げる。三人組の武官だ。怪訝《けげん》な目で猫猫を見ている。

「女が軽々しく来ていい場所じゃない。それとも、その見た目で男漁《おとこあさ》りに来たわけではあるまいな？」

真ん中の男が言うのを聞いて、残り二人が笑う。

周りの武官たちがおろおろしているところを見るに、この若い武官は位が高いらしい。

（なんか見たことある気がする）

だが覚えていない。医務室を利用していたか、もしかしたら名持ちの会合で会っていたかもしれない。でも、互いに誰かよくわからないので初対面である。

猫猫は立ち上がり、尻の埃《ほこり》をはたいて落とす。

「申し訳ありません。医官さまからのおつかいで参りました。お邪魔なようでしたら、場所を移動します」

猫猫が去ろうとすると、若い武官に肩を掴《つか》まれた。

「待て」

「なんでしょうか？」

何か絡まれるかな、と猫猫は身構える。

その時だった。

木剣が大きくくるくると宙に舞い、放物線を描きながら地面に叩《たた》きつけられた。

「あー、まいったまいった」

両手を挙げたのは李白のほうだ。汗だくの顔を拭い、大きく息を吐く。

「これで終わりにしようや。馬閃の旦那」

「……」

馬閃はどこか物足りなそうな顔をする。

「おっ、あれは嬢ちゃんだな。おーい」

李白は、猫猫に気付いたのか手を振っていた。

（本当に負けたのか、それとも私に気付いたからなのか、それとも馬閃の顔を立てたのか）

どれであろうと関係ない。

李白と馬閃は汗だくのまま、猫猫のほうに近づいて来る。

「よう、嬢ちゃん。どうしたんだい？　こんなところに来ても親父さんの漢太尉《カンたいい》はいないぞ」

「か、漢太尉!?」

変人軍師の名前が出ると、若い武官がひるんだ。

猫猫は嫌な気分になりながらも、作り笑いをする。普段なら李白は変人軍師のことを『あのおっさん』と言う。あえて、この若い武官にわからせるために正式名称を言ったのだろう。

「おい。そこの官女《かんじょ》と話をしていたようだが、用事はすんだのか？」

馬閃が言った。汗だくの中、絡まった紐《ひも》を解いて鎧《よろい》を脱ぐ。皮鎧なので、距離があっても臭いが強烈だった。

「いえ、特に何もありません」

三人組が去っていく。脱兎《だっと》という言葉を思い出すくらい潔い去り方だった。

「ふん、最近、ああいう手合いが増えて困る」

馬閃が汗をだらだら流しながら言った。

「おい、嬢ちゃん。こんなむさくるしいところに何の用だ？」

李白が困った顔をしている。毎回は庇《かば》いきれないぞ、と言っているようだ。

「馬閃さまに、今朝のことについて聞き取りしにきました」

「聞き取り？　旦那、なんかやったのか？」

「知らないんですか？」

猫猫は李白に説明するのが面倒くさいなと思った。

「午前中は、ずっと机仕事だよ。昇格するとどうしてもやんなくちゃいけなくなるからな」

なるほどと猫猫は頷《うなず》く。皇弟《おうてい》と共に西都から帰って来て、また昇進したらしい。

「大したことではない」

「馬閃さまと打ち合いをした武官が医務室に運ばれました。ひどい打撲で肋骨《ろっこつ》にひびが入っていました。最近、武官の間で派閥争いの延長として、決闘めいたことが多数行われております。医務室の面々にとっては甚《はなは》だ迷惑であるため、患者および怪我《けが》をさせた人にはどういう状況で怪我をさせたのか確認するようになりました。はい。ご協力お願いします」

猫猫は面倒くさい説明を一息で終わらせる。

「うわー、めんどくせー」

李白は汗をぬぐいつつ呆れた顔をする。猫猫が煎餅《せんべい》を差し出すと美味しそうに食べ出した。

「別になんということはない。家柄を笠《かさ》に着て位だけは貰《もら》った官に稽古をつけただけだ。

さっきの奴らもそうだが、実力は伴わないくせに何かしら大義名分を作って相手を攻撃したがる虎《とら》の威《い》を借る狐《きつね》が多い。群れを成せば強くなれると思っているのも腹立たしい」

馬閃は派閥争いのことをそう思っているようだ。

（確かに若者がいきっているようにも見えたな）

理由をつけて好き勝手にできるのであれば、たがが外れやすくなるものだ。

「旦那の稽古は、そりゃきついでしょうが。俺だって、息切らしてるのに。まだ世間の荒波も知らないぼんぼんにいきなり稽古つけるのはあんまりでしょうよ」

「手加減はしたぞ。いつもどおり、素手で対峙《たいじ》した」

「熊の手加減は、人間の即死ですって」

「そうか？」

（この二人、なんか仲がいいなあ）

同じ体育会系だからか、それとも李白が人心掌握術に長《た》けているためかわからない。なごんでいるところ悪いが、猫猫は仕事を続ける。

「里樹《リーシュ》さまのことを侮辱されて、打ち合いが始まったと聞いておりますが」

「!?」

馬閃はあからさまに動揺して視線を逸《そ》らす。

「あらー」

李白はにやにやしつつ、馬閃をのぞき込む。

「それは本当ですかね、旦那？」

「ほ、本当だが。何か問題があるのか？　里樹さまは卯《ウ》の一族の直系のご息女だ。それに、元とはいえ正一品《しょういっぽん》の妃《きさき》でもあられたお人だ。なのに、なぜ『不貞のため後宮《こうきゅう》から追い出されたあばずれ』などと言われないといけないのだ？」

「そんなこと言われたんですね」

恋文男と卯純《ウジュン》が話していた内容は、ずいぶん優しめに変えていたようだ。

「里樹さまの罪は彼女自身の罪ではない。ただ、周りに翻弄《ほんろう》されただけのことで、なぜあらぬことを言われなければならない!?」

馬閃は大きく地団太《じだんだ》を踏《ふ》む。

「その末に口論となり、打ち合いになったというわけですね」

「ああ。私に非があるとすれば、相手に皮鎧《かわよろい》ではなく鉄鎧を着せなかったことくらいだ」

「皮鎧を着せて、肋骨《ろっこつ》折るんですね」

やっぱ化け物だなあ、と猫猫はしみじみ思う。

猫猫は話を聞きながら、二人と共に四阿《あずまや》に移動する。筆記するにしても何か卓が必要だ。

「何より腹立たしいのは、卯純とかいう男だ。あやつは里樹さまの身内でありながら、笑いながら流していたのだぞ。ああやって日和見《ひよりみ》に話を聞く奴がいるからこそ、他の奴らが増長するのだ」

石の椅子に座っても、馬閃のいらだちは治まらない。

「まあまあ。これでも食べて」

李白は馬閃の口の中に煎餅《せんべい》を投げ入れる。馬閃は一瞬、何とも言えない顔をしたが吐き出すことなくかみ砕き始めた。

（やっぱ仲がいい）

李白には別に用はないのだが、一緒についてきてくれた。馬閃だけだと扱いづらいので正直助かる。

「あの場では、卯純は何も言えないはずですよ。下手な態度を取ると、血気《けっき》盛んな奴らにぼこぼこにされちまう。弱いなりに生き抜くには、こびへつらうなりなんなりしないといけない」

「あの腰抜けのことを庇《かば》うのか？」

馬閃が李白を睨《にら》む。睨むといってもすねるに近い表情で、本気で怒っているわけではなさそうだ。

「李白さまは卯純さまのことはご存じで？」

「一応、部下だからな。あいつも本来は文官だったのに飛ばされてきたんだ。家のごたごたでね」

「道理でひ弱そうに見えました」

もやしとまではいかないが、剣よりも筆の方が似合って見える。

「だろ。武官の中にあんな奴が放り込まれると碌《ろく》な目に遭わねえ。下手すれば自殺するほど追い詰められる。だから、俺の下につけたんだとさ。こっちは迷惑だけどな」

李白は面倒見がいい。部下を最低限は庇護《ひご》するだろう。

「一応、卯純は『卯』の字はついているが、卯の一族の本家としては認めちゃいない。入《い》り婿《むこ》だった父親がいろいろやらかしすぎた。妾《めかけ》を本家に連れ込み、逆に本家の娘を虐《しいた》げた挙げ句世捨て人にするような真似をした。一族の名も落とした。その男の妾の息子を跡取りにするわけがないだろうな」

「お詳しいですねえ」

卯の当主は『卯純』のことを『純』としか呼ばなかった。

「部下のことは最低限頭にいれておかないとな。父親の卯柳《ウリュウ》さんとやらは、義父が病弱で早めに隠居したのをいいことに好き勝手していたみたいだし、本人に非はなくともやっかみを買う存在には違いねえ」

李白は猫猫と違って、大変しっかりしている。腕もたつし、頭も悪くない。これで妓女《ぎじょ》に入れあげているといわれなければ完璧だろうが、白鈴小姐《パイリンねえちゃん》のために妓楼《ぎろう》通いはやめないでほしい。

「卯の一族、里樹さまの祖父は親戚から男児を引き取って育てているそうだ。老体に鞭打《むち》

っているが、それでも娘婿《むすめむこ》にこれ以上一族を任せられないと思ったのだろう」

「ええ」

猫猫は頷《うなず》く。李白は情報通だなと感心する。

「知ってるのか？」

「この間の名持ちの会合で見かけました。十にも満たない男児ですよね」

「そうそう。養子の年齢からして里樹さまの婿にしたりしないんだろうな」

(全くないとは言い切れないけど)

馬《マ》の一族の例がある。高順《ガオシュン》と妻の桃美《タオメイ》は六歳差で、妻が年上だ。だが、卯の当主はそんな気はないことを言っていた。馬閃の顔色が赤から青に変わって今度は元の色に戻る。

「いや、卯の一族としては、今まで孫娘がかわいそうだったと、どうにかして幸せにしたいようだぞ。いい家柄に何とか輿入《こしい》れできるように話しているとか」

(それも知っている話)

李白は煎餅《せんべい》の塩がついた指を舐《な》めている。猫猫はもっと煎餅を持ってくればよかったなと思った。

「旦那はなにか知らないんですか？」

李白が馬閃に訊《たず》ねる。

「そ、そんなの知らん」

馬閃は嘘《うそ》が苦手だ。李白に詰め寄られ、悩み、唸《うな》り、転がり始めた。

「ほんとーに？」

（まだまだ先だな、こりゃ）

猫猫は話を聞きながら手を動かす。報告書は馬閃の意見を踏まえつつ、婉曲《えんきょく》な言い回しで書いた。

「それにしても意外でした。李白さまってなよなよした男は嫌いそうに見えましたけど」

「卯の一族のことはわかんねえが、あいつには同情すべきところがあるからな」

「何を言うか！」

馬閃が憤《いきどお》る。

「正統な血筋である異母妹を蔑《ないがし》ろにし、出家まで追い詰めた挙げ句、今も異母妹に対する侮蔑の言葉を聞いて平気な奴だぞ！　あいつにも一発お見舞いしてやればよかった！」

「まあまあ。卯純は事を曖昧《あいまい》にする奴ですけど、自分からなにかするわけじゃないんですよ」

「それって一番質《たち》が悪くないですかねえ」

猫猫は思わず言ってしまう。曖昧であるからこそ、相手に拡大解釈を与える。結果、調子に乗った誰かが問題を起こしたとしても、遠因となった卯純には何の罪もない。

「自分の手を汚さないだけでしょう？」

「んー。まあそうだな」

李白は立場上、卯純を庇《かば》う側に立っているが、やはり思うところがあるらしい。

「あまり八方美人になりすぎないようにとは言い聞かせとくわ」

「そうですね。処世術と言ったら仕方ないと思いますけどね」

猫猫は、その塩梅《あんばい》が難しいと思っている。

「生き残るためには仕方ないとでもいうのか？」

馬閃はまだ不満顔だ。

「人間の九割九分九厘は馬閃さまよりも強くありません。里樹さまにどんな武器を持たせたとしても野良犬一匹倒せるかどうかわからないでしょう？　それとも、弱くても怪我《けが》をしても死んでも立ち向かえと？」

「うぅ……。しかし、奴は男で」

「卯純は、成分としては女である桃美さまよりもさらに里樹さまに近いと思います。原料の半分は同じなので」

「原料とか言うなや、嬢ちゃん」

李白が呆れている。

「まあ、卯純も卯純で弱そうに見えるけど、意外に強《したた》かだぞ。敵を作らない立ち回りは上手い」

「そうなんですね」

「弱い奴には弱い奴なりの生き方がある」

「敵を作らないとかか？」

　馬閃の質問に、李白は指で三角を作った。

「半分正解、半分不正解。相手に敵になりえないと思わせることですかね。よく嬢ちゃんがやるやつだよ」

「私はそんなことしておりません」

「またまたー」

　李白が猫猫の背中を叩《たた》く。猫猫は、書いている文字が歪《ゆが》みそうになって、慌てて紙から筆を遠ざけた。

「猫猫のような？　そういう奴ほど危険視すべきだろう」

　やたら真剣に馬閃が言った。

（何が言いたい）

　猫猫は憤慨《ふんがい》しつつ報告書を書く。ながら作業がいけなかったのか字を間違えていた。

十五話　矛盾と目的

猫猫《マオマオ》の仕事の悩みは、ひっきりなしにやってくる怪我人《けがにん》だけではない。

「いやだー、仕事戻らなーい」

「駄目です、羅漢《ラカン》さま！　戻りますよ！」

蟬《せみ》のように柱に張り付いて離れない変人軍師を、副官の音操《オンソウ》が引っ張っている。

（がんばれー）

猫猫は心の中で音操に声援を送りつつ軟膏《なんこう》を作る。

『捕食者を上手い具合に扱って、今の混乱を少しでもおさめておくれ』

（何しろっちゅうねん）

老医官の無茶苦茶なお願いを思い出して、猫猫は途方に暮れる。しかし、仕事もせねばならない。蟬もどきを無視して軟膏を作り続ける。

相変わらず医務室の怪我人は多い。一日四、五件ほど大怪我があり、その中の一つ二つが訓練中の怪我とは言い難いものだ。大体、怪我をした詳細を聞こうとすると口を濁すので、よくわかる。

捕食者が戻ってくればすぐ元に戻るかと思いきや、その捕食者と言えばこの通り蝉ごっこをしているだけだ。ただ、変人軍師がいるときは皆避けて、違う医務室へと向かうので少し仕事が楽になる。

（ええっと、あと足りないのは）

傷薬、湿布《しっぷ》はよく出るので在庫を切らさないようにしないといけない。しかし、医官の施術の助手もしないといけないので、なかなか作り置きができない。

蝉のように柱にはりついていたおっさんがいなくなった頃、李《リ》医官が汗だくで戻ってきた。隣には、顔色が悪い若い武官がいる。

「今日は非番では？」

「非番なので、修練場で訓練をしていた」

武官でもないのに何をやっているのだろうか、という疑問は口に出さない。

「では、お隣のかたは？」

「修練場にいたから連れてきた。この間、腹に折れた木剣が刺さった奴だ。腹の具合を診《み》るので毎日来てくれと言っていたのに、来ていなかっただろ？」

「そうですね」

そういえばその武官だと猫猫は気付いた。

猫猫と李医官は若い武官を見る。

「傷を縫ってもらったからもう大丈夫だ。気にしなくていい。そのうち治る」

「そうですか？」

その割には気分が悪そうだ。

「確かめるぞ」

李医官が若い武官を羽交《はが》い絞《じ》めにした。猫猫は若い武官の帯を解き、腹のさらしを確認する。

「く、臭っ！」

「なんだと！」

「これはさらしを交換するどころか、風呂にすら入っていない臭いです！」

「これだから若い男は！　無駄に代謝が良くて体臭がきついんだぞ！　体くらい水拭きしとけ！」

「い、いきなりなんなんだ！　羽交い絞めにするわ、ひんむくわ」

若い武官が暴れるが、無駄に鍛えた李医官のほうが強かった。

「猫猫、他の医官を連れてきてくれ。さっさとさらしを交換するぞ」

「わかりました！」

猫猫は隣の部屋にいた医官を引っ張ってくる。

血を止めるためにきつめに巻いていたさらしだが、取ると、むわんとさらに臭いがきつくなる。

「少し化膿《かのう》していますね。激しい運動をしましたか？　糸が切れています」

「ちゃんと化膿止めは飲んだのか？」

「やめてほしいなあ、これで傷が治らないと俺らのせいにされるんだけどさ。さて、縫い直すか」

応援で呼んできた医官がぼやく。無精髭《ぶしょうひげ》が生えた三十代くらいの医官だ。

後宮《こうきゅう》と違い、外廷の医官たちは基本優秀だ。その上、修練場近くの医務室では日々大勢の患者を診《み》ているだけあって、効率重視で働く。忙しいが、無駄がない仕事ぶりは見ていて気持ちいい。

「化膿部分の切除、傷口の消毒終わりました。針はこちらです」

猫猫は道具を用意し、医官二人が傷口を縫う。

若い武官はさらしを噛《か》まされていた。体のあちこちにはあざがあり、訓練によるものなのか別の理由なのかわからない。

縫い直しは一か所だけなのですぐに終わる。

「ちゃんとさらしを交換しないといつまでたっても傷が治らないぞ」

「薬もちゃんと飲んでほしいな。そのためにあるんだから」

「先日貸した下衣と下着を返してください」

猫猫の言葉に傷ついたのか、若い武官はきゅっと顔を真っ赤にする。いい年をしておもらししたことを思い出したらしい。

「さて、縫い直したばかりで悪いが、誰にやられたか教えてくれるか？　この間はいつの間にかいなくなっていて慌てたぞ」

李医官が武官に詰め寄る。

「訓練中の事故だ。誰が相手とか関係ない」

「いやいや、どう見たって殺意あるだろう！　折れた木剣を腹に刺されているんだぞ。内臓に損傷がなかっただけ、御《おん》の字《じ》だぞ」

李医官の言葉に、猫猫も無精髭《ぶしょうひげ》の医官も頷《うなず》く。

「訛《なま》りからして戌西州《いせいしゅう》出身だな」

「……」

若い武官は黙る。

約一年西都に滞在していた李医官にとって、訛りから出身地を知るのはたやすい。

「となると、相手は中央出身の武官だな」

無精髭の医官が顎《あご》を撫《な》でながら確認する。

「ったく、代理戦争ならよそでやってくれ。おめーさんもやられっぱなしで腹が立つんじゃないか？　しっかり上に報告しろよ」

「報告しようにも握りつぶされるのが落ちだ」

若い武官が吐き捨てるように言った。

「武官は弱いほうが悪い。強くなればそれでいい」

言っていることもわかるが、猫猫としてはそれで大怪我《おおけが》をするなら、きちんと解決してほしい。武官たちだけの問題ではなく、医官の仕事が増えるのだ。

若い武官は意外と頑固そうなので、せめてさらしの交換と薬をしっかり飲むようにだけは伝えなくてはいけない。手間がかからないのはいいが、それで悪化させては困る。

(手間がかかると言えば)

猫猫は、壬氏《ジンシ》のことを思い出した。壬氏くらいまめにさらしの交換をさせてくれたらもう治っていただろうに。

あれからまだ壬氏から翡翠牌《ひすいはい》の話は来ない。何かわかれば連絡が来るだろう。

そう思いつつ、武官に渡す化膿《かのう》止めを用意した。

猫猫は噂《うわさ》話が好きというわけではないが、嫌いでもない。とはいえ、何度も同じ話を聞くつもりはなかった。

「いや、もう知っている話なので聞く必要ありません」

と言っても、ご丁寧に説明してくれる人物がいる。

「ええっとですねえ。今まで皇太后派一強だった軍部なんですけど、ここ数年、覚えめでたき玉葉后《ギョクヨウきさき》の出現のため、戌西州出身の人間が大きくでるようになったわけですよ」

猫猫がさらしを巻きなおす中、ぺらぺら喋《しゃべ》るのは雀《チュエ》だ。猫猫の異動にともなって、猫猫がいるこの修練場近くの医務室に来るようになった。医官たちは同性の猫猫に雀の治療を任せている。人妻の肌を見ないようにするためか、二人きりで治療をするので大変駄弁《だべ》りやすい。

「とはいえ、皇太后派も黙っちゃいない。羅漢さまがいる間は、中立派が止め役となって、大きな問題が起きなかった。しかーし、羅漢さま不在の間にその均衡《きんこう》が崩れたというわけですよぅ」

「あー、そーなんですねえ」

猫猫は雀の右腕を持ち上げたり触ったりする。指先は震えるようにしか動かない。

「羅漢さま陣営も大変なんですねぇ。恐ろしいことに、皇太后派、もしくは皇后派に移った人たちもいるようですよぅ」

「そのことなんですけど」

猫猫は雀の腕を按摩《マッサージ》する。

「気になるんですよね。皇太后派とか皇后派って呼び方」

「猫猫さんはお二方と顔見知りですからねえ」

「ええ。お二人とも、積極的に誰かを攻撃する性格ではないでしょう？　なんか、玉葉后と皇太后がばちばちやりあっているみたいで変な気がします」

皇太后は奴隷を解放したり、行き場のない女官《にょかん》たちのために後宮《こうきゅう》内に診療所を作ったりするような人だ。

皇后である玉葉后もやられたらおとなしくしている性格ではないが、だからといって好戦的ではない。

「どうしても実家が顔を出すから仕方ないのですよぅ。皇太后さまのご実家はけっこう欲深いところですもの。幼い皇太后さまが後宮に入れられた経緯から、そのあたりは察することができましょうねぇ」

「怖い怖い」

猫猫は雀の手のつぼを押しつつ、針治療は効果があるかどうか考えている。その傍ら、前回と比べてどの程度雀の腕の動きが変わったか、記録を取る。

「それで玉葉后のほうは、玉袁《ギョクエン》さまの派閥ですか？」

「まーそーなりますけど、地方出身者が集まっていますかねぇ。出世するのはどうしても中央に縁故《コネ》がある人たちですから、地方出身でなおかつ実力主義者の玉袁さまは期待の星なんですよぅ」

「ですが、玉袁さまはご高齢で、なおかつ後継者問題もいろいろ大変なのでは？」

長男の玉鶯《ギョクオウ》が死んだときも西都に戻らなかったのは、高齢であるためと、基盤づくりに苦労しているからだと聞いたような気がする。

「ええ、だからそれを狙って、皇后派に殴りかかっているのが今の状況なんですよぅ」

「皇后派に殴りかかっている？」

猫猫は首を傾げる。

「新派閥である皇后派が、皇太后派に殴りかかっているわけじゃなくて？」

猫猫は、新派閥に嫌われているという、卯《ウ》の一族の当主の言葉を思い出す。

「それがそうでもないんですよねぇ。皇后派の出る杭《くい》も打たれてますしぃ。そこのところは、単純にどうこうと言い切れませんねぇ。何より羅漢さまの執務室で殺された王芳《ワンファン》についてどう思いますか？」

「いろいろ裏がありそうですね」

「ええ、王芳を殺した三人の官女《かんじょ》は、全員辰《シン》の一族と関連がある家の者でした」

（羅半《ラハン》が似たようなこと言ってたな）

まだ羅半から話を聞いていないが、雀から聞けそうだ。

「では、王芳は皇后派なので、痴情のもつれに見せかけて皇太后派に殺されたと？」

「その可能性もありますし、普通に殺されたのかもしれません」

「王芳は何を探っていたのですか？」

「うーん、どうしましょうかねえ。まあ、特別に教えちゃいましょうかねぇ」

雀は猫猫に耳打ちをする。

「王芳はかつて消えた、辰の一族の家宝について調べていたそうですよぅ」

猫猫は動揺を見せないように気を付けた。

「三人の官女の身内に辰の先代当主と仲よしの人がいたみたいです。具体的な家宝の形について聞きまわっていたようですねぇ」

「家宝……」

猫猫は、女華《ジョカ》の翡翠牌《ひすいはい》にもつながると思った。

（系図に載っていない皇族を探していた？）

何のために、と猫猫は思う。

（新しい皇族をでっち上げたかった？）

いや、王芳が皇后派であれば皇族をでっち上げる必要はない。なにかと矛盾している。

猫猫は疑問が増えたと思いつつ、雀の手を放す。

「ううう、古傷がいたむー」

雀はもう少し按摩《マッサージ》を受けたかったようだ。わざとらしく手をさする。

「他に仕事があるもので、今日はここまでですよ」

「いけずー」

猫猫が部屋を出ると、長身の官女《かんじょ》が籠《かご》を抱えていた。

（ええっと、確か）

名前が短いほうの新人官女だ。肌の露出を避けるためか、ずいぶん着込んでいる。

「頼まれた生薬を届けに来ました」

「ああ」

籠には生薬がある。もう一人の長紗《チャンシャ》もだが、新人のうちはいろんな部署への使い走りにされる。

「ええっと、ちょっと待ってください」

猫猫は注文していた生薬かどうか帳面と照らし合わせる。

「大黄《ダイオウ》、川骨《センコツ》、桂皮《ケイヒ》っと」

打ち身の薬を作る材料だ。

「揃《そろ》ってますね。問題ありません」

猫猫は籠を受け取り、そのまま薬棚に片付けようとした。しかし、新人官女は帰ろうとしない。

「猫猫さん猫猫さん、なにか言いたげにあなたを見ておりますぞ」

雀が猫猫を突《つつ》く。雀もまだ帰っていなかった。

「なにか他に用でも？」

「姚《ヤオ》さんたちから聞いたのですが、猫猫さんは市井《しせい》で薬屋をやっていたのですか？」

真剣な顔で新人官女が猫猫を見る。

「そうですけど」

「では、同業者について知りませんか？　ここ数年の間に都近くで薬屋、もしくは医者を始めた男性です」

「薬屋を始めた男？　まあ、いますね」

猫猫の弟子に一人いる。

「い、いるんですか！」

「うん、左膳《サゼン》とかいう男で、花街《はなまち》で薬屋をやっています」

「左膳……、花街……。もしかして、偽名でしょうか？　いかにも訳ありの姿をしていますよね⁉」

「……」

猫猫は口を閉じる。なんだか様子がおかしい。下手に話したりしたのは失敗だったろうか。

（そういや、あいつ、子《シ》の一族の乱から逃げ出したんだよな）

乱に加担したことがばれるといろいろ面倒くさい。悪い奴ではないし、何よりせっかく育ってきたのに、次の薬屋を探すのは億劫《おっくう》だ。

なにより、なんで薬屋をやっている男を探すのか。

「お願いします！　その左膳という人に会わせてください！」

新人官女《かんじょ》は猫猫の衿を掴《つか》み、ぶんぶん振ってくる。

「いや、でも」

「会わせてくれないのなら、自分で探します！　花街《はなまち》の薬屋ですね！」

（余計なことを言ってしまった）

花街で薬屋となれば、そう数はいない。すぐに左膳に行きつくだろう。

「猫猫さん猫猫さん、おとなしく案内したらどうです？」

「雀さん雀さん、他人事《ひとごと》ですね」

「ふふふ。雀さんも同行しますかねぇ。前の職場、解雇されてまあま暇なのですよぅ」

雀は楽しそうに笑う。

猫猫は新人官女に衿をつかまれたまま、どうしようかと唸《うな》った。

十六話　妤《ヨ》

長身の新人官女はしつこかった。猫猫《マオマオ》が根負けし、非番の日を合わせて会うことになった。部署が違うし、いてもいなくても数合わせがしやすい新人官女である。休みを合わせるのは姚《ヤオ》たちに比べて簡単だった。

「妤《ヨ》です。よろしくお願いいたします」

一緒についてくると言った雀《チュエ》に対して自己紹介してくれた。猫猫は名前を憶えていなかったので助かった。

もう一人の新人官女、長紗《チャンシャ》と比べ、妤は無口だ。猫猫も基本、会話は受け身なので、自然と無言になる。

（これなら花街で待ち合わせをしていたほうが良かったかな）

宿舎で待ち合わせをして、終始無言で歩く。宿舎から花街までけっこう距離があるが、だからといって馬車を使うのはもったいないと思うのが猫猫だ。貧乏性なので仕方ない。

（でも、花街で若い娘を一人で待たせるわけにもいかないし）

雀も一緒に来てもらえばよかったが、緑青館《ろくしょうかん》で待ち合わせをしている。

花街《はなまち》で生まれ育った猫猫と違い、堅気《かたぎ》の娘が花街付近をうろうろしようものなら、襲われかねない。多少の気まずさは我慢しよう。

目抜き通りを抜け、柳《やなぎ》が揺れる水路の横を通り、小さな露店を横目に見ていると、歩く人種が変わってくる。

猫猫たちは、大きくてきらびやかな門をくぐる。門の両脇には門番がいて、睨《にら》みを利かせるように猫猫たちを見る。一人は顔なじみの門番だったので、猫猫が片手を挙げると、

「ああ」と頷《うなず》いた。

「なんだ、女衒《ぜげん》の真似事でもしているのか。小猫《シャオマオ》？」

門番は値踏みするように妤を見る。

「人買いなんてしてねえって」

妤は、猫猫と門番のやり取りにびくびくしている。半眼で猫猫を見るが、売り飛ばしたりしないから安心してほしい。

だが素人女《しろうとおんな》が何も知らずに花街の門をくぐろうものなら、身売り以外の何物でもない。

独特の香の匂いと、気だるい吐息が空気に混じる。朝帰りする客人を見送る遊女、行燈《あんどん》を片づける禿《かむろ》に、二階の窓からさえずる愛玩動物《ペット》の小鳥。

花街の中央通りを猫猫は堂々と、妤は恐る恐る歩いていく。

「あんまりよそ見しないで、まっすぐ前を向いて歩いてください。いきなり誰かに手を掴《つか》

まれたりしたら、大声を出すように」

「わ、わかりました」

しばらく歩いていくと緑青館に到着する。

「おっ、猫猫、久しぶりだな」

男衆頭《おとこしゅがしら》の右叫《ウキョウ》が声をかけてくる。緑青館に長くいる男衆で、左膳《サゼン》や趙迂《チョウウ》の面倒も見てくれて気風《きっぷ》がいい。

「そっちの嬢ちゃんの口利きか？　また面倒くさいのじゃないよな？」

「売らねえよ」

妤はまたびくびくしている。

なぜ猫猫が若い娘を連れて帰ってきたら、売りに来たと思うのだろうか。なお『面倒くさいの』とは梓琳《ズーリン》姉のことである。前に来た時、散々なことをやっていた。やり手婆《ばばあ》に折檻《せっかん》されて更生できただろうか。

「面倒くさい奴はどうしてる？」

「とりあえず今はおとなしくやってるよ。妹連れでやっていける妓楼《ぎろう》は緑青館の他にねえからな」

梓琳姉は、計算できないほど阿呆《あほう》ではないらしい。やり手婆はけちだが、緑青館ほど恵まれた娼館《しょうかん》はなかなかない。

妤はは居心地が悪そうに猫猫を見ているが、もう一つだけ右叫に聞くことがあった。

「例の盗人《ぬすっと》は見つかった？」

梓琳姉の客で、女華《ジョカ》の部屋に入った盗人だ。

「見つかった。軽業師だった。本来なら曲芸で日銭を稼ぐぐらいの奴で、緑青館に通える銭もない」

「なんでそんな奴が？」

「誰かに頼まれたそうだ。緑青館に忍び込んで、ある物を盗んで来いとさ」

猫猫はきな臭さを感じる。

「頼んだ相手は？」

「見つかってない。軽業師はとかげの尻尾だったわけだ」

右叫はお手上げだと降参する。

（これ以上は管轄外《かんかつがい》だな）

なら仕方ない。猫猫は本題に移る。

「じゃあ左膳いる？　今日はあいつに会いに来た」

「うーん、まだだな。この時間だと、裏の畑にでもいるんじゃないか？」

「わかった」

妤はまだおどおどした顔だ。畑に向かう猫猫についていく。

「あ、あの。目上の人のようですが、あんな言葉遣いでいいんですか？」

妤は不安そうに聞いてきた。確かに、雑な口調なのは認める。だが、長年敬語も使わずに話してきた相手に、今更丁寧な口調を心掛けても鼻で笑われるだけだ。むしろお高くとまっていると、やめさせられる。

「いいもなにも、ああやって育ってきたので。むしろ、宮廷での言葉遣いは仕事だからです」

「仕事だから」

仕事と割り切っているので、年上でも年下でも基本、丁寧な口調を心掛けている。変に砕けるより楽だからだ。

「いました」

猫猫は緑青館の裏へと向かう。猫猫が前に住んでいたあばら家近くの畑に中肉中背の男がいた。

「おーい、左膳」

猫猫が大きく手を振ると、左膳はのっそり立ち上がる。大蒜《にんにく》の収穫をしていた。疲労回復などの効用があるほか、滋養強壮効果があるので、花街《はなまち》では欠かせない生薬だ。ふっくら育った大蒜は、料理に使っても美味しそうだ。

「どうした？　帳簿の確認か？」

「いや、おまえに客人を連れてきたんだけど」

猫猫は妤を左膳の前に出す。

「俺に？」

左膳は目を細める。知り合いという雰囲気ではない。

対して、妤も渋い顔をした。

「……誰ですか、この人？」

猫猫は妤を睨《にら》む。

「ここ数年で薬屋なんか始めた、なんだか胡散臭《うさんくさ》い男」

「何気に俺、貶《けな》されてない？」

左膳が猫猫をじとっとした目で見る。

「違います。もう少しひょろっとしてて、何考えているのかわからない美形で、顔半分隠している怪しい男です！」

「何気に俺、美形じゃないって言われてない？」

猫猫は、あえて左膳の主張は無視する。

「……」

猫猫は顎《あご》を撫《な》で、首を傾げる。

「左膳、あいつ・い・る？」

「あいつ、ちょうどいる」

猫猫はあばら家を見る。

「ふぁあ、なんかあったのー？　左膳？」

緊張感が全くない寝ぼけ声が聞こえた。

あばら家から、顔を半分隠した優男《やさおとこ》があくびをしながら出て来る。だらしない格好で、帯もちゃんと結んでいない。下帯がちらちら見えている。

「克用《コクヨウ》」

ふらふらとした明るい苦労人だった。

「昨日来て、遅くなったから泊まってもらったんだよ。もしかして、俺じゃなくて、あいつに用が――」

「お医者さん！」

妤は一目散に克用のほうへと向かい、そして――。

「!?」

妤は克用を思い切り殴った。鈍い音が響く。歯が折れたのではないか、拳が折れたのではないか。そんな、加減を知らぬ音だった。

そして、まだ殴るだけならいい、妤は倒れた克用に馬乗りになってぼこぼこにしている。

「おい、やめろ！」

（なにやってんだ！　こいつ！　なにやったんだ！　こいつ！）

猫猫と左膳は、馬乗りになった妤を引きはがす。妤は涙目になって鼻をすすっていた。

「ああ。もしかして、妤？　大きくなったねえ」

克用は鼻血を垂らしながら笑っていた。顔半分を隠した布がめくれ、醜い疱瘡《ほうそう》の痕が見える。殴られても笑顔のままなのは克用らしいが、同時に不気味だ。

「君が都にいるということは――」

「はい。そうです。あなたの言う通りになりました」

妤の両拳は克用の鼻血で濡れ、震えていた。

「村は滅びました」

妤はとんでもないことを言った。

彼女のめくれた袖には、克用と同じ疱瘡の痕が見えた。


猫猫はとりあえず話し合いをすることにした。外で話すわけにもいかないので、あばら家の中に入る。必要最低限の家具しかない家なので、壺《つぼ》や桶《おけ》をひっくり返して足りない椅子の代わりにした。

「きったない所ですが」

「悪かったな」

左膳の言葉に、猫猫が答える。元はおやじと猫猫の住まいだ。

「もう少し綺麗《きれい》なところはないんですかー？　緑青館の一室借りるとかー」

いつのまにか合流してきた雀もいる。左膳や克用とは初対面だが、当たり前のようにすんなり入ってくるのが雀らしい。

あばら家に五人もいると狭くて仕方ない。

妤はまぶたを腫らしつつも、呼吸は落ち着いていた。拳で克用を殴ったので手が少し腫れている。

克用は口の中を切っているが、歯は折れていない。女の拳とはいえ、抵抗もせずに殴られたら痛いはずだが、本人はへらへらしている。鼻に布切れを突っ込んで鼻血を止めているのが格好悪い。

「さて、妤と克用は知り合いみたいだけど、一体全体どういうことか説明してくれますか？」

猫猫は欠けた茶碗に白湯《さゆ》を入れて配る。茶菓子はないのか、と雀が見るがそんなものはない。

「僕から説明しよか？」

克用が言った。妤はまだ鼻をすすっていて上手く話せそうにない。

「お願いします」

「猫猫には、僕が呪《まじな》い師《し》にやっかまれて、村を追い出されたって話はしたよね」

確か聞いたことがある。克用と会ったのは、二年ほど前だったろうか。疱瘡《ほうそう》の痕のせいで船に乗れなかったところを助けた縁だった。初めての西都訪問の帰りだ。

「その村が、妤とその家族が住んでいた村だよ」

「村が滅びたというのは？」

聞き捨てならない話だった。

「蝗害《こうがい》が原因か？　確か蝗害が起こったのを克用のせいにされて、追い出されたとか言っていたよな」

「うーん、正しくは違うかなー。僕の予想だとー」

「流行病《はやりやまい》です。疱瘡でした」

妤が答えた。

「疱瘡」

感染力、致死率ともに高い病だ。高熱のあとに発疹《はっしん》ができ、生き永らえても発疹が膿《う》んで痕が残ることが多い。

「克用のその顔も、その時に？」

「いや、僕は村に来る前から疱瘡にかかってたよー。やばいよね、疱瘡。ほんと、死にかけたわー」

相変わらず、克用らしい緊迫感の欠片《かけら》もない声だ。

「私たちの住んでいた村は、都からずっと離れた北西部にある開拓村でした。森を切り開き、畑を作っていました。まだ新しい村で、畑の作物だけでは足りないので、切り倒した材木を売って外部から食料を手に入れていました」

「なるほど開拓村ですか」

猫猫は村が滅びた理由がわかった。

「食糧難になると、まず最初に打撃を受けますね」

開拓する人たちは土地を持たない貧しい者が多い。

蝗害が起こる。

食糧が高くなる。

備えがない開拓村は買えなくなる。

餓える。

体力が落ちる。

病気になる。

流行病に襲われれば、まず見捨てられる場所だ。地図に名を遺す前に消えてしまう。すぐに誰からも忘れ去られ、なかったことにされる。

ゆえに、中央まで知らせが来ず、問題にもされない。

「僕が出て行くしばらく前に、近隣で疱瘡患者が出たという話を聞いていたんだよねー。

もしかしたらと思ったんだけど――」

「その前に、克用さんは私たちの村を出て行きましたよね？」

妤が声を低くして言った。

「なんで！　なんで、置いていったんですか！　私たちは医者も呼べず、どんどん死んでいったんですよ！」

妤の腫れた目からまた涙があふれそうになる。

「追い出されたんだよ」

克用の声はなだめるように落ち着いていた。

「村長にあんまり好かれていなかったし、僕に配る食糧なんてなかったんだろうねぇ。出て行かなきゃ、僕は呪《まじな》いの贄《にえ》にされてたんだ。僕がやっている処置こそ呪《のろ》いだとも言っていた」

克用に非はない。医者である克用を追い出すことにした村長が悪い。

そんなの妤もわかっているはずだ。

だが、まだ十代半ばの娘にとって、理性でわかっていても感情は爆発してしまう。

「それでも！　あなたが残ってくれてさえいれば！」

妤が立ち上がり、涙をぽろぽろ落とす。

克用は追い出された。その後、疱瘡《ほうそう》が流行《はや》り、村人がどんどん倒れていく。なすすべもなく、ただ見守るしかできない。妤にとって、それはどんな生き地獄だっただろうか。

「克用さんが、克用さんがいてくれたら……」

克用はすでに疱瘡にかかっていた。疱瘡に一度かかった者は、二度はかからないと聞く。また、医療知識がある克用が残ることで、助かる命はあっただろう。

「ごめんね。ごめんね」

克用は謝るが、彼に非はない。彼を追い出すことは村長が決めたことだし、出て行けと言われたら、立ち去るほかないだろう。妤が殴りかかったのはどう見ても言いがかりだ。でも、彼女自身それはわかっている。わかっているが、何もできないやるせなさを、大人である克用にぶつけているのだろう。

(それにしても、馬乗りになって殴るとか。お育ちがよろしいようで)

相手が克用でなければ、反撃にあっただろうに。

「なんで、なんで、残ってくれなかったんですか!」

「ごめんね」

(ちゃらそうだけど案外大人だ)

克用は腫れた顔に笑みを浮かべ、泣きじゃくる妤の頭を抱く。

「さーて、感動の場面のところ悪いですが、質問があるんですけどぉ」

雀が話の腰を折ってきた。

「たしか、妤さんは家族で都にやってきたと言っていましたねぇ。村は滅びても、ご家族はみんな無事だったんですかぁ？」

雀は鋭いところを突く。猫猫も不思議に思った。

泣きじゃくっていた妤は少し落ち着いたのか、白湯《さゆ》を飲んで息を吐く。

「私の場合は、流行する前に、克用さんに処置してもらいました」

「処置？」

猫猫はぴくんと耳を震わせて、興味深そうに克用を見る。左膳も多少気になるのか、真剣な顔をしていた。

「昔からある方法だよー。疱瘡《ほうそう》は一度かかると、二度めはかかりにくい。だから、健康な時に疱瘡にかかっておくんだよー」

「もしかして、毒を弱めた膿《うみ》を体内に移植する方法？」

おやじこと羅門《ルオメン》から、ちらっとだけ聞いたことがあった。

「うん。疱瘡のかさぶたを取っておくんだ。かさぶたでも一年近く病の原因になるからね」

「そ、それ、私にもできないか？」

「うーん、やってあげたいのはやまやまだけど、手元にちょうどいいかさぶたがないし、何より失敗することもあるから難しいかなー」

克用は腕を組んで唸《うな》る。

「失敗？　重症化するってことか？」

「数十人に一人くらいやばいねー。たまに死ぬ。あと、痕が残る」

「猫猫さんに痕が残ると困りますねぇ」

雀が白湯を飲みつつ言った。猫猫としては元々傷だらけなので、今更痕が増えても問題ないと思っている。

「たまに死ぬって。考えてしまうな」

左膳は眉間にしわを寄せる。

「もっと毒性の弱い安全な方法が取れたらいいんだけどねー」

克用は遠い目をする。

「そんな危ない方法をこんな若い娘さんに試したんですねぇ。親御さん、怒りませんかぁ？」

「父は昔、疱瘡になったことがありました」

雀の質問に、克用の代わりに妤が答える。

「開拓村に来たのも、疱瘡で家族を亡くして貧しい生活を強いられていたせいもあります。私も最初は恨みました。高熱で苦しみましたし、こうして肌には一生ものの痘痕《あばた》が残りましたから」

妤は、袖をめくって痘痕を見せる。

「妤のところの小父《おじ》さんは親切だったなー。飢え死にしかけの僕を拾ってくれて助かったよー。でも村の人たちから僕は不気味だって嫌われていたけどねー」

また、暗い過去を笑い飛ばす克用。

「結果、私たち家族は生き残りました。村人はほぼ死に、生き残った子どもを引き取って都に来たのが三年近く前のことです」

猫猫が克用と会ったのは二年と少し前なので、それまで克用はふらふらしていたことになる。

「家族を養うために後宮《こうきゅう》勤めをはじめたわけですね」

「はい。お医者さんが簡単な字を教えてくれていたおかげで、後宮で勉強するのにも役に立ちました」

妤が優秀とされた理由がわかった。

「そんな恩人を殴ったのか？」

左膳が至極《しごく》冷静に言った。

「……はい。わ、わかってるんです、わかってるんですけど、どうしても……」

「そうですねえ。多感なお年頃ですから、感情の表現もへたくそになりますよねぇ」

雀が知ったかぶっている。

「あと、言葉足らずな気もしますね。最初から、顔に痘痕《あばた》がある男だと言えばいいのに」

「言葉足らずは猫猫さんが言うことじゃないと、雀さんは思いますよぅ」

雀はそう言って、家捜《やさが》しを始める。竈《かまど》の蒸籠《せいろ》に饅頭《まんじゅう》が一つだけあった。

「これだけですかぁ。しけてやがんなぁ」

「勝手に他人の朝飯取るんじゃねえ」

左膳が怒る。

「さて、いろいろあったものの、一応お望みの訳あり薬師《くすし》、いや、医者に会わせたのですが、これからどうしますか？」

猫猫は妤に確認する。

「克用さんの安否がわかったならそれでいいと思っていました」

「僕も妤と小父さんたちが元気ならそれで安心だよー」

克用はにこにこ笑う。

「でも、妤は僕の安否以外にも知りたいことがあるみたいに見えるなー」

「はい。また、疱瘡《ほうそう》が流行したとき、どうすればいいでしょうか？　それを聞きたくて来ました」

「うーん。僕はわかんないー」

「『僕』は？」

猫猫が聞き返す。妤だけでなく、猫猫も耳を大きくして聞きたい話だからだ。

「僕のお師匠さんが疱瘡《ほうそう》とか流行病《はやりやまい》の研究をしていたんだけどー」

「けど」

「死んじゃったなあ」

「なんだ……」

　猫猫はがっくり肩を落とす。

「たぶん、いい所まで進んでたと思うんだー。僕ともう一人が同じ条件で、疱瘡の種を植え付けられて、僕はこの通りだけどもう一人は全然大丈夫で。たぶん、もう一人が植えられた種が弱毒化した種だったと思うんだけどー」

「ちょっと待った」

　猫猫は手のひらを見せて制止する。

「なんか聞き捨てならないことを聞いた気がする」

「聞き捨てならないこと？　ああ。僕ともう一人、僕の双子の弟なんだけど、実験の比較にちょうどいいからって、師匠に引き取られたんだよー」

　また重い過去を軽く言ってくれた。

「いや、それも重要だけど、弱毒化って」

「弟は、かなり毒性が弱まった疱瘡の種を植え付けられたらしいんだけど、記録に残っていないんだよねー。師匠死んじゃったからもうわかんないかー」

「その弟はどうしたんだ？」

左膳が何気なく聞いた。

「死んだー」

にこにこと笑いながら言った。

「だから、師匠の研究は誰もわからないー。ごめんねー」

両の手のひらを合わせてかわいこぶる克用。

「……疫病をなくす方法はないんでしょうか」

妤は顔を伏せる。

「難しいだろうねー。それこそ華佗《カダ》の書でもあれば、違うのかもしれないけどさー」

猫猫は白湯《さゆ》を噴き出しそうになった。

（今、ここで言う？）

「華佗っていったら伝説上の人物だろうが。んなもんあるわけねえだろ」

「それがねー。師匠はあるって聞いたんだってさー。百年近く前に華佗とか呼ばれていた医者がいて、その秘術を子孫が隠し持っているとかー」

「眉唾《まゆつば》だな」

左膳は雀から饅頭《まんじゅう》を取り返すのを諦めたらしく、白湯を飲んでいる。

（華佗か）

猫猫は腕を組みつつ、考える。力んだせいか、ぐうぅっと腹が鳴った。

「そういや、飯まだだった」

「ごはんにしましょ、しましょ」

雀が饅頭《まんじゅう》を食べ終わり、他に食えるものはないかとまた家捜《やさが》しを始めた。

猫猫は通りにあった露店を思い出し、串焼《くしや》きを買いに行くことにした。


露店の串焼きを食べ終え、猫猫は口を尖《とが》らせていた。

狭い緑青館の薬屋の中に、猫猫と左膳、そして妤がいる。何をしているのかと言えば、在庫と帳簿の確認だ。

妤と克用を引き合わせる仕事を終えたので、妤の勉強も兼ねて薬屋に来ている。

「おい、最近薬草代ふんだくられてないか？」

猫猫は、目を細めて仕入れの値段を確認する。

「そうだろう？　高いだろう？　でも、この値段じゃねえと克用が売らねえって言うんだよ。湿地の薬草は克用からしか買えねえのに」

左膳がぼやく。肝心の克用と言えば、薬屋の店が狭いので外で雀と共に、子どもたちと遊んでいた。

趙迂も一緒に遊んでいる。猫猫と目があったが無視してきたので、多感なお年頃であることを差し引いても腹が立った。

「あー、これも高い。湿地でしか育たないからって足元見やがって」

畑で薬草を栽培するのにも限りがある。限られた入手経路だとどうしても、強くは出られない。

(宮廷が買い占めているのも値上がりの原因かもしれないな)

薬の消費が激しくなっている。理由は、軍部の使い過ぎだけではない。昨年は、西都に大量の食料や薬を届けてもらった。その時の値上がりがあとに響いているのだろう。

「妤さん、そのうち買い付けにも行かされるから、生薬の相場は覚えておいたほうがいいです」

猫猫は妤に帳簿を見せる。本来、軽々しく見せるべきものではないが、悪用することはなかろう。

「基本、他の医官と一緒に買い付けに行きますが、悪い業者は医官が離れたときを狙って売りに来ます。『あと残りこれだけ』、『今後いつ手に入るかわからない』とか言ってきたら要注意です。粗悪品を掴《つか》まされることもありますので」

「わかりました」

「俺も何度かやられたわー」

左膳がふうっと息を吐く。

「左膳は商売下手そうだからな」

「うっせー。元農民だ、こら」

「元農民」

そういえば現役農民こと羅半兄《ラハンあに》に頼むのはどうだろうか。芋と麦の他に、生薬の栽培を手掛けてくれないかと打診してみようか。

(燕燕《エンエン》に貢《みつ》ぐ香辛料を作るからムリだとか言い出さないよな)

その香辛料の多くが生薬にもなる。余ったら分けてもらおうと画策する。

猫猫は、帳簿の確認を終えると、在庫を調べる。ついでに左膳が調合した薬を確認した。

「ど、どうだ?」

左膳は猫猫の表情を窺《うかが》う。

「悪くない。良くもない。及第点」

「なんだよ、それ。ちゃんと習った通りに作ったのに」

「習っただけじゃなく、どうすれば飲みやすくなるかとかも考えてみろ」

左膳は口を尖《とが》らせつつ、帳面《メモ》を取り出す。帳面には配合法などが書かれていた。左膳は、これといって特に頭がいいわけではないが、勤勉なのは美徳だ。

(ついでに調薬も教えておくか)

「好さん。ここにある材料で知っている薬を作れますか?」

「熱冷ましと切り傷用の軟膏《なんこう》くらいなら」

「じゃあ、作ってみてください」

猫猫はその間に在庫の確認の続きをする。

妤の動きはぎこちないが、作り方は間違っていない。

「克用から教わったのですか？」

「はい。お医者さんは、村の子どもに読み書きや薬の作り方を教えていました。開拓村ということもあって、怪我《けが》は絶えませんでしたので」

妤は無口だと思っていたが、意外とぺらぺら話してくれた。

「克用は妤さんの家族以外には、疱瘡《ほうそう》の処置はしなかったんですか？」

「はい。疱瘡の恐ろしさを知っていたのは、私の父くらいで他の村人は話も聞きませんでした。特に村長は呪《まじな》い師《し》も兼ねていたので、克用さんが邪魔だったのでしょう。ただ数人の子どもにはこっそりしていたようです。その子たちが今、都に一緒に来ている子どもです」

(勝手にやってたんかい)

とはいえ、結果的に子どもの命を救うことになった。

「ついてねえなあ、克用」

左膳は帳面を確認しながら話に加わる。

「どう見たってあいつに非はないだろう？」

なんで殴ったのかわかんねえ、と左膳の目は言っていた。妤は気まずそうに顔を下げて、すりこ木で薬草をすりつぶす。

猫猫はそっと薬屋の外、緑青館の玄関広間《ロビー》を見た。

(知らない男衆が増えているな)

壬氏《ジンシ》が手配した護衛かもしれない。翡翠牌《ひすいはい》については女華の名前は出していないが、調べはついているだろう。

(ここは問題ないか)

ちょうど玄関広間に女華がやってきた。

「じょ……」

猫猫は声をかけようとしたが、女華はやり手婆《ばばあ》と話していた。

やり手婆は女華に帳面を見せている。

「女華小姐《ねえちゃん》はやり手婆のあとを継ぐんだとよ」

ひねくれた声が上から聞こえた。猫猫が顔を上げると趙迂がいる。

「婆もとうとうがたがきたか」

「そうじゃね」

趙迂はそれだけ言うと、また雀たちの元に戻った。雀は空竹回し《コマ》をしていて、禿《かむろ》たちだけでなく、通りすがりからも拍手を貰《もら》っていた。ほぼ左手だけしか使っていないのに、どうやっているのか不思議でたまらない。

その足元には、子猫が数匹じゃれていた。近くで貫禄《かんろく》が出てきた三毛猫の毛毛《マオマオ》が子猫たちを眺めている。あやつの子らだろう。

（やっぱ引退するんだな）

女華は、妓女《ぎじょ》をまとめる立場になる。やり手婆の仕事は多いので、すぐに代わるわけではないだろうが、女華の妓女としての仕事は減らしていくはずだ。

緑青館の三姫《さんき》はそうなると白鈴《パイリン》一人になる。いや、李白《リハク》が身請けすれば出て行く。

猫猫は小さな頃の記憶を呼び起こす。

大きな簪《かんざし》を何本も挿して、たっぷりした衣装にふんわりとした帔帛《ひはく》。白い頬に赤い紅をさした美しい三人の妓女。

赤い毛氈《もうせん》の上を滑る裾を何度追いかけただろうか。

赤い提灯《ちょうちん》の温かい光に照らされ、残像を作りつつ踊る白鈴。

優しい声としなやかな手つきで駒を操り、客人に有無を言わせない一手を放つ梅梅《メイメイ》。

尊大な態度を取りつつ、相手を唸《うな》らせる詩を紡ぎ出す女華。

（もうあの光景は見られないんだな）

懐古主義と言われると癪《しゃく》だが、猫猫はひとつの時代が終わる空気を寂しく思った。

十七話　禁猟区

忙しい部署に配置されてから時が経《た》つのが早い。いつのまにか蝉《せみ》が忙《せわ》しく鳴く季節になっていた。

猫猫《マオマオ》は普段の業務のほか、医官たちと同じ教育を受けていた。西都行きが決まったとき、すでに卒業できたと思っていたが――。

「医者は生涯勉強だ。腕が鈍っていないか見る。西都組は今後新人医官たちと同じ研修を受けるように」

医官の頭である劉《リュウ》医官に言われると、猫猫は「はい」と言うしかない。

そして、研修というのは――。

「今日はどこの牧場へ向かうんですかね」

猫猫は馬車に揺られている。猫猫の前には李《リ》医官と天祐《ティンユウ》が座っていた。

以前、腑分《ふわ》けの前段階の練習として、家畜や狩猟動物の解体をした。もう一度復習のためにやってこいとのご命令だ。

何度か解体に出かけたが、天祐はともかく李医官が一緒なのは珍しい。

「今日は牧場ではなく、狩猟場へと向かうそうだ」

「今の時期ってこの付近は禁猟期間じゃないんですかー？」

「……」

李医官が黙った。禁猟、すなわち猟を禁ずる。

猫猫は猟師ではないので詳しいことはわからないが、動物の繁殖期間は避けるという。

「華央州《かおうしゅう》では春から夏にかけて地域によって禁猟しますよね。この近辺は今年禁猟のはずですけどー」

「なんで詳しいんだ？」

李医官が、やけに鋭い天祐を疑いの目で見る。

「だって、ここ俺の地元ですもん」

猫猫は思わず立ち上がった。

「危ないぞ！」

李医官の言う通り馬車は揺れ、転びそうになった。猫猫は慌てて座り込む。

「なにやってんの、娘娘《ニャンニャン》」

「ってか、地元？」

「うん、地元。どうしようかな、親父に見つかるとたぶん干し肉にされちゃう」

（劉医官もなんでまたそんな場所に？）

天祐を医療の世界に連れて来た劉医官なら、それくらいわかるはずだ。

「まー、だからなんで禁猟期間なのに、狩猟が行われているか想像がつくんだけどね」

李医官が視線を逸《そ》らす。

「禁猟なのは猟師だけ。金持ちやお偉いさんは除外されるんでしょ？」

「……」

李医官は嘘《うそ》をつくのが苦手そうだ。無言が肯定を意味していた。

「んでもって、今回はただの金持ちじゃない。お偉いさん。いいところのぼんぼんってところかな？」

「なんでそこまでわかる？」

「ははは。ここらの狩猟場を締めているのはうちの親父だもん。前々から宮廷関係の仕事は好きじゃなかったし、俺が家出してから受けるのは完全にやめたんじゃないかな？」

「……」

李医官はまた無言になる。ちゃらんぽらんで解体大好きな天祐だが、頭はいい。

「お偉いさんは狩った獲物を調理して食べたいけど解体は難しい。だからたまに近隣の猟師を雇うんだよ」

「それで、今回解体役に選ばれたのが私たちというわけですか」

「そうそう」

たしかに動物の解体なら、天祐の右に出る者はいないだろう。

「劉医官苦渋の決断だったんじゃないですかね？　医官を解体要員にするって普通はありえませんし」

人体の腑分《ふわ》けはもちろん秘密だが、動物の解体も良く思われない。

「いつもの劉医官なら断ると思うんだけどなー」

確かに劉医官らしくないと猫猫は思う。

「いや、場所の指定は劉医官じゃない。そもそも劉医官だったら、そんなくだらないことに医官を使うなと断るだろう」

「つまり劉医官には内緒で、私たちが呼ばれたわけですね」

「うわー、ばれたら劉医官怒りそー」

「言うな。上には上の事情というものがある」

李医官も李医官で大変だ。

「他の人員はいなかったわけですか。正直、天祐さんがいたら不安で仕方ないですけど」

「俺も娘娘がいたら不安で仕方ない」

「それがな。医官は指名でな。『何事にも動じない』人間が条件だそうだ」

「何か起こりそうな予感しますね」

猫猫はその中に選ばれたのは光栄と思うべきか否か考えてしまう。

「解体するときは、専用の小屋でばれないように行う。あと服も着替えて覆面もするぞ」

「えー暑いー」

「のぼせないように気を付けないといけませんね」

猫猫は数年前にあった避暑地の出来事を思い出す。あの時は壬氏《ジンシ》が熱中症にかかり、さらに暗殺者に狙われると、散々なことが続いた。

（そのせいで蛙《かえる》を知る羽目に）

猫猫は遠い目をしつつ、疑問を口にした。

「でも、他に狩猟区はあるのに、なんでここを選んだのでしょうか？」

「それがな。ここに鴆《ちん》がいるという話があって――」

「鴆!!」

猫猫は目を輝かせる。鴆とは猛毒を持った鳥だ。歴史上、何人もが鴆毒によって暗殺されたという記録があるが、実在は怪しいとされている。

伝説ではなく実在するなら猫猫は見てみたい。

「娘娘の前で毒の話したら駄目だよー」

「うっ、つい」

李医官は後悔していた。

「狩るんですか？　できれば生け捕りに。ああ、あらかじめ言ってくれたら、鴆の毒にも耐えられるようにいろいろ準備してきましたのに」

「娘娘は伝説の鳥が実在すること前提で話してるねー」

「残念だが、猫猫は解体作業には加わらないぞ」

「えっ？」

猫猫は口をあんぐり開ける。

「な、なんでですか？　暑さにも耐えられますし、何なら内臓の洗浄も私がやりますよ！」

腸には排泄物《はいせつぶつ》が詰まっているので嫌われる作業だ。今回は率先してやる。

「別の仕事がある。お得意だろう？　毒見役だ」

李医官ははっきり言った。

（あっ）

これは何か仕組まれているやつだ、と猫猫はようやく気が付いた。

狩猟場に到着し、猫猫は李医官たちと別行動をすることになった。

「お待ちしておりました」

普段、ここで迎えに来るのは雀《チュエ》だ。だが今日は違う人物である。

「虎狼《フーラン》」

「はい、親しげに呼び捨てにしていただけるなんて光栄です」

にこにこと笑う弱冠《はたち》に満たない青年。柔和な笑みと腰の低さに騙《だま》されてはいけない。猫猫はこやつのせいで戌西州《いせいしゅう》を転々と逃げ回り、挙げ句盗賊たちに殺されかけたのだ。

(誰も親しげにしてないから！)

表向きは西都の長《おさ》の鴟梟《シキョウ》の弟であり、玉袁《ギョクエン》の孫。現在、壬氏の下《もと》で働いているが、半分は西都追放だろう。何を考えたのか、この男は実の兄より壬氏のほうが西都の長にふさわしいと思い、実兄の抹殺を試みた危険人物である。

「月の君の命《めい》によりお迎えに参りました」

「へいへい」

猫猫は面倒くさそうに返事をする。周りに誰かいるときならともかく、虎狼に対して丁寧な態度をとる必要はないと思ったのだ。

猫猫を呼び出すためにわざわざ医官を解体役に選んだというわけだ。猫猫は指名で、他の二人はとばっちりを受けたのかもしれないが、天祐がやってきたのは奇縁といえよう。

「おや？　驚くかと思いきや冷静ですね。すでに誰かから説明を受けられましたか？」

「なんとなく想像がついただけ」

猫猫が不機嫌なのは、相手が虎狼なのもあるが、もう一つあった。

「もしかして、鴆《ちん》が出るというのも嘘《うそ》では……」

「猫猫さま。うちの姉よりも怖い顔をしております。ご安心ください。伝説の毒鳥の話は、狩りに誘った者が持ってきた話です」

「本当ですか？」

「近いです、近い」

猫猫は虎狼に詰め寄っていた。

「ともかく移動しましょう」

猫猫は虎狼についていく。


虎狼が案内したのは、天幕が張られた広場だ。大きな天幕が一つ、やや小さい天幕が三つある。戌西州でよく見た住居のような天幕だ。

天幕とは別に、近くに大きな建物が見える。

「月の君はあちらにいらっしゃるのですか？」

「いえ一応、別荘に部屋を用意されていたんですけど、僕が却下しました」

「なんで？」

確かに立派な天幕だが、別荘のほうが豪華だろう。

「この天幕なら入口は一つです。変な虫一匹入れません。何がいるかわからない家屋より天幕のほうがいいと月の君もおっしゃいました」

「変な虫。あー」

猫猫は、壬氏がまだ顔を隠していた時代を思いだす。あの時ですら、精力剤を食事に盛られて大変だった。

「別荘を断るのが大変じゃなかったか？」

「ええ。ですから月の君は狩りのほかに、野営を楽しむ趣味があるとお伝えしました。中央のかたは大変ですね。天幕の一つも持っていらっしゃらないので」

猫猫は周りを見る。ぽつぽつと遠くに天幕らしき物を組み立てては壊している人の群れを発見する。何をしているかといえば、上司が野営するのに部下が別荘というのは居心地が悪いらしく、見様見真似で天幕を建てている。

「今回はどの高官のお誘いなんだ？」

「今回は名持ちの一族の優秀な若者たちの集まりです。皇族とて息抜きが大切ですし、次代の高官候補と顔を合わせる必要もあります。ですが、月の君は真面目すぎて、それらを断り続けていたと言えばどうでしょうか」

「そろそろ断りにくくなってきた？」

「はい。政《まつりごと》に人間関係は必須ですから。あと今回の集まりには、少し思うことがありまして」

（思うことねえ）

虎狼は天幕の入口をめくる。

「月の君、ただいま戻りました」

「遅かった――、なあっ⁉」

壬氏は驚いている。

「毒見役、参りました」

猫猫は丁寧に頭を下げる。

驚く壬氏のほか、訳知り顔の水蓮《スイレン》と桃美《タオメイ》がいる。護衛として馬閃《バセン》もいたが、母親と同じ職場で居心地が悪そうだ。

密閉された天幕は意外と涼しい。中のあちこちに大きなたらいに入った氷柱《こおりばしら》があり、護衛が団扇《うちわ》であおいでいた。換気は天窓でやっている。

「な、なんでおまえがいる？」

壬氏は慌てている。馬閃も目を丸くしているが、侍女二人はにこにこしていた。

「月の君の命《めい》ではなかったのですか？」

猫猫は水蓮を見る。

「小猫《シャオマオ》が適材だと思うから私が呼んだのよ」

適材かどうかわからないが、きな臭い雰囲気は嗅ぎ取った。

（前は面倒ごとに頻繁に呼ばれていたけど）

猫猫が壬氏を受け入れれば受け入れるほど、壬氏としては距離を取りたがっているようにも思える。

壬氏は誠実であり、損な性格だと猫猫は常々思う。

「水蓮、私は聞いていないぞ」

「失礼いたしました。変に気を回しすぎましたね？」

くすくすと笑う水蓮は、おばあちゃんなのにとても可愛らしく見える。

（この人が壬氏の実の祖母かあ）

この天幕の中の他の人物はどれだけ知っているだろうか。確実に馬閃は知らないことだけはわかる。

「とりあえず座ってくれ」

壬氏に言われ、猫猫は空いた椅子に座る。水蓮がいつも通り茶を用意した。

「月の君が若者同士の狩りに参加とは珍しいですね」

桃美の前なので壬氏とは呼ばない。

「まあな。いろいろあるんだ」

「どんな面倒くさいことですか？」

壬氏はむっと口を尖《とが》らせる。一瞬、躊躇《ためら》ったような気がしたが、猫猫に話したほうがいいと判断したらしい。姿勢を正して両手を組む。

「最近、武官たちに小競《こぜ》り合《あ》いが多いことは知っているな？」

「ええ、迷惑を被《こうむ》っています」

おかげで猫猫の仕事が増えている。

「皇后派、皇太后派などと呼ばれているが、主に動いているのは若者たちだ。何かしら大義名分を掲げて暴れたいようだ」

（あんたも若者だろうに）

猫猫は黙って話を聞く。

「その中で特に暴れている集団が今回、この狩りに参加している。皇太后派の連中だ。名持ちの会合の時に意気投合して狩りをしようという話になったらしいが、どうもきな臭くてな」

「その目論見《もくろみ》を探るために参加したのですか？」

「そういうことだ。何か事が起きる前に、火種は消しておきたい」

ほうと猫猫は納得しつつ、同時に唸《うな》る。

「危険はありませんか？」

「仮にも皇太后派の連中は私に危害を加えたりしないだろう。あるとすれば、妙な計画に加担させられるくらいだろうな」

壬氏本人の思惑はともかく、周りから見れば、壬氏は皇太后派だろう。まさか、味方だと思っていた人物から探りを入れられているとは、若者たちは思うまい。

（他にもいろんな危険はあるけど）

「身内の美女をあてがわれそうですね」

「……」

壬氏が猫猫を睨《にら》む。

「ご安心を。この世に月よりも美しい人はおりません」

「なんだそれは」

壬氏は苦笑する。以前ならこんなことを言えば怒るか呆れるかだったが、今日は違うらしい。そして、猫猫は壬氏に本題について聞かねばならない。

「ところで狩りはいつ始まりますか？」

「狩りは半時《いっじかん》後に始まる。昼餉《ひるげ》は挟まないので、猫猫はこの天幕でゆっくり待っているといい」

「私も参加してはいけませんか？」

「はあ？　狩りだぞ。弓矢は使えるのか？」

「もちろん使えませんが、もしどなたかが毒にあたったら危険でしょう？」

猫猫は目をきらきらさせる。壬氏は猫猫を疑うような目で見る。

「もしかして、伝説の毒鳥の話を信じているのか？」

「人は誰しも生きていくのに夢と浪漫《ロマン》が必要です」

猫猫は婉曲《えんきょく》に「はい、そうです」と伝える。

「普段のおまえからは全く聞くことがない単語だな。夢と浪漫」

壬氏は呆れつつ、水菓子《フルーツ》を食べる。中身は砂糖で煮た桃であるらしく、砕いた氷が添えられている。前回の避暑地とは違い、今回は水蓮、桃美と優秀な侍女が二人もいるため食事には困らないようだ。

（この二人がいれば、変な女に夜這《よば》いをかけられることもあるまい）

あと、地味に虎狼がその手の暗躍が上手そうだ。

「伝説の毒鳥なんて噂《うわさ》だ、噂。見つからなくても落ち込むなよ」

「羽根の一本でも落ちていないか確認します」

血眼《ちまなこ》で地面を這《は》いつくばってでも探す気でいる。

「猫猫ったら、しつこいわねえ」

水蓮が猫猫の前にも煮た桃を出す。食え、と壬氏が合図するのでありがたく匙《さじ》を伸ばす。柔らかい果肉は甘くて美味しい。

「以前、調べてほしいと言われてたことについてわかった。古い話だったため時間がかかってしまった」

「どうでしたか？」

猫猫は匙を置いた。壬氏はちらっと周りを見る。

視線の意図を汲《く》み取ってか、水蓮が虎狼を、桃美が馬閃の背中を押す。

「えっ、僕がいてはいけませんか？」

甘えた顔を見せる虎狼だが、猫猫としても追い出したい。かわい子ぶった顔がさらに腹が立つ。

「私もですか？」

「馬閃は虎狼を押さえていなさい」

「……わかりました」

馬閃は納得いかない顔だったが、母親である桃美の命令には一応従う。

二人がいなくなったあとで、ようやく壬氏が口を開く。

「実名は残されていない。ただ、『華佗《カダ》』と呼ばれていた皇族の物だと考えられる」

「華佗……」

猫猫には聞き覚えがある名だ。

「知っているようだな。医官の間では有名な名だと聞く」

「伝説の医者の名です」

「そうだ。しかし、皇族の間では他の意味でも知られている名だ。かつて禁忌《きんき》を犯し、処刑された元皇族と聞いている。これも知っているな」

壬氏が言いたいことはわかる。猫猫は以前、説明を聞いていた。

「はい」

「どういう人物か話してみろ」

猫猫は息を吐く。

「皇族でありながら優秀な医官であったそうです。伝説の医者の名前で呼ばれるほど優れた技術の持ち主で、常に新しい技術を求めた。しかし、その人はあろうことか当時の皇帝が一番可愛がっていた皇子の遺体を腑分《ふわ》けしたと聞きました」

壬氏は何も言わずに頷《うなず》く。

「たとえ同じ皇族であろうとも許されることはなく処刑され、その名は抹消されたと聞きました。医官が今も腑分けを禁忌としている理由だと聞いています」

「その通りだ」

「翡翠牌《ひすいはい》は、その『華佗』の物だというのですね？」

「そうだ」

猫猫はぎゅっと目を閉じる。

翡翠牌が削られている理由も十分だ。医官がこっそり、しかも罪人だけを腑分けするというのは、遺体を損傷されると、もう生まれ変われないと信じられているからだ。

（死んだらただの肉）

そう思えるほどに、当時の皇帝が割り切れるわけがなかろう。

「ここにその者の翡翠牌があるということは、生前、華佗が誰かに渡したということだな」

「……そうでしょうね」

「そんなことをする相手は——」

「子を孕《はら》んだ女でしょうね」

猫猫は頭を掻《か》く。

「猫猫」

「はい」

「華佗は数代前の皇族の血筋だ。今更、主上がその子孫を罰しようとは思うまい」

「だと信じております」

「しかし、翡翠牌《ひすいはい》を手に入れようとする者がいるのは問題だ」

女華《ジョカ》は翡翠牌が盗まれそうになったから、身の安全を一番として猫猫に相談した。

「持ち主は翡翠牌を放棄しました」

猫猫ははっきり言った。ここだけはちゃんと言っておかねばならない。

「持ち主は女だったな」

猫猫は相手が女だと一度も話していない。やはり名前を出さなくても壬氏は調べ上げた。だから、緑青館《ろくしょうかん》に新しい男衆が増えていたのだろう。

「抹消された名が彫られた、しかも真っ二つになった牌を手に入れてどうするんです？」

「大義名分は取ってつけるものだ」

「そんな、劇じゃあるまいし」

「劇のようにふざけた理由で国は滅び、興《おこ》っているんだぞ」

壬氏の目は真剣だ。

こんな話は虎狼にも馬閃にも聞かせられない。虎狼は勝手に何をしでかすかわからないし、馬閃は真実を隠し通すという素養が本人になさすぎる。

「皇太后の愛人が国を興そうとしたり、宦官《かんがん》が建国しようとしたこともあったぞ」

「しようとしたり、ということは乱で終わるわけですね」

「ごくたまに成功する」

「歴史って嫌なものですね」

壬氏は遠い目をしていた。多くの歴史書にふざけた記述がいくつもあったのだろう。

「月の君」

「なんだ？」

桃美の手前、『壬氏』呼びができないからか、壬氏の声はあまり楽しそうではない。

「その華佗の末裔《まつえい》についてなんですが」

猫猫は、どうしようかと考えている。

（もう一人、末裔を知っているんだよなあ）

天祐だ。別にあやつのことはどうでもいいが、口にすることで劉医官や楊《ヨウ》医官に迷惑をかけたくない。

（だけど）

今の状況は、絶対話しておかねばならなかった。

「天祐という医官は覚えていますか？」

「ああ。あの癖がありそうな若い医官だろ？」

壬氏は覚えていた。桃を匙《さじ》で切って口に入れる。

「あいつも華佗の末裔《まつえい》です」

「ぶっ⁉」

猫猫の顔に桃の欠片《かけら》が付く。

「あらあらまあああ」

水蓮が即座に猫猫の顔を拭く。やんごとなき美しい貴人に食べかすをぶっかけられることは、一部の方にはご褒美かもしれない。でも、猫猫にとっては、『汚い』の一言だ。

「す、すまん。いきなり何を言うかと思えば」

「いえ。まだ、確信が持てない話なので、口にするかどうか迷っていたのですが」

猫猫は、天祐が猟師の息子であること、祖先に華佗のお手付きになった娘がいたことを話した。

「そうか、あの天祐か」

医官たちの腑分《ふわ》けの内容については、壬氏もいくらか知っていたらしく、納得したような不可解な点があるような、複雑な表情をしている。

「じゃあ、この翡翠牌《ひすいはい》について知っているのではないか？」

「それについては本人に確認していません」

猫猫はきっぱり言った。

「なぜだ？」

「天祐という人間は好奇心のために医官になった男です。生き物の腑分けを生きがいとし、劉医官の適切な手引きがなければ今頃、墓荒らし、いや殺人鬼にでもなっていたでしょう。今でも、変に興味を引く情報を与えると、自分の身の安全など考えず、周りを巻き込み、大騒ぎをして、多大な迷惑をかけるはずです。不用意に話ができるわけがありません」

「なんでしょうか？」

壬氏と水蓮の視線がそっと猫猫へと向けられる。むず痒《がゆ》いような生温い視線だ。

「いやなんでも」

「なんでもないわよー」

水蓮が「ほほほ」と笑いながら茶のおかわりを用意する。

「例の殺された王芳《ワンファン》という男は、天祐を探っていたのではないかと思いました」

「どうしてそう思う？」

壬氏にそう聞かれると困る。これは猫猫の憶測《おくそく》でしかない。

以前に比べ、憶測や感想を述べることが多くなったな、と猫猫は感じた。

「王芳は、翡翠牌《ひすいはい》を欲しがっていました。それが目的というわけではなく、皇族のご落胤《らくいん》を探していたようです。辰《シン》の一族の家宝についても調べていたようですし」

「ああ。王芳を殺した官女《かんじょ》たちの関係性を洗ったら、辰の一族が出てきた。残念ながら、これ以上は踏み込めないが、奴は余計なものを突《つつ》きすぎたようだな」

壬氏は、王芳殺しの件より王芳の目的のほうが気になるようだ。

「雀さん情報ですか？」

「いや、虎狼だ……、って猫猫はあいつのこと嫌いみたいだな？」

猫猫のむき出しの歯茎《はぐき》を見て、壬氏は読み取ってくれた。

「好きなほうがいいですか？」

「うん、いやわかる。でもな、あいつはあいつで使えるぞ」

壬氏はそう言いつつ、遠い目をする。

「優秀だけど、問題がある部下ですよね」

「奴が来てからぴたりと仕事は押し付けられなくなった。徹夜も減ったんだが」

「そういえば、以前に比べて顔色がいいです」

猫猫も奴が優秀であることは認める。

「近くに置いていて大丈夫なんです？」

「毛色が少し違う羅半《ラハン》だと思えばなんとか」

「うわあ、絶妙に嫌な部下ですね」

仕事はできるが、上司に対してあらぬ視線をずっと送っていそうだ。

「副官としてはかなり優秀だぞ。たまに他の部署の文官の弱みを握っているみたいだが」

「本当に毛色が違う羅半ですね」

羅半に言ったら否定されそうだが、猫猫には関係ない。

「というか、話がそれたんですが」

猫猫は椅子から立ち上がり、天幕の外を覗《のぞ》く。別荘と森だけで、民家は見えない。

「その天祐の故郷が、この周辺らしいんですよ」

「偶然と言っていいのか？」

壬氏は面食らった顔をする。

「偶然と思いたいんですけど」

猫猫の経験上、偶然が重なった時ほど嫌なことはなかった。

王芳の足跡。天祐と女華、二人の華佗の子孫。狙われた翡翠牌。そして、天祐の故郷が狩猟地として選ばれた。

「うーん。やはり気持ち悪い」

「どこが気持ち悪い？」

壬氏がなぜか自分の身なりを気にする。自分が気持ち悪がられたと思ったらしい。

「いいえ、王芳のことです。彼の、というか、軍部の派閥争いもですが、なんかちぐはぐに感じてしまいます」

「どうちぐはぐなのだ？」

壬氏の質問に猫猫は唸《うな》る。

「明確にとは言いにくいのですが、軍部の派閥は、『皇太后派』、『皇后派』、『中立派』ですよね？　王芳は『中立派』から『皇后派』に変わったと聞きました」

「そうだな」

「でも、おかしくありません？　『皇后派』であった王芳がなぜ新たに皇族を見つけ出そうとしているのか。玉葉后《ギョクヨウきさき》の皇子という立派な世継ぎがいるのに、わざわざ担ぎ上げる必要はありませんよね？」

猫猫は腕組みをする。

「あと派閥争いで武官同士の怪我《けが》が多いのですけど、どれもくだらないことが原因で、信念がないんですよね。年齢が若い者ばかりで、お祭り騒ぎに乗ってはしゃいでいるようにしか見えません」

「血気《けっき》盛んな連中は多いからな。だが言っている意味はわかる気がする」

壬氏に言われると、確かに、と思うところがある。ただ、逆を言えば、若い者のやらかししか猫猫は見ていない。

「質問ですが、派閥争いと言いますが、本当に派閥争いなのでしょうか？」

「どうしてそう思う？」

「若い者ばかりが騒ぎ立てて、大物がいないからです」

「言われてみると」

壬氏にも思い当たるところがあるらしい。猫猫より壬氏のほうが情勢に詳しいので、猫猫の思い違いでもなさそうだ。

「でも、一件おかしな点はあるぞ。卯《ウ》の一族が苛《さいな》まれている点は聞いているか」

「聞いたことはあります」

（それも当主本人に）

『どうやら私は軍の新派閥に嫌われているらしい』

そんなことを言っていた。

確かに、弱体化した古参の一族を狙うのは基本だろう。でも、派閥争いと言われるとそこまで至らない気もする。

「今回の狩りは、どの家の者がいたと言ってましたっけ？」

「辰と丑《チュウ》、それから申《シン》はいた」

（辰かよ）

猫猫は恋文男を思い出す。あやつがでしゃばっているのではないかと不安になった。

「そろそろご準備をお願いします」

桃美が時間を知らせてくる。

「気を引き締めていかねば」

「そうですね」

猫猫は拳を握って立ち上がる。

『……』

壬氏、水蓮、桃美はじっと猫猫を見た。

「なにか？」

「おまえは留守番だ」

「ど、毒鳥は？」

「いたら捕まえてきてやるからおとなしくしてろ」

猫猫は天幕から出る壬氏を追いかけようにも、水蓮にがっちりつかまれていた。

十八話　華佗《カダ》の末裔《まつえい》

狩りには二時《四じかん》ほど費《つい》やすらしい。

猫猫《マオマオ》は退屈していた。

（長い）

「あっ、こうくるわけねえ」

水蓮《スイレン》は、ぱちっと碁石を置く。

「そこでいいんですか？」

桃美《タオメイ》は黒石を撫《な》でる。

（興味ねえー）

猫猫は二人が碁を打つのを、虚無の目で見ていた。

急ごしらえで作られた天幕は確かに立派だが、何もやることがない。掃除をするほどでもなく、暇つぶしになるような本の類《たぐい》もない。

盤遊戯の類はこうして持ってきているが、猫猫は興味がないので眺めているだけだ。

（早く終わらねえかなあ）

そう考えていると、天幕の外から護衛が顔を出した。

「何ですか？」

「猫猫さまにお会いしたいという者が来ているのですが」

「誰ですか？」

「天祐《ティンユウ》という者です」

猫猫は水蓮と桃美を見る。

「私たちがいるから入れてもいいわよ」

「いいんですか？」

「ええ」

「本当にいいんですか？」

「しつこいわね」

猫猫は仕方なく天祐を入れる。ここで二人が断ってくれたら、面倒くさい同僚の相手をせずに済んだ。

（というより、こいつここにいて大丈夫か？）

天祐の故郷に来たことが偶然ではなく計算されたことだとすれば、天祐がうろうろしていたら危ないのではないか。

「おじゃまします」

天祐は天幕に入るなり、目をきょろきょろさせる。

(面白がってるー)

「何の御用でしょうか？」

「いやあ、まだ狩りの獲物が届かないから暇でさあ」

「なら、そろそろお帰りになられては」

どうせ李《り》医官の目を盗んで抜け出してきたのだろう。あとからげんこつを食らうのをわかっていてもやるのだ。

「あとさ、うちの実家方面で、なんか火の手が上がってるっぽいんだよね」

天祐は、のんきに言いながら外を指す。

「それ、早く言えよ！」

猫猫は天幕から飛び出す。

あたりを見回すと、森の向こうで煙が立ち上っている。

「やっぱ火事かなあ」

「火事でも駄目だろ」

猫猫は何をすべきか考える。天祐の実家に行って確認したいが、猫猫だけで向かうわけにはいかない。

「どうした？」

声が聞こえた。振り返ると馬閃《バセン》がいる。

「月の君のお供をしていたのでは？」

「今日は交代制だ。母上に途中経過を報告するようにも言われている」

馬閃は不満そうな顔をしている。ずっと壬氏《ジンシ》の護衛をしていたかったのだろう。

「馬閃」

桃美が天幕から出る。さっき、壬氏と猫猫の話を全部聞いていたはずだ。そこに『天祐』という人物が現れた。察しのいい彼女は、猫猫がやりたいことをわかってくれる。

「猫猫さんを護衛しなさい。報告はあとでいいです」

「えっと、一体？」

「いいから早くしなさい！」

馬閃は顔に疑問符を浮かべたままだ。

「火の手が上がっているところに向かえますか？」

「案内なら俺がしようか？」

天祐が出てくる。

森に慣れている天祐が案内するほうが早い。

「頼めるか？」

「わかった」

桃美も水蓮も何も言わない。ただ、水蓮は猫猫に近づいて紐《ひも》で袖をくってくれる。

「少しでも動きやすいほうがいいでしょう」

「ありがとうございます」

猫猫は水蓮に礼を言う。

「猫猫さん。私が代わりに行きましょうか？」

「いいえ、桃美さまよりも私のほうが状況に詳しいですから」

猫猫は桃美の提案を断る。桃美は片目を失明しているので、森の中など障害物が多い場所は動きにくいだろう。

「いいですか、馬閃。ちゃんと猫猫さんを守るのですよ」

「わかっております」

馬閃は、どんな状況かわかっていないが、とりあえず緊迫していることは理解したらしい。

「じゃあいくよー」

当事者なのに一番緊迫感がない天祐が先陣を切る。

（元猟師だけのことはあるな）

森の中に入ると太陽の位置が確認しにくい。気を抜くと迷いそうだ。地面は葉っぱが堆《たい》積《せき》していて柔らかい。足を取られそうになりつつ、なんとか歩く。

天祐はどんどん前に進む。猫猫はだんだんと差をつけられる。

「遅いぞ」

馬閃は猫猫の腹を抱えた。

「おおっ！」

なんということだろうか。

（これは、これは――）

米か麦の袋を担《かつ》ぐように肩に乗せられている。情緒もへったくれもない運び方だ。

しかし、猫猫が歩くよりずっと速い。おかげで天祐を見失わずに済んだ。

「なんで、太陽も見えないのにわかるんだ？」

馬閃が、猫猫も思った疑問を口にする。

「この森には樹齢が数百年もある大きな木が何本もあって、猟師はそれを目印にしているんだ。迷わないように、どの木がどこにあるのか覚えさせられた」

確かに、たまに大きな木の幹が見える。

「この先だよ」

天祐の足が止まる。見えていた煙はやはり家屋からのものだ。

一目見るだけで不穏な空気になっていた。

壬氏の、若者たちが暴れたがっているという予想は当たっていた。

「なんだこれは？」

馬閃は憤《いきどお》る。

目の前に看過できない状況が広がっていた。身なりからして猟師らしき中年の男と、小ぎれいな格好をした若者たちがそこにいた。

若者たちはにたにた笑いながら、剣の切っ先を中年に向けている。

「あっ、親父だ」

天祐が出て行こうとしたのを猫猫は止める。

「待ってください！」

「なんで？」

「あなたが出るとややこしくなります。ここは馬閃さまに任せましょう」

（正直、あやつでも不安だけど）

天祐が前に出るよりもましだ。

「一体、何をしている！」

馬閃が大股で近づいていく。猫猫は森の中から遠巻きに見る。

「これはこれは、馬閃殿ではないか？」

中年に切っ先を突き付けている若者が振り向いた。

「見ての通りだ、賊を排除している」

馬閃はまだ状況をよく把握していない。

「賊？　賊なのか？」

「いえ、地元の猟師の家です」

猫猫ははっきり言った。

「だそうだが、なぜ家を焼き、住人に危害を加えている？」

「これを見てどう思うか？」

若者は笑いながら、地面になにかを投げる。

「それは」

半分に割れた翡翠牌《ひすいはい》だった。女華《ジョカ》が持っている物にそっくりだが、傷の位置が違う。

（やっぱり……）

女華の父親は、元は天祐の親族だったのだろう。なんらかの理由で翡翠牌を半分に割って分けたのだ。

「この翡翠牌は、かつて禁忌《きんき》を犯して皇子に手をかけた者が所有していたもので、罪人の証《あかし》だ。皇子は毒で殺され、八つ裂きにされたという。そんな罪人が子々孫々、生き永らえているのはおかしかろう？」

（なんか話が違う）

猫猫は、当時の皇帝が可愛がっていた皇子が病死し、華佗《カダ》がその遺体を腑分《ふわ》けしたことで罰せられたと聞いた。

（伝承される過程で話がねじ曲がったのか？）

人は話を誇張したがる。医官に伝わる話が真実だ。壬氏が知っている話とも一致している。

家は燃えているが、森の中でもその火は見えているだろうか。壬氏のことだ。きな臭いことに気付けばすぐさまやってくるに違いない。

若者は話を続ける。

「そこで使われたのが鴆毒《ちんどく》だ。宴《うたげ》の際に、油断した皇子に毒鳥の羽を浸した酒を飲ませて殺害した。さらには、皇子になり替わろうと皇子を八つ裂きにし、その皮を被《かぶ》って帝に謁見《えっけん》しようとした。そんな大悪人の子孫は妖怪の類《たぐい》であることは明白である」

（もしかして鴆が出るって）

このことを言っていたのか、と猫猫は思わず顔が引きつってしまう。

（上手いこと言ったつもりだろうけど、全っ然面白くねえんだよ！）

猫猫は猪《いのしし》が突進する直前のように、履《くつ》で地面を何度もこすって蹴る。

対して馬閃は固まっている。何の話かわからないのだろう。申し訳ないが、猫猫も壬氏も馬閃とは情報共有していない。どういうことだ、と猫猫を見る。

「あー、それはー」

天祐が前に出そうになった。

猫猫は天祐の脛《すね》を蹴って、代わりに前に出る。

「それは間違いです」

猫猫ははっきり言った。言わなくてはいけなかった。伝説の毒鳥に喩《たと》えられてくやしくてたまらなかった。

「なんだ、おまえ？」

どこの家の者だろうか、猫猫は人の顔を覚えない。ただ、名持ちの家の者だという話を聞いて鎌をかけることにした。

「覚えていらっしゃらないようですね。名持ちの会合でお会いしませんでしたか？」

猫猫はわざとらしく丁寧な礼をする。

「あっ！」

若者の一人が気づいたらしい。よく見るとたまに見かける武官で、医務室にも来たことがある。というか、辰《シン》の恋文男だった。

（またこいつかよ）

ろくなことしないな、と辰の大奥さまがかわいそうになる。どこか及び腰なのは、熊男こと馬閃がいるからだろう。

「皇子は毒殺ではなく病死しているはずです。そして、八つ裂きにして皮を剝《は》いだのではなく、遺体を腑分《ふわ》けしたとあります」

猫猫は極力気持ちを落ち着かせて言った。正直なところ、若者たちには馬糞《ばふん》でも投げてやりたいが我慢する。

「腑分け？　そんなおぞましいことをしたのか？」

馬閃は、わかりやすく慄《おのの》いている。単純なのが彼の美徳であり欠点だ。

「だから、獣の解体などを職として、この者どもは生き永らえていたのだな」

「っ！」

天祐の父は、いかにも猟師という風貌だ。動きやすさと丈夫さを一番とした簡素な服に、熊のような髭《ひげ》。肌も浅黒い。全然、天祐に似ていない。

「おめーらも肉食ってるやん」

思わず本音が漏れてしまう猫猫。

「おい、おまえ」

馬閃が顔を引きつらせている。

「娘娘《ニャンニャン》もろくなこと言わないね」

天祐がなぜかにこにこしていた。父親が剣先を突き付けられて、地べたに這《は》いつくばっているのは気にならないのだろうか。

なお、天祐の父親は天祐に気が付いたようだが、若者たちにばれないように平静を装っていた。そして、何か別の気配を感じ取ってか、ただ何事もないように頭を下げている。

「何か言ったか、そこの女」

「いえ。なんでもありません」

猫猫は素知らぬ顔をしつつ、地面に落ちた翡翠牌《ひすいはい》に近づいて拾う。

(同じだ)

女華の牌と同じ。割られた断面は、月日の経過によって摩耗《まもう》しているがぴったり合うだろう。

「たとえ罪人であったとしても、元はかなり位が高い人物ではないでしょうか?」

「だが罪人は罪人だ。その罪は深く、子や孫にもその恐ろしい性質が宿っているだろう」

猫猫は翡翠牌をじっと見る。若者たちは牌の持ち主が元は皇族だと知らないようだ。

「子や孫だけに、ですか?」

確認するように猫猫は聞いた。

「はは。その祖たる者たちにも問題があるだろうな」

(言質《げんち》は取ったぞ)

猫猫は翡翠牌を大きく掲げる。

「だ、そうですが、どう思いますか?」

「そうだなあ」

水が流れるような美しい声が聞こえた。少し取り繕っている声色は、後宮《こうきゅう》時代に何度も聞いている。

「私にも問題があるのかもしれないなあ」

あえてゆっくり、優しく問いかけるような声。声の主は、森の反対側からやって来た。

「つ、月の君!?」

若者たちが頭を下げる。

壬氏は宦官《かんがん》時代を思い出させる胡散臭《うさんくさ》い笑みを浮かべていた。ただ、かつての天女のような相貌はない。右頬に走った傷と、不届き者を見下ろす視線によって、いささかいかついものになっていた。

「その翡翠牌が罪人の証《あかし》だと言ったな」

「は、はい」

「伝説の毒鳥とは、その罪人の子孫のことを言うのだな」

「はい。かつて尊き皇子に害を与えた者の子孫です。こんな牌をいつまでも持っているということは、いつか国を傾けることすら考えかねません。早く手打ちにするべきと、私どもは提案します。月の君、この国で二番目に尊いあなたさまならできるでしょう」

（この国で二番目とは）

宮廷では決して口に出してはいけない言葉だ。壬氏は皇弟《おうてい》であり、そして皇帝の皇子が現在国で二番目に尊い東宮《とうぐう》である。

壬氏は口元だけで笑っていた。

「我が国では私刑は許されていない」

「ですが、悪い芽をあらかじめ摘むことは大切でしょう。それに、今、月の君が命じれば、この者の首と胴を分けることなど容易《たやす》いはずです。此度《こたび》、狩りにお呼びしたのも、この不届き者を月の君へとお渡しするためで……」

天祐の父は耐えている。

（もう少し耐えてくれ）

猫猫も盗賊に追いかけまわされ、殺されかけたのでよくわかる。とてつもない恐怖と緊張で心臓は壊れそうだし、何より胃に穴が開きそうだ。

「ははは。子々孫々だけでなく、先祖代々に至るまで罪人というのだな」

壬氏は歩きながら懐に手を入れる。壬氏の後ろには、にこにこした虎狼《フーラン》といつもの護衛、それから気まずそうな他の名持ちの一族らしき若者たちがついていた。

壬氏は、天祐の父と回りで騒ぐ若者たちの前を通り過ぎ、猫猫の正面に立って、懐から猫猫が持つ翡翠牌《ひすいはい》と瓜二つの物を取り出した。

「そ、それは!?」

若者たちの顔が引きつる。

壬氏は猫猫が持つ翡翠牌を取ると、二つの割れた翡翠牌を合わせる。予想通りぴったり合った。

「この通り、すでに私はかつての罪人の存在を知っていた。だが、なぜ罰しなかったかわかるか？」

怜悧《れいり》な視線が勝手な振る舞いをしていた若者たちに突き刺さる。

「すでにこの者の祖先は罰を受けた。その子々孫々まで罰する必要はなかろう」

壬氏は割れた牌をくっつけたまま、若者たちに見せる。

「そして、先祖代々にさかのぼってまで罪を問おうというのなら、私にも非があろう」

壬氏は芝居がかった動きで、自分の胸を押さえる。

「この罪人もまたかつては皇族であった。私と祖を同じくする者ぞ！」

はっきり言い切る壬氏の目には、侮蔑が浮かんでいた。

若者たちは私刑を行い、あまつさえそれを壬氏が喜ぶとさえ思っていた。

どれだけ、壬氏という人間を知らないのかがわかる。

（いや、みんな知らんだろうな）

壬氏は見た目ほど麗《うるわ》しい性格ではなく、むしろじめじめとしている。真面目で勤勉、本人の見た目が良いからこそ、相手を外見で判断しない。

「申し訳なかった。私の配下が勝手なことをした」

壬氏はずっと頭を下げている天祐の父の肩に手をかける。

「もったいないお言葉です。ですが、私は何も望んではいません。もし、私の一族が邪魔だというのなら、私が最後の一人です。私を処罰して何の策も弄しないよう消してしまってください」

天祐の父は頭を上げない。本来ならそれだけ尊い地位にあるのが壬氏だ。

「それは困るんだけど」

話をぶった切るようにやってくるのは天祐だ。

「親父さあ。そういうこと言うの、柄でもないからやめようよ。ねっ」

「……」

天祐の父は、「何もしゃべるな、莫迦《ばか》」と目で訴えていた。

「月の君は、俺を罰しますか？」

天祐が訊《たず》ねる。

「罰する理由があるのか？」

「いえ、あるとは思っていません」

天祐は堂々としている。

「では、俺と父の命を保障していただけますか？」

「いうまでもなく」

「あとついでに、家が燃えているのをどうにかしていただけませんか？　このままでは森に火が移ってしまいます」

壬氏は視線で虎狼に指示を出す。虎狼はにっこり笑って若者たちに声をかける。

「さあ、火消しをいたしましょう。自分で蒔《ま》いた火種は自分で消しませんと」

（何言ってんだ、こいつ）

猫猫は鼻で笑いながら、天祐の父に近づく。天祐は医官だが外科処置以外は乗り気ではない。猫猫が容体《ようだい》を診《み》たほうが早い。

天祐の父はひとまずほっとしつつも、まだ緊張は取れていない。

「天幕に移動しますか？」

「そうしよう」

壬氏の了承を得られたので、猫猫は移動しようとする。だが、その前に――。

「あー、結局、伝説の毒鳥っていないんだな」

猫猫はさらさらと燃え尽きたくなった。

「あっ、娘娘」

「なんだよ」

もう天祐なんぞには丁寧な言葉遣いをする気力もない。

「毒鳥は知らないけど、うちに『華佗』とかいうのが残した本があるらしいんだけどさ」

「えっ⁉」

猫猫は燃えている目の前の家を見た。

「娘娘ってそういうの好きじゃない？」

猫猫は、水を運ぶ若者の一人から桶《おけ》を奪った。

「な、何をする」

「貸してください」

猫猫は桶の水を頭からかぶると、燃える家へと突進しようとした。

「な、何をやっている！」

すかさず壬氏が猫猫を止める。

「放してください。あの中に、あの中に宝が、宝物が！」

「諦めろ！　もう燃え尽きている」

猫猫はずぶぬれで鼻水を垂らしながら、燃える家に手を伸ばしていた。

「あれが、漢太尉《カンたいい》の娘……」

「血は争えんな」

そんな声が聞こえていても、否定する気も起こらなかった。

十九話　残された秘宝　前編

天祐《ティンユウ》の父は、李《リ》医官によって手当てされていた。地面に跪《ひざまず》いたときの擦《す》り傷と、首すじにつけられた切り傷くらいで、大した怪我《けが》はない。

むしろ猫猫《マオマオ》のほうがよほどひどい有様だった。煤《すす》と鼻水と涙で顔が汚れまくっている。服も水浸しで、天幕に帰るなり水蓮《スイレン》が慌てて着替えさせて、いくらかまともになった。

（華佗《カダ》の書がー）

まさか実在するとは思っていなかった。花街《はなまち》で克用《コクヨウ》からちらっと聞いたときは、あったらいいなと思いつつ、半信半疑だった。

「大した傷でもないのに、こんなにしっかりと治療していただきありがとうございます」

天祐父は、見た目だけでなく性格も天祐と全然似ていない。いかつい猟師なのに、物腰は丁寧でなぜか品を感じさせた。

「いえ、お気になさらず」

「唾つけておけば治るのに大げさだなあ」

天祐が他人事《ひとごと》のように言うので、隣にいた李医官がげんこつを落とす。

「ああっ、すみません。ご子息を」

慌てて李医官が天祐父に謝罪する。

「いえ。頭蓋《ずがい》が割れるまでやってください」

天祐父は本気で言っているようだ。

「割れたら、中身確認します」

李医官の冗談は、冗談か本気か判別しづらい時がある。

「あははは。皆、俺のこと嫌い？」

今、猫猫たちがいる場所は、虎狼《フーラン》が用意した天幕の一つだ。護衛の休憩所になっており、医療器具もそろっていた。

「そろそろいいだろうか？」

馬閃《バセン》が顔を出す。猫猫たちの話が途切れるのを待っていたようだ。

「はい、どうぞ」

とりあえず猫猫が返事をする。

壬氏《ジンシ》と虎狼も入って来た。

「私はどうしましょうか？」

李医官は医官ということもあって来てもらったが、部外者だ。それを感じ取ってか、離席を提案する。

「外で待機していてくれ」

「かしこまりました」

李医官は天幕から出て行く。

天幕の中には、猫猫、天祐、天祐父に、壬氏、馬閃、虎狼がいる。

正直、馬閃と虎狼は、二人ともいらないと思う。

「月の君、虎狼いらないですよね？」

猫猫は追い出せと提案する。

壬氏は毛色が違う羅半《ラハン》と言った。なので、虎狼は羅半と同じ扱いでいかせてもらう。

「ひどくないですか、猫猫さま」

虎狼がにこにこ笑いながら言った。

馬閃も不機嫌そうだ。虎狼とは相性が悪いらしい。

「そこは我慢してくれ」

壬氏がそう言うなら、猫猫もこれ以上言うつもりはない。

「まずは謝罪をさせてもらおう」

「い、いえ。滅相もありません」

天祐父は逆に深々と頭を下げる。それどころか椅子から下り、絨毯《じゅうたん》に直《じか》に座り込んだ。

「私のような罪人の子孫にお心がけいただきありがとうございます。こんな汚い身なりで、御前にいることすら、本来は許されないはずです」

「いや、気にしなくていい。一応聞くが、本当にこの天祐の父親なのか？」

「はい」

　壬氏もまた猫猫と同じ疑問を持ったらしい。

「母親似だからねえ」

（種が違うんじゃね？）

　猫猫はたいそう失礼なことが頭をよぎるが、口にしない。天祐ではなく天祐父に失礼だからだ。

「いろいろ聞くことがある。とりあえず、おまえは『華佗』の子孫で間違いないか？」

「はい。私の曾祖母《そうそぼ》は仕事で猟場にやってくる医官と親しくなりました。医官は曾祖母が身ごもるとこの翡翠牌《ひすいはい》を渡したそうです」

　翡翠牌に注目が集まる。

「しかし、その後、医官は時の皇帝の怒りに触れ、処刑されたそうです。もし、曾祖母が身ごもっていることを知られたら、曾祖母と腹の子どころか、ほかの家族全員処刑されてしまう。曾祖母は泣く泣く、翡翠牌の模様を読み取れないように傷をつけました。捨ててしまえばいいのに、捨てられなかったというのは、やはり医官に情があったのでしょう」

「翡翠牌はどうして二つに割れている？」

「それは、私の兄が原因です。曾祖母は決して誰にも知られぬように、でも捨てぬようにと翡翠牌を保管していたのです。ですが、兄は『皇族の宝がどこかに隠されている』などと言い出し、翡翠牌を持ち出そうとしました。父はそれを許さず、弟の私にも権利があると言ったのです。結果、兄は翡翠牌を二つに割って、片方を持ち出して消えました」

天祐父は不思議そうに翡翠牌を見る。

「なぜ、それがここにあるのですか？」

「その質問には私が答えます」

猫猫が挙手する。

「三十年ほど前に、都の妓女《ぎじょ》が子を産み、子の父である客からもらい受けた物です。その産まれた娘が持っておりましたが、訳あって月の君に託されました」

「そうですか」

天祐父は感慨深そうに翡翠牌を眺める。

「その娘に会いますか？」

猫猫は余計なお世話だと思ったが聞いてみた。天祐父の兄の行方はわからないが、その娘となれば姪《めい》になる。

「いいえ、会わないほうがいいでしょう」

「えー、会いたいんだけどー。僕の従姉妹《いとこ》でしょー」

天祐の意見は無視する。なお、李医官の代わりに、天祐父のげんこつが落ちる。

「妙な縁があったものだな」

壬氏は翡翠牌《ひすいはい》の傷痕をなぞる。二つつなげた翡翠牌の傷は横線と斜めを繰り返すような形をしていた。

猫猫は傷に違和感を持ちながら翡翠牌を観察する。

「怪我《けが》の治療代と焼かれた家は補償する。また、莫迦《ばか》をやった者たちから、迷惑料を取ってやろう」

「そこまでされると申し訳ないです。それよりも、私の願いを一つ聞いていただけますか？」

「どんな願いだ？」

天祐父は大きく息を吸って吐く。

「私の兄が探していた秘宝を探し出し、処分していただきたいのです」

一瞬、猫猫は何を言っているのか理解できなかった。頭の中で『秘宝』という言葉が反復され、ようやく体が動く。

「秘宝！」

猫猫は目を輝かせた。

「それは、それはもしかして『華佗の書』ではありませんか？」

「はい」

「おおおっ！」

猫猫はずんずんと天祐父に近づく。

「こらこら、まてまて」

猫猫は壬氏に衿を掴《つか》まれ、猫のようにぶら下がる形になった。

「さっきの火事で焼けたんじゃないんですか？」

猫猫は足をばたばたさせながら聞く。

「いえ、秘宝はどこにあるかわかりません。曾祖母《そうそぼ》が生前隠したようですが、家のどこにも残っていなかったようです。ただ、もし理解なき人の手に渡るようなら焼いてしまうようにと、翡翠牌と遺言を残しました」

「おかげで伯父《おじ》さん出て行っちゃったんだろ」

「おまえは黙りなさい」

またげんこつを食らう天祐。

『華佗の書』が見つかれば、それこそ禁書扱いされる内容だ。だが、医学的内容には期待できる。

「何か手がかりとなる場所や物はないか？」

壬氏は猫猫をゆっくり下ろしつつ、天祐父に質問した。

「特になかったかと。ただ、曾祖母《そうそぼ》はあまり遠出をしたことがなかったと聞きます」

「では、近場に隠したと」

壬氏が唸《うな》る。

馬閃も考えているようで、天祐は首を左右に揺らし、周りを観察している。

虎狼は何か思いついたのか天幕の外に出た。そして、すぐに戻ってくる。

「曾祖母さんの行動範囲はどれくらいでしょうか？」

虎狼が持ってきたのは周辺の地図だった。川と森と周辺の村がいくつか描いてある。

「兄とは何度か話したそうですが、私が物心ついたときには亡くなっていました。ただ、せいぜい遠出するといってもこれくらいでしょうか」

天祐父は森一帯と近くの村までを指す。

「狩った動物の毛皮や肉を卸《おろ》していたくらいですね。あと買い出し」

「かと思います」

曾祖母の遺言からして、生活圏内から離れているようには思えない。

(身近なところに隠しているとして、どこだろうか)

猫猫は翡翠牌《ひすいはい》を見る。

「ん？」

「どうした？」

「ちょっと失礼」

猫猫は割れた二つの翡翠牌を地図の上に置く。二つ合わせた翡翠牌は長方形で、縦と横の比率は大体森の南北と東西の比率と一致する。

猫猫は翡翠牌につけられた傷を見る。横や斜めに線が引かれていた。妙にさっきから気になっていた傷だ。

（もしかして）

「筆はありますか」

「どうぞ」

虎狼が差し出すので、猫猫は雑に奪い取る。

「この森に大きな木がありますよね」

天祐が目印にしていた木だ。

「あります」

「樹齢は数百年以上のものばかりですよね？」

「どういうことだ？」

馬閃はわからず、首をかしげている。

「大きな木がある場所を指してください」

大木を森の中の目印としていたので、大体の場所はわかるはずだ。

「わかりました」

猫猫は天祐父が指していく場所に丸を描いていく。

「これで全部だと思います」

猫猫は地図の上に翡翠牌《ひすいはい》を並べると縦横の比率を計算しつつ、当てはまる丸と丸をつなげて線を引いていく。

「長さと比率と角度は合っていますよね」

横に斜めに線を引く。線は翡翠牌の傷と見事に一致する。牌の傷に合わせて全ての線を引いたところで、丸が一つ残った。

「こんなことが」

（翡翠牌を二つに割ったらわからないわけだ）

手がかりは翡翠牌にあった。翡翠牌の表面を削るだけでなく、いくつも傷がつけられていたのはこのためだった。

「この場所へ向かいましょう」

猫猫は地図を掴《つか》むと天幕を出た。

二十話　残された秘宝　後編

猫猫《マオマオ》は目をきらきらさせながら、壬氏《ジンシ》に運ばれていた。しかも無様《ぶざま》に米袋のように担《かつ》がれている。

（どうしてこうなった？）

猫猫は一刻も早く現場に向かいたかった。なので、手っ取り早く馬閃《バセン》に運んでくれと頼んだのだ。

「いや、ちょっと待て」

さすがの馬閃も悩んでいる。猫猫にも恥じらいがあるので普段なら頼まない。だが、今は緊急事態だ。いち早く、秘宝を手に入れるべきではないか。

「仕方ない」

馬閃が猫猫を抱えようとしたら、別のところから手が伸びた。

「俺が運ぶ」

壬氏だった。

こういうわけで、猫猫は壬氏に運ばれている。

「壬氏さま」

周りに聞こえないので、猫猫は『月の君』ではなく『壬氏』と呼ぶ。

「この運び方はないんじゃないでしょうか？」

「そう思う」

「なら、なんでこう持っているんですか？」

「……」

壬氏はむすっとしている。

「あまり触れてはいかんだろう」

壬氏はできるだけ接触面積が少ない持ち方を選んでいた。

「いや、触っただけじゃ子はできませんって」

「わかっている！　こっちが気にしているのに、直球で言うな」

「かしこまりました」

壬氏はむすっとしているが、猫猫が揺れないように気を付けていることがわかった。仕方ないので米袋はおとなしく米袋でいることにする。

壬氏運送のおかげですぐに目的の木に辿《たど》りついた。樹齢数百年の大木は、猫猫が三人はいないと幹の太さを測れないほどだ。

「ここに本当に何かあるの｜？」

天祐《ティンユウ》はあくびをしながら聞いた。どこまでも自分調子《マイペース》な奴だ。

「隠すとすれば根元が基本ですね」

力仕事なら馬閃に任せるのがよい。円匙《シャベル》でさくさくと土を掘り起こす。腐葉土が多い柔らかい地面だが、下に行くほど固い。

「出て来ませんね」

「もう根の周りを一周掘り起こしてますよね」

「ねえねえ、他の場所にあるんじゃないの一？」

それぞれがぐちぐちと言う中、馬閃は掘り続ける。

そして――。

「!?」

馬閃は円匙を置いて、素手で地面を掘り始める。猫猫も手伝おうとするが固くて掘れない。

「これか？」

馬閃が掲げたのは一見岩か土の塊《かたまり》のような何かだ。しかし、馬閃が振ってみると、中は空洞のようである。

「粘土で固めてあるんですね」

これから先は馬閃に任せると怖い。猫猫は木槌《きづち》を受け取ると、中身が壊れないようにそっと叩《たた》いていく。少しずつぽろぽろと粘土が崩れる中、現れたのはしっかり口を封印された壺《つぼ》で、中には本が一冊入っていた。

「!?」

猫猫は思わず本に触れようとして、壬氏に壺ごと取り上げられる。

「な、何をするんですか？」

「今、ここで触れると中身が破損するぞ」

壬氏に言われ、猫猫は顔を真っ青にした。確かに本は現存していたが、湿気で頁《ページ》と頁がくっ付いている。下手に触って剥《は》がそうものなら読めなくなる。

「これが秘宝ですか」

天祐父は感慨深い顔をしつつも、本に手を伸ばそうとしない。

「もうこれは私の物ではありません」

「いいのですか？」

「ええ。兄が探していた物があったとだけわかればそれでいいんです」

天祐父は、自分の兄によっていろいろ考え方を変えたのだろう。頑《かたく》なに皇族と距離を置き、腑分《ふわ》けという祖先が起こした大罪を繰り返さぬため、息子を縛ろうとした。

結果、天祐は家を出て、倫理的にはともかく、外科技術に優れた医官になったのはなんという皮肉だろうか。

天祐父は、天祐に対していろいろ思うところがあるが、天祐にはそれがない。もし、これが演劇なら父と子の感動場面があってもいいのだが、それがない。

たぶん、それが天祐という男なのだろう。

（まあ、家庭の事情は人それぞれで）

罰せられることも処刑されることもなくなり、天祐父の肩の荷は下りたはずだ。

猫猫はそう思いつつも、劣化した書から目を離せなかった。

「壬氏さま」

「なんだ？」

「あの本はどうするんですか？」

「口が堅い技術者に復元してもらおう」

「最初に見せていただけますか？」

「最初になるかどうかはわからんが、医学関係のものなら一度は見せてやる」

猫猫はぎゅっと拳を握った。

今後の楽しみができたため、猫猫は跳ねるように帰った。

二十一話　帰り道

盛りだくさんの一日が終わった。

「私はなんのために来たのだか」

李《リ》医官は天祐《ティンユウ》父の怪我《けが》の手当だけで終わってしまった。それでも仕事があっただけ良しとしよう。良かれと思って罪なき猟師に私刑を加えようとした若者たちは、しばし反省することとなる。皇弟直々《おうていじきじき》の言葉なので、今後しばらく出世はできないだろう。辰《シン》の恋文男など、今度こそ勘当されるかもしれない。

他の参加者たちも何が何やらわからぬまま狩りが終わってしまった。

皆が皆、不完全燃焼だが、猫猫《マオマオ》は満足だった。

（どんな内容の本だろうか）

胸がわくわくと高鳴ってしまう。だから、深く考えなかった。

「猫猫、帰りはこっちの馬車ね」

「かしこまりました」

水蓮《スイレン》に言われるがまま、馬車に乗った。

『……』

馬車の中には、麗《うるわ》しの貴人が座っていた。しかも二人きりのようで、他に誰もいない。

思わず互いに黙ってしまう。

（ばあやに謀《はか》られた）

以前なら、猫猫のほうが気まずく感じただろう。しかし、壬氏《ジンシ》のほうが居心地悪そうな顔をしている。

「なぜおまえがここに？」

「水蓮さまに乗るように言われました」

猫猫は、座席に座る。皇族用の馬車なので、行きに乗った馬車とは座り心地が雲泥の差だ。

「よかったら猫猫もどうぞ」

水蓮は猫猫にも飲み物を差し入れてくれた。果実水で、氷の欠片《かけら》が入っている。

「おかわりはこちらに」

水蓮はそう言うと、馬車から出て行く。

（至れり尽くせり）

猫猫は少しだけだらしなく背もたれに寄りかかる。

「ずいぶん、くつろいでいるな」

「失礼しました」

猫猫はぴしっと背筋を伸ばした。

「いい。楽にしていろ」

壬氏は果実水が入った器をからからと転がすと、備え付けの卓に置く。ご丁寧に特注なのか、馬車が動いても転がらないように器を固定する穴があった。

「壬氏さまの目論見《もくろみ》通り、ろくでもないことをしでかしてましたね」

「ああ。なんであんなことで俺が喜ぶと思うんだか」

壬氏は大きなため息をつく。

「そりゃあ、壬氏さまが何を喜ぶかわからないでしょうねえ」

猫猫はちびちび果実水を飲む。

「長年宦官《かんがん》の真似事をしていて、表舞台に出ることはなかったのでしょう。真似事をやめたあとはひたすら雑用を押し付けられたり、あまり宴会などは好まなかったり、会話をするにしても胡散臭《うさんくさ》い笑みで誤魔化して、まともに話すことはなかったんでしょう？」

「胡散臭いとはなんだ」

壬氏はふんと口を尖《とが》らせた。

「西都に一年も滞在しましたし、壬氏さまがどんなかたかわからないのでしょう。きっと子《シ》の一族の制圧の話を聞いて、鷹《たか》のような苛烈《かれつ》なかたと思ったのかもしれません」

今日やらかした若者は、子どものようにぶすくれた顔をする壬氏を知らないのだ。

（どこの誰に、壬氏が私刑を喜ぶって聞いたんだか）

話の出どころを聞きたいものである。

「そういえば壬氏さま。気になることがあります」

「なんだ？」

「やっぱり、軍部の小競《こぜ》り合《あ》いって派閥争いと言えるようなものなんでしょうか？」

「それは俺も思ったな」

さっきの若者たちは、あまり深く考えず感情に従って動いていた。やはり信念がない。

「さっきやらかした連中が、どこから華佗《カダ》の子孫の話を聞いたのか、調査しないといけませんね」

「そうだな。得意な部下にやらせよう」

壬氏は果実水を舐《な》めるように飲む。少々品のない動作だが、猫猫もお互いさまだ。ばあやがいないときくらい好きにさせてやろう。

「しかしまた、おまえも先走ったな。俺が戻ってくるのを待てなかったのか？」

何を先走ったかというと、火をつけられた天祐父の家に向かったことだろう。

「そうですか？　すぐさま駆けつけないといけない状況だと思いましたけど。水蓮さまの許可も取りましたし、馬閃《バセン》さまが護衛につければ相手の心配をするほうが先になります」

馬閃は名持ちの一族だし、腕っぷしも強い。同じ名持ちの一族であっても、馬閃がいれば下手な手出しはしないだろうと踏んだ。なにより恋文男は馬閃にひるんでいた。

「それはわかっているが。猫猫も一応気を付けておいてくれ。ここ一年で、変人軍師の威光が多少弱まっている」

(だからどうした)

「あのおっさんの威光に隠れる気はありません」

猫猫は心底嫌そうな顔をした。でも、便利な時は使うくらいになっているので、猫猫なりにだいぶ柔らかくなったほうだろう。

「あの変人のことですから、またそのうち周りを締め上げていくでしょう。あと今日の事件が公になれば、軍部で調子に乗っていた若者たちの小競り合いもなくなるかと思います」

ちょうどいい見せしめになったのではと猫猫は思う。

「壬氏さまはもっと周りに自分を見せたほうがいいんじゃないでしょうか?」

「変に面倒な奴らにからまれるくらいなら、見せないほうがいい」

壬氏の杯が空になったので、猫猫は果実水を注ぐ。

「自分を見せる相手はそんなに多くなくていい」

「ふーん」

壬氏はじっと猫猫を見ると、そっと猫猫の前に手を伸ばす。猫猫の手に触れそうで触れないところで止まった。

「触れないんですか？」

猫猫が聞き返すと、壬氏は困った顔をする。

「触れたいぞ。それだけじゃなく掴《つか》みたいし、ぎゅっとしたい」

「しませんねえ」

猫猫は揶揄《やゆ》するように言った。以前はいくら触るなと言っても勝手に触れてきた男だ。だが、最近はむしろ避けるような態度ばかりとる。今日も米袋のように担《かつ》がれてしまった。

「我慢できなくなるからやめている」

「我慢できなくなるのですか」

「ああ。ぎゅっとするだけでおさまらず、噛《か》むし舐《な》めるぞ」

「今、ぞわっときました」

猫猫はちょっぴり半眼になる。鳥肌が立った。

顔がいいから許されそうだが、普通に変態の発言だ。羅半《ラハン》が言おうものなら、履《くつ》を踏みつけるに飽き足らず、槍《やり》を突き立ててやるくらいの気持ち悪さだ。

「めちゃくちゃ失礼だな」

壬氏は怒るわけでもなくただ恨めしそうに猫猫を見る。

「では失礼ついでに」

少し悪戯《いたずら》を仕掛けたくなった。

猫猫は果実水を飲み干すが、器の結露で指が濡れた。そのまま湿った指先を壬氏のほうに向け、人差指を壬氏の手首にのせた。

「!?」

壬氏が体を強張《こわば》らせる。手首がぴくりと動く。

猫猫の人差し指は、壬氏の手首から手の甲、中指へと滑っていく。蝸牛《かたつむり》が這《は》ったように濡れた跡が残る。最後に中指の爪を押すようにして離す。

「……おまえなあ」

「なんでしょう？」

「薬屋が天職だと思っているようだが、案外妓女《ぎじょ》の適性もあると思うぞ」

「それ、誉《ほ》め言葉ですか？」

猫猫は少しむっとする。

対して、壬氏は猫猫から目をそらして居心地が悪そうな顔をしている。

（ちょっと仕掛けるのが早かったか）

まだ馬車は出たばかりだ。

なんとも言えない空気のまま、都につくまでしばらく時間がかかった。

終話　悪意をばらまく者

雀《チュエ》は鼻歌を歌いながら、宮廷内を歩いていた。

「ふんふーん」

仕事がないわけではない。ただ、月の君の侍女という固定勤務がなくなったことで、暇と言えば暇、忙しいと言えば忙しい毎日を過ごしている。

今、雀が与えられた仕事といえば、宮廷内の怪しげな噂《うわさ》の出どころを突き止めることだ。

何かしら陰謀がある。

大きな目論見《もくろみ》があると、皆が思うだろう。

しかし、大きな事件につながる最初の火種は、ほんの些細《ささい》なものだったりする。子どもが流したちょっとした流言《デマ》で大店《おおだな》が潰れることだって、世の中起こりうる。

人間は不安になればなるほど、些細な流言に惑わされやすい。西都では何度もあったことだ。

雀は追い詰められた人間を見るのが好きだ。いや、好きというと語弊があった。周りが慌てれば慌てるほど、冷静に周りを見渡すことができる。生きていく上で混乱に強い精神を持てたことは僥倖《ぎょうこう》だと考える。

そんな雀が向かう先は、武官たちの修練場だった。

雀は力なく右手をぶらぶらさせ、軽く飛び跳ねながら目的の人物を探す。

そして、休憩中の武官たちを目にする。

「どうぞ、お水です」

「ああ」

竹筒を差し出す男は武官にしては痩せていた。いかにも腰ぎんちゃくをしていそうな弱い男は、他の武官たちの世話をしている。

弱い生き物には弱い生き物の生き方がある。雀はよく知っている。雀もまた最底辺の弱い生き物だったのだ。

だが、弱い生き物だって生き残る。

むしろ、弱い生き物だからこそ生き残る場合もある。

弱肉強食という言葉がある。肉食の獣は肉となる草食の獣がいないと生きていけないが、草食の獣は肉食の獣がいなくても生きていける。

腰ぎんちゃくの男は、他の武官たちに水と食料を配り終えると、次の場所へ移動する。

武官たちの話によれば、その男が用意する水はよく冷えていて美味いらしい。食事も、厳しい訓練の合間に食べるのにちょうどいい物を用意してくれる。

たまに気に食わなくて殴る者もいるが、ひどく痛めつけることはない。その弱い生き物がいなくなると、訓練が不便になる。不便になる者はたくさんいるから、やめておけと釘《くぎ》を刺し合うのだ。

雀は弱い生き物を追いかける。

弱い生き物は修練場から離れた井戸に向かっていた。その井戸は、川の水ではなく地下水が通っており、他の井戸よりも水が冷たく澄んでいる。ちょっと距離があるので、武官たちが使うことはない。

「ちょっとよろしいですかぁ？　卯純《ウジュン》さん」

「なんでしょうか？　僕のことは、純で結構ですよ。作業をしながらでもよろしいですか？」

「はい、問題ありませんよぅ」

卯純、名前の通り卯《ウ》の一族の者だが、当主から『卯』の字を使うことを許されていない。周りからも『純』と呼ばれている。

父親は卯の一族の元当主だが、失脚している。

妹は、卯の姫だとちやほやされて育ったがわがままで、直系の姫に手を出し、謹慎同然の身だ。

一人残った卯純は、見せしめとして残されているにすぎない。

名持ちの一族であるがはぐれ者。はぐれ者だが名持ちの一族。獣でも鳥でもない、蝙蝠《こうもり》のような男だ。

父親の縁故で文官として働いていた卯純は、父の失脚により武官にされた。本来ならありえない仕打ちだが、そこに上官の感情が混じれば変わってくる。さっさと音《ね》を上げて辞めればいいという思惑が見える。

だが、卯純は辞めなかった。

卯純はとても弱すぎて、誰の敵にもならなかった。

脅威でないということは、相手を安心させる。侮《あなど》りという名の信用を持つことができる。

だから誰も思わない。冷たい竹筒の水や塩気のある干し肉に、毒が含まれているなどと考えもしない。

もちろん毒など含まれていない。

彼の毒は、もっと別のものだ。

「純さん。王芳《ワンファン》さんというかたをご存じでしょうかぁ？」

「ええ、知っております。干し肉が好きな武官のかたですよね。顔立ちが良いのでよく侍女たちとお話をしていたのを覚えています」

「亡くなられたことは知っていますかぁ？」

「有名な話ですから。漢太尉《カンたいい》の執務室で首吊《くびつ》りしたそうで、驚きました」

卯純は井戸水を竹筒に入れながら話す。

「王芳さんとはどんな話をされてましたぁ？」

「たわいない話ですよ。僕の父と妹がやらかしたのでこうして飛ばされてきました、と」

「では、卯の家のことを話すことはあったのですねぇ」

「ええ。僕は特に趣味がない人間です。家と仕事以外の話はできませんから」

へらへらとした笑みを浮かべる。雀も返すようにへらへらと笑う。

雀は確信していた、自分と同類であると。

「では、卯の家にあった龍の置物を見たことがありますかぁ？」

「龍の置物ですか？　そういえばあったようななかったような。当主さまがたまに見ていたのをちらりと見た気がしますね」

「その話を王芳さんに話されたことはありますかねぇ」

「あったような、なかったような」

卯純は弱い生き物だ。弱い生き物はなにか面白い話をしろと、強い生き物に無茶なことを試される。そのために、いろんな噂話《うわさばなし》を集めておく必要がある。

弱く、媚《こ》びを売り、話に聞き耳を立てる。まさに兎《うさぎ》のような男だ。

「不思議なことに、ここ最近騒ぎを起こしている若手武官たちは、あなたがよく世話を焼いている人ばかりでした」

「若い人は皆血気《けっき》盛んですよね」

自分は若者ではないという口ぶりだ。

「ええ。若い人の情熱的な感情はいつも、どこかにはけ口を欲しています。それが、食欲でしたり、女性でしたり、力の誇示でしたり」

「僕にはよくわからないですね」

あくまで他人事《ひとごと》であると、卯純の態度は変わらない。

「そして、先日とうとうやらかしちゃいました。難攻不落、美しいが何を考えているのかわからない孤高の皇弟君《おうていぎみ》に気に入られようと、狩りに誘います」

「月の君が狩りですか。お誘いに乗るなんて珍しいですね」

「ええ。そして、あろうことか若者たちは罪なき猟師を襲い、罪人として私刑を加えようとしたのです。月の君がお望みだと思って」

「意味が分からないですね。なぜ猟師を私刑に？」

卯純は水を汲《く》み続ける。

「猟師はかつて皇族を害した者の末裔《まつえい》だと、その者を罰すれば皇族である月の君が喜ばれると思ったんだそうです。いやはや、何代も前の罪人の罪を今更裁こうなんて、月の君は思ってもいないのに、一体だれが、なぜ、そんな考えに至ったんでしょうか？」

「人間、一度凝り固まると突き進むしかない人って多いです」

「ええそうですね」

雀は体を傾けて、水を汲み続ける卯純を見る。

「彼等を誘導したのはあなたですね？」

「なんのことでしょう？」

卯純は竹筒に蓋をする。

「噂《うわさ》ですよ、噂。かつて皇族を死に陥《おとしい》れた罪人の一族がいる。今は卑《いや》しい狩人の身となっているが、月の君は、そんな罪人を許しはしないという噂。あなたが情報源ですよね、卯純さん？」

「ずいぶんな拡大解釈をされたものですね」

卯純は噂元が己《おのれ》であることを否定しなかった。

「僕はただ、医官たちが真っ青な顔で禁忌《きんき》の話をしていたのを聞いただけですよ。そこに元々あった噂が混ざったのではないでしょうか？」

「では、具体的な場所を教えたのは誰かわかりますかぁ？」

「場所は何も言っていません。罪人の一族なら、皇族を恐れるはずです。宮廷から狩猟地を使うという伝達を送っても色よい返事がなければ、怪しいと言ったような気はします」

雀はどこまでもしらばっくれる男に感心した。

他にも卯純はいろんな場所でいろんな噂を流したはずだ。あくまで弱き者の言として。

蝙蝠《こうもり》のような、鳥でも獣でもどちらでもない男は、そうやって軍部に小さな小さな火種を蒔《ま》き続けていたのだ。

この誰よりも弱い生き物を、誰が派閥争いの元凶だと考えるだろうか。

「なぜ噂《うわさ》をばらまいたのですか？」

「別に他意はありません。ただ、自分の弱さを知っている人でしたら、わかったはずです。していいことと悪いことくらい」

些細《ささい》な悪意だ。

卯純が憎んでいるのは、権力者でも政治でもない。ただ、自分を強者と驕《おご》っている者が嫌いなのだ。

「何より、僕が何か言わなくても、今後月の君に近づくために、あの手この手を使う人はたくさんでるでしょう。月の君は、強く美しく勤勉なおかたでしょうから」

「勤勉だと思うんですねえ」

「ええ。でなくては好き好んで西都に一年も滞在しないでしょう」

見る目がある男だと、雀は思う。

「健康で成人している優秀な皇族は、主上を除いて月の君しかおられません。ですが、今のままで主上になにかありましたら、まだ幼すぎる東宮《とうぐう》が帝位につきます。外戚《がいせき》はさぞや喜ぶことでしょう」

「そういうふうに噂を流すんですね」

不安や願望を煽《あお》り、相手の行動を操る。

武官たちは、この弱そうな男の手のひらの上で踊らされていたということだ。

「卯の一族についても何か噂をお流しで？」

「別に何も。ただ卯の本家に入った養子の少年が、まだ幼くて可愛いと言っただけです」

雀は思わずぞくぞくしてしまう。卯純が話したことは別に秘密でもなんでもない。名持ちの会合でも、養子は紹介されている。

ただ、卯の当主は高齢で病弱だ。当主に何かあれば、十に満たない子どもが跡目を継ぐことになる。

そこが強調される。

卯の一族がここ最近、『新派閥』に攻撃されている理由はそれで充分だろう。

「卯の一族が憎くてたまらないんですか？」

「卯の一族は憎くないですよ。ただ、父と妹、それに僕に甘いと思います。卯の当主はどれだけ家門の力が弱まれば、僕らを追い出すんでしょうか？」

卯純は歪《ゆが》んでいる。ぐにゃりと曲がった彼の性根は、もう戻ることはないだろう。

「直接手を下さなくても、卯純さんは罰せられますと言ったらどうします？　噂とはいえ煽動《せんどう》と見なされたら罪人ですよぉ？」

「ではようやく武官を辞められるんですね」

「辞めたければ辞めればよかったじゃないですかぁ」

「自分から辞める度胸もありません。僕には」

信じられないくらい小心者だ。

「どうせ罰せられるなら、父や妹もとばっちりを受けますかね？」

「迷惑をかけたくないのですかぁ？」

「いいえ、どうせなら二人とも卯の家から除籍され、無一文で屋敷を追い出されればいいなと思います」

卯純は、へらへらした笑顔で言った。

「うーん。卯純さんは雀さんと似ていますねぇ」

やはり雀と同じ方向性だ。虎狼《フーラン》とは違う型だ。

だからやりやすい。

「私も家族が嫌いなんですよぅ」

雀もにこにこしながら答える。

雀を捨てた母は嫌いだ。

雀を見ず、母ばかり追いかけた父は不愉快だ。

無駄な正義感の結果、失敗する異父兄は嫌いだ。

何も知らない異父兄姉はどうでもいい。

母に可愛がられる異父弟はそのうち事故に見せかけよう。

「いえ、僕が嫌いなのは父と妹です。母と異母妹は好きな方ですね」

「おやまあ。異母妹は好きなんですねぇ」

「ええ。自分が弱いとわかっている、いかにも兎《うさぎ》らしいお人です。里樹《リーシュ》さまは」

卯純は純粋な笑みを浮かべる。

「父は自分が弱いことを認めませんでした。弱い故に商売を失敗し、結果、母がいるのに本家の婿養子《むこようし》となりました。卯の力があるからこそ、商売に成功しました。欲を出し、役人として出仕《しゅっし》したのは強がりですね。結果、母が商売を切り盛りし、本家の奥さまが亡くなられたあとは母を本妻にしました。母は弱いのに一人でなんとか商売をやっていたのに、父はさらに奥方の地位という重荷を増やしたのですよ」

「卯柳《ウリュウ》さんには商才があると、巷《ちまた》では噂《うわさ》がありましたけど、それは奥方の手腕だったわけですねぇ」

「ええ。妹も幼いころに本家へとやってきたため、自分が弱いことを知らずに育ちました。父が使用人を自分の手持ちの者で固めたこと、それからしばらくして奥さまが亡くなったこと。単なるおまけでしかない分際《ぶんざい》で、本家の娘を虐《いじ》めていたんですよ。本当に身の程知らずでした」

「でも、純さんはそれを止めなかったわけですね」

「ええ、僕は父よりも弱いですから」

どこまで卑屈な男だろうか。いっそ清々《すがすが》しくなってくる。

「僕のような弱く脆《もろ》い根無し草は、どこかで枯れてしまえばいいでしょう」

「うーん」

雀は悩む。

「どうしましたか？」

「いえですねぇ、もったいないと思いまして」

「何が？」

「純さんですよぅ」

卯純は、理解できないという顔をしている。

「年はあと十若ければいいんですけど、この天然と言うべき弱さはかけがえのない強みですねぇ。半端な強者よりよほどしぶとく生き残りそうなのはいい」

「何を言っているのでしょうか？」

「あなた、私の後継者になりませんかぁ？」

雀の提案に卯純は目を丸くした。

雀は利き腕が使えなくなった。巳《み》の一族の序列は後ろから数えたほうが早い。序列を上げるには使える手足を急いで増やすことが手っ取り早い。

できれば、西都にいる小紅《シャオホン》という少女を連れて来たかったが無理だった。ならば、一芸に特化したある意味化け物を引き入れてしまおう。

「意味がわかりません」

「なーに簡単ですよぅ。ただ、今までと同じように噂《うわさ》を流していけばいいだけですねぇ。そこに、偉い人の意図が含まれるだけですぅ」

「偉い人の意図ですか。でも僕、正直忠誠心とか薄いですよ？」

卯純は正直な男だ。しかし、それは雀も同じである。

「忠誠心はなくても、かけがえのないものが与えられるならば問題ないですよぅ。嫌いな家族を無一文で追い出すことくらい朝飯前ですねぇ」

「それはかなり魅力的です」

卯純は心惹《ひ》かれているが、まだ決定打にかける。

「他に何か必要ですかぁ？」

「では、罪滅ぼしではありませんが、里樹さまに今まで奪われてきた幸せを与えたいと言っても問題ありませんか？」

「ええ、もちろんですよぅ」

雀は笑う。

「今後、私がいろいろ教えてあげますねぇ。人妻に教えを乞えるなんて幸せですねぇ」

「面倒なので人妻はあまり好きじゃないですけど」

ここにろくでもない師弟関係が誕生した。

〈『薬屋のひとりごと15』につづく〉

この作品に対するご感想、ご意見をお寄せください。

●あて先●

〒101-0052 東京都千代田区神田小川町3−3
イマジカインフォス　ヒーロー文庫編集部

「日向夏先生」係
「しのとうこ先生」係

ヒーロー文庫

ヒーロー文庫

薬屋《くすりや》のひとりごと 14

日向夏《ひゅうがなつ》

2023年10月10日　第1刷発行
2024年10月10日　第5刷発行

発行者　廣島順二

発行所　株式会社イマジカインフォス
〒101-0052 東京都千代田区神田小川町3-3
電話／03-6273-7850（編集）

発売元　株式会社主婦の友社
〒141-0021
東京都品川区上大崎3-1-1 目黒セントラルスクエア
電話／049-259-1236（販売）

印刷所　大日本印刷株式会社

ISBN 978-4-07-455775-2